KB065128

바람이 젖은 방향

바람이 젖은 방향 2

2023년 2월 21일 초판 1쇄 인쇄
2023년 2월 24일 초판 1쇄 발행

지은이 요안나
발행인 강준규

기획 편집 정시연 이예슬
마케팅 지원 배진경 임혜솔 송지유 장선영 김다운 조진숙

발행처 (주)로크미디어
출판등록 2003년 3월 24일
주소 서울시 마포구 마포대로 45 일진빌딩 6층
편집 문의 (02)6365-5170 **구입 문의** (02)3273-5135
홈페이지 rokmedia.blog.me
E-mail romance@rokmedia.com

ⓒ 요안나, 2023

값 9,000원

ISBN 979-11-408-0771-0 04810 (2권)
ISBN 979-11-408-0769-7 04810 (세트)

이 책의 모든 내용에 대한 편집권은 저자와의 계약에 의해
(주)로크미디어에 있으므로 무단 복제, 수정, 배포 행위를 금합니다.

작가와의 협의에 의해 인지는 생략합니다.
잘못된 책은 구입처에서 바꾸어 드립니다.

바람이 젖은 방향

요안나 장편소설

02

Tout nous nuit

RENEE

목차

8화.
내 취향은 그냥

모친이 아프다는 소식을 전한 건, 희수였다. 췌장암이 위와 소장까지 전이된 상태였다고 한다.

　자꾸 소화가 되지 않고, 속이 메스껍다는 이야기를 했다고. 병원에는 넓적하게 생긴 남편과 피 한 방울 섞이지 않은 아들은 동행하지 않았다. 결국, 모친을 병원에 모신 것도 막내 이모였다.

　곧장 병원에 입원해야 한다는 말에 모친은 손을 내저었다고 한다. 남편 사업이 좋지 않아서, 큰아들이 결혼을 앞두고 있어서 당분간은 비밀로 하고 싶다고. 미련하다는 생각밖에 들지 않았다.

　- 오빠가 설득해 주길 바라는 것 같아. 이모가 다른 사람 말은 안

들어도, 오빠 말은 들을 것 같대.

우스운 이야기였다. 남자가 좋아서 버리고 간 자식의 말을 듣는다니.

나는 모친에게 전화할 생각이 없었다. 열이 펄펄 끓어서 정신을 잃고, 할머니 등에 업혀서, 병원 응급실에 갔을 때도 모친은 몰랐다. 교복을 입고 엉엉 우는 막내 이모를 다그치던 할머니의 목소리가 아직도 귀에 선하다.

'와 그리 우노? 아가 죽었나?'

할머니는 특유의 억척스러운 기질로 나를 살려 냈다. 그 후로 부모 없는 티를 내는 것도 아닌데, 잔병치레가 많았다. 할머니는 안쓰러운 눈길로 나를 바라보다가도, 버릇없이 자라는 것을 원치는 않았는지 그 애틋함을 때때로 숨겼다.

— 네 엄마 쓰러져서, 지금 병원에 있대. 일단 들어와라. 큰일 치르지도 모르겠다.

막내 이모의 서늘한 목소리가 휴대전화 너머에서 들려왔다. 한국에 도착하자마자 밀희에게 전화를 걸고 싶었다. 목소리가 간절했다.

한국에서 쓰는 휴대전화 전원을 켰을 때, 희수의 메시지가 들어왔다.

[오빠네 엄마, 쓰러진 거 아니래. 오빠 보고 싶어서 쇼한 것 같아. 나한테 전화해. 자세한 건 전화로 이야기해.]

남편하고, 큰아들에게는 앓는 소리 하기 싫다고 여태 숨겨 왔으면서, 나에게는 다 죽는소리를 하고 싶었나 보다.

— 아무리 아픈 사람이라도 난 이해 못 해. 그 사람이 오빠한테 해 준 게 뭐가 있어? 지금이 오빠한테 얼마나 중요한 시긴데, 오빠한테 대체 뭐 하는 짓이야? 오빠 조금이라도 생각하면 이러면 안 되는 거 잖아!

희수는 본인이 더 속상해했다. 울먹이는 희수를 대충 달래고 전화를 끊었다.

희수가 속엣말을 숨기는 법을 모르는 성격이기는 했지만, 아픈 사람이 못된 사람이라고 말할 정도다. 모친이 얼마나 안쓰러운 인간인지 여실히 보여 주는 대목이다. 막내 이모 가 나의 귀국 소식을 모친에게 알렸다고 했다. 휴대전화 전원을 꺼 버렸다.

집에 도착해서 잠시 침대에 누웠다. 죽도록 보고 싶은 사람은 따로 있었다.

하지만 이대로 만나게 된다면 못난 얼굴을 보이게 될 것 같았다. 그리고 고단했다.

조금만 눈을 붙이고, 전화를 걸어야겠다고 생각했다.

눈가에 보드라운 감촉이 느껴졌다. 익숙한 체취가 풍겨서 눈을 떴다.

죽도록 보고 싶은 얼굴이 눈앞에서 웃고 있었다. 꿈이냐고 물었더니, 아니라고 웃는다. 급하게 오느라, 직항이 없어서 상해를 경유하는 비행기를 타고 왔다. 몸에서 땀 냄새가 날 게 뻔했다.

얼른 샤워를 마치고 나와서 그녀를 안았다. 언제나처럼 불안감이 말끔히 해소되었다. 스스로도 놀랍도록 무섭게 일어섰던 공격적인 본능이 조용히 가라앉았다.

마치 물 안에 잠긴 찌꺼기 같았다. 누군가가 뒤흔들면 혼탁하게 나를 오염시켰다가, 그녀가 어루만지면 바닥에 깊이 가라앉는다.

그래서 보드라운 몸을 품고 있는 순간이 좋았다. 그때만큼은 나도 온화한 심성을 지닌 올바른 인간이 되는 것 같았다.

부모에게 버림받은 울분과 자라면서 내 마음에 차곡차곡 쌓인 상처의 흔적 따위는 무시할 수 있었다.

방 밖으로 나오자 어느새 집에 와 있던 이모와 마주쳤다. 얼결에 같이 밥을 먹고 눈치를 주길래 밀희를 방 안으로 들여보냈다. 이모와 싸우는 목소리를 그녀가 들었을 것이다.

화를 감당하지 못하고 방으로 들어섰을 때, 마음이 전부 허물어지는 게 느껴졌다. 무너지는 가슴을 보듬어 주듯 그녀는 아무것도 묻지 않고 보드라운 몸으로 나를 안아 주었다.

이튿날, 막내 이모의 성화에 못 이겨 모친이 사는 바닷가 도시로 내려갔다.

희수의 말과 달리 모친은 반송장 상태였다. 그리고 학교도 가지 않았는지, 이부 여동생 지우가 모친의 병실을 지키고 있었다.

"오빠!"

지우가 반가운 얼굴로 나를 맞았다.

"어떻게 왔어? 엄마 소식 듣고 온 거야? 엄마가 오빠 많이 기다렸어. 지금은 약 먹고 잠드셨어."

"너 점심은 먹었어?"

병실에 앉아 있는 여동생은 올해 고등학교에 입학했다. 막내로 자라서 응석을 부려야 할 아이의 표정이 한없이 어둡기만 했다.

지우를 데리고 늦은 점심을 먹고 병원에 도착했을 때, 병실에는 모친의 남편과 그의 아들이 와 있었다.

"잠깐 이야기 좀 하자."

자식새끼가 엄마가 아픈데 나 몰라라 한다며 별의별 욕이 다 튀어나왔다. 복도 끝에서 소리를 버럭버럭 지르는 통에 다른 병실 사람들이 나와서 눈치를 주고 있었다. 간호사들은 감히 다가오지 못하고 걱정스러운 눈으로 이쪽을 흘끗거렸다.

"돈이나 내놔. 너 혼자 잘 먹고 잘 살면 다야? 엄마 병원비는 대야 할 거 아냐."

건설 경기가 좋지 않아서 모친 남편의 사업이 많이 기울었다고 했다. 이제는 병원비까지 내놓으라며 행패다.

"저한테 병원비 받아 갈 자격은 있고요?"

"뭐야, 이 새끼야! 너, 시발, 사람이 그러는 게 아니야! 너 혼자 잘났지? 개새끼가 아주 세상 무서운 줄 모르고! 내가 너 다 까발릴 거야. 싸가지 없는 새끼가 지 애미 아픈데도 나 몰라라 한다고, 내가 기자들한테!"

생각하기도 전에 주먹이 날아갔다. 피 한 방울 섞이지 않은 형이라는 새끼가 바닥으로 나동그라지자, 그의 아버지는 욕지거리를 내뱉으면서도 겁먹은 표정을 지었다. 태어나서 사람을 처음 때려 봤다. 쓰러져 있는 남자에게 다가가 운동화를 신은 발로 가슴을 짓밟았다.

"야, 이거 안 떼? 이 새끼가 진짜 어딜 감히! 이 더러운 새끼야! 핏줄은 못 속이지. 제 아비를 닮아서⋯⋯."

기막힌 소리를 늘어놓는 남자를 노려보았다. 제 아들 가슴이 짓밟힌 데 화딱지가 난 얼굴이지만, 내 눈빛을 보고 쫄아 붙는 꼬락서니가 우습다.

"한 마디만 더 해 봐. 진짜 죽여 버리는 수가 있어. 기자?

불러서 다 말해. 너는 입 뻥끗하는 순간 뒈지는 거야."

학교에 전화해야 한다며 잠시 자리를 비웠던 지우가 달려와서 내 팔뚝을 붙들고 울음을 터뜨렸다.

"오빠, 이러지 마. 그만해. 응? 오빠는 이러지 마."

오빠는 이러지 마? 이러는 인간이 나 말고 또 있어?

아버지라는 인간이 자리에서 벌떡 일어났다.

"너는 네 오빠가 왔으면 아버지한테 전화를 해야지! 어? 아픈 엄마를 두고 둘이 나가서 밥을 먹고 들어와? 싸가지 없는 게 꼭 지 엄마를 닮아서는, 아주 똑같아 가지고!"

"오빠 왔다고 하면, 아빠가 이럴 거 아니까!"

지우가 소리를 버럭 지르자, 벼락이 치는 소리가 울렸다. 아버지라는 새끼가 딸의 뺨을 후려치는 소리였다. 지우는 익숙한 일인 듯 놀라지도 않았다.

나는 그길로 지우의 손목을 잡고 병원을 나섰다.

서울로 향하는 KTX에 무작정 지우를 태웠다.

"언제부터 그랬어?"

"어릴 때부터."

체벌은 폭력이 되었고, 지우는 벗어날 수 없어서 견뎠다.

"혹시 어머니는?"

지우는 대답 없이 눈살을 잔뜩 찌푸리며 창밖을 내다보았다.

어쩔 줄 모르는 지우를 데리고 집으로 향했다. 막내 이모는 나와 희수를 대한 것과는 다른 태도로 지우를 대했다. 똑같은 비율로 피가 섞인 조카인데도, 지우에게는 조금 인색했다.

"당분간만 데리고 있어 줘. 내가 독일로 데리고 갈게."

아직 남을 책임질 형편이 되지 못했다. 하지만 막내 이모도 어린 나이에 할머니를 도와서 나를 키웠다.

막내 이모는 본인이 상관할 일이 아니라고 생각했는지, 더는 말을 꺼내지 않았다. 부모에게 버림받고 내가 써 오던 방을 이부 여동생 지우에게 물려주었다.

이제 이 집에도 내가 몸을 누일 곳이 사라졌다.

독일로 출국하기 전날, 밀희를 만났다. 그녀의 얼굴을 보고 있자니, 내가 마음을 둔 곳이 명확해졌다. 몸을 누일 곳, 마음을 붙일 곳은 그녀의 곁뿐이었다.

그래서인지 문득 궁금해졌다. 그녀의 방은 어떤 모습인지.

작은 방은 아기자기했다. 침대에는 연노란색 침구가 깔려 있었다. 그곳에서 그녀를 취하고 싶은 열망만이 가득해졌다. 보드라운 몸에 살을 묻으면 모든 게 아무렇지 않아지곤 했다.

화장대 거울에 붙어 있던 사진도 모조리 갖고 싶었다. 교복을 입은 사진을 달라고 했더니, 입을 삐죽거리며 증명사진까지 내민다. 사랑을 담뿍 받고 자란 그녀에게서 내가 가지지 못한 애정이 넘쳐흘렀다.

이런 애정 어린 언니가 지우에게도 있으면 얼마나 좋을까. 나는 그녀를 바라보며 정이 붙지는 않았지만, 내가 보호해 줘야 할 것 같은 여동생을 떠올렸다.

그녀에게 모조리 털어놓고 싶었다. 하지만 그 사실을 알고 그녀가 어떻게 받아들일지 가늠하기가 힘들었다. 겁이 났다는 게 맞는 말일 것이다.

보드라운 입술에 입을 맞추고, 따뜻한 입안으로 혀를 밀어 넣으며, 가슴을 어루만지려는데 방문이 불쑥 열렸다.

그녀의 오빠는 황당해 죽겠다는 눈빛으로 나를 쏘아보았다. 여동생을 보호하려는 오빠의 마음을 이해할 수 있기에 고개를 푹 숙였다.

나는 오밀희의 남자 친구가 아닌, 오현호의 학교 후배가 되어 그 집에서 저녁 식사를 했다. 화목하고 정상적인 가정 안에서 나는 물에 둥둥 뜬 기름 한 방울처럼 어색했다. 로드 사이클리스트라는 말에 그녀의 아버지는 내 사인까지 받으며 좋아했다.

나의 부모는 내가 무슨 일을 하든 아무 관심이 없었다. 잘되면 잘되는 대로 고깝게 보는 이들이었다.

나를 향한 타인의 따뜻한 관심이 고마웠다. 아마도 그녀의 밝은 성격은 다정한 가정 안에서 만들어졌을 것이다.

그런 반면 나는 어리석게도 자존심이 상하고 말았다. 내가 갖지 못한 것을 가진 그녀가 부럽다는 덜떨어진 생각도 들었다. 인간은 누구나 자신이 갖지 못한 것을 갖고 싶어 하고, 부러워한다.

내가 그래서 이 여자를 사랑하는 걸까?

그녀의 집을 나서는데, 배웅해 주겠다며 오현호가 내 뒤를 따랐다. 그는 나에게 명함 한 장을 건네며 어른스럽게 굴었다.

"무슨 일 생기면 연락하고. 밀희한테 잘해라."

나도 지우에게 이런 오빠가 될 수 있을까.

불가능한 일일 것 같아서 괜히 입이 썼다.

모친이 죽었다. 나는 누구에게도 알리지 않고, 귀국했다. 물론 그녀에게도 알리지 않았다.

모친의 장례를 치르고, 그마나 형태를 유지하고 있던 가족이 와해되었다. 지우는 유학 준비를 마치고 나를 따라 독일로 갈 예정이었다.

집에 들렀을 때, 희수가 내 눈치를 조심스럽게 살폈다.

"이번에는 밀희 안 만나?"

한국에 올 때마다, 가족은 만나지 않아도 그녀는 만나고 돌아갔다. 아니 내 귀국의 목적은 오직 오밀희에게만 있었다.

"어. 잠깐 나갔다 올게. 지우 좀 잘 지켜봐 줘."

낯선 환경에 적응하는 중에 모친이 죽고 나자, 지우는 경중 우울증에 시달렸다. 나를 폭행죄로 고소하겠다는 둥, 딸년을 빼돌린 나쁜 새끼라는 둥, 아버지가 하는 협박을 받아 내느라 힘이 들었다고 했다.

이제 독일로 데리고 가면 그만이다. 인간 같지도 않은 놈들 틈바구니에서 모친과 지우가 버텨 냈을 거라고 생각하니, 가슴이 갑갑했다.

그리고 어머니의 삶이 기구하단 생각이 들었다. 버림받아 놓고선, 주제넘게 안쓰럽단 생각이 들었다. 이제 내 머릿속에서 모친이라는 단어는 어머니로 치환되었다.

집을 나선 나는 그녀의 집이 있는 중계동으로 향했다. 그녀를 보고 싶지만, 내 모습을 드러내고 싶지는 않았다. 너무 너덜너덜했다. 그녀를 마주하면 억누르고 있던 울분이 폭발할 것만 같았다.

기대고 싶었다. 울고도 싶었다. 안고 싶었고, 입 맞추고 싶었다.

아파트 입구를 걸어 들어와서 공동 현관 안으로 사라지는 그녀의 모습을 가만히 바라보았다. 내가 없어도 그녀는 잘 지내고 있었다. 다행이라고 생각하면서도, 나의 존재감이 미미한 것 같아서 괜히 서러웠다.

여동생과 함께 지낼 집을 구하고, 훈련에 참여하고, 대회에 나갔다. 우승 저지를 거머쥐었는데도, 가슴 한구석이 허전했다. 스폰서가 붙기 시작했고, 수익이 조금씩 늘었다.

– 우리 할 이야기가 있는 것 같은데……. 나한테 해명할 거 없어?

갑작스러운 물음에 무슨 말을 해야 할지 몰라서 잠시 침묵했다.

"없어."

– 없으면 됐어.

그녀의 목소리는 평상시와 다를 게 없었다. 나 역시도 평소와 같은 목소리로 일상적인 이야기를 했다. 당분간 대회와 훈련, 여러 가지 투어 프로그램에 참여해야 해서 한국에는 가지 못할 거라는 말을 전했다.

지우는 이곳에서 한국인 심리 상담가를 만나 상담을 시작했고, 학교에 적응하기 위해 애를 쓰고 있었다. 따스한 가정이 있는 그녀보다, 자신이 살던 세상을 잃은 여동생에게 더 신경이 쓰이는 게 당연했다.

부엘타 아 에스파냐가 끝난 뒤, 여동생의 주치의가 가족 상담을 원해서 프로그램에 등록했다. 여동생 학교에도 보호자로서 다녀와야 했고, 팀 매니저는 복잡한 일정 조율로 내 정신을 쏙 빼놓았다.

너무 오랫동안 그녀에게 연락을 하지 못했다. 메시지는 몇 번 주고받았지만, 그녀도 졸업 준비와 취업 준비로 정신이 없는 것 같았다. 바쁘게 잘 살고 있는 거라 여겼다.

그런데 그녀의 휴대전화 번호가 없는 번호라고 했다. 잘못 눌렀나 싶어서 다시 전화를 해 보았지만 마찬가지였다.

불안감이 엄습했다. 혹시나 하는 마음에 이메일 계정에 접속했다.

「변함없이 응원할게.」

이메일의 제목은 다정했지만, 사나운 마음을 부추겼다. 확인하고 싶지 않아서 미적거렸다.

책상 앞에서 시간을 한참 보내고 난 뒤에야, 나는 비겁하게 그녀의 이메일 계정에 접속했다. 그녀가 며칠간 주고받은 이메일이 고스란히 남아 있었다.

서류 심사에서 떨어졌음을 통보하는 방송사 이메일과 교수들과 주고받은 이메일, 그리고 발신함에는 나에게 보낸 이메일이 남아 있었다.

「오빠. 우리 참 오래 만났다. 그치? 벌써 우리 만난 지 2년이 지났어. 내가 이기적이어서 미안해. 나는 이제 이런 연애는 하지 못하겠어. 조금 힘들어……. 이제 멀리서 오빠 지켜보면서 응원할게. 항상 멀리 있기는 했지만……. 자전거 타는 법도 알려 주고, 좋은 추억 많이 만들어 줘서 고마워.」

그녀가 쓴 이메일을 수십 번 읽고 또 읽었다. 다시 전화를 해 보았지만, 없는 번호라는 야속한 메시지만 흘러나올 뿐이었다. 속이 상하다는 말로는 표현이 부족했다. 절망적이라는 말로도 헤아릴 수 없었다.

며칠을 고민했다. 내게 수신된 이메일을 확인하고, 답을 보내야 하는지……. 답을 보낸다면 어떻게 보내야 하는지.

그녀는 우리의 연애가 힘들어졌다고 했다. 힘들지 않게 할 방법이 내게 없어서 막막했다. 그러다 다시 그녀의 이메일 계정에 접속했다. 이메일을 다시 읽고, 다시 생각해 보고 싶었다. 그런데 탈퇴한 계정이라는 팝업 창이 떴다.

우리의 관계에서 그녀가 탈퇴했다는 것처럼 읽혔다. 모든 것을 잃은 듯 처참한 순간에도 나는 살아가야 했다. 훈련이고 뭐고, 다 팽개치고 한국으로 향할 수도 없었다. 나에게는 이제 책임져야 할 가족이 있었다.

운동에만 매달렸다. 지우가 제 길을 찾기를 바랐다. 묵묵히 여동생을 뒷바라지하며, 나는 지우와 가족이 되어 갔다.

외로웠던 탓에 남매 사이는 무척이나 좋았다. 오빠로서 나의 롤모델은 오현호였다. 지우가 밀희처럼 밝고, 똑 부러지는 여자로 성장하길 바랐다.

그랜드 투어에서 여러 번 우승했고, 팬도 많이 생겼다. 한국에서는 투어 프로그램이 공중파 채널을 통해 생중계되기도 했다.

스물아홉이 되었을 즈음, 나는 그녀의 집 앞을 무작정 찾아갔다. 이른 아침부터 밤까지 아파트 근처를 서성거렸지만, 그녀는 나타나지 않았다.

이사 갔나. 벌써 헤어진 지 3년이 다 되어 간다. 그러니 이사를 했을 수도 있다.

"공무진?"

등 뒤에서 들려온 목소리에 나는 흠칫 놀랐다. 팬일 수도 있다는 생각이 들어서 무심히 돌아보았는데, 오현호가 서 있었다.

"잘 지내셨어요?"

"네가 여기 웬일이야?"

아무런 접점도 없는 사람이 왜 여기에 서 있느냐는 물음이었다.

그를 따라서 동네 술집에 갔다. 숯불 위에서 고기가 지글지글 익어 갔다.

"여기 밀희랑 자주 오는 곳이야. 걔도 여기 엄청 좋아해. 많이 먹어라. 운동하는 놈이 잘 먹어야지."

그는 양파 절임이 가득 담긴 접시에 잘 구워진 갈빗살을 놓아 주며 웃었다. 여전히 사람이 좋아 보였다.

"잘 지내셨죠?"

"누구? 나?"

오현호가 황당하다는 듯이 되물었다. 나는 멋쩍게 웃었다.

"우리 밀희는 EBC 들어갔어. 지금 조연출. AD라고 알지? 맨날 굴러. 아주 데굴데굴 굴러다니느라 정신이 없다. 우는 소리 징징 달고 다니고, 아주 꼴 보기 싫어 죽겠어."

결국 방송사에 들어갔다는 말에 안도의 한숨이 흘러나왔다. 잘 살고 있구나, 생각하며 흐리게 웃었다.

"너는 잘 지내냐? TV에 너만 나오면 밀희가 아주."

"식사 추가하시겠어요?"

오현호의 말을 지나가던 식당 아주머니가 싹둑 잘랐다.

"식사는 좀 이따요. 소주 한 병 주세요."

아주머니가 계산서에 슥슥 표시를 하고는 사라졌다. 아까 하던 말이 궁금했다. 내가 TV에만 나오면 그녀가 어떻게 행동하는지.

"얼른 먹어."

오현호는 하던 말을 까먹은 듯 다른 말을 이어 나갔다.

"너 때문에 우리나라 자전거 판매량이 급증했대. 우리나라 자전거 업체가 너 후원하면서 엄청 컸다며? 국위 선양 제대로 한다, 너. 나 얼마 전에 강남 갔다가 깜짝 놀랐잖아. 강남역 나이키가 네 사진으로 도배가 돼 있더라? 나 진짜 궁금한데, 밖에서 그런 사진 보면 어떤 생각이 들어?"

"그냥 쑥스럽죠."

그가 따라 주는 소주를 벌컥 들이켰다.

"우리 밀희는 반가운가 봐. 너 TV에 나오면, 애가 속도 없이 그래."

"뭐라고요?"

"와! 엄청 유명해졌네."

그는 여동생의 말투와 멍한 표정을 따라 하고는 웃었다.

"잘 지내죠?"

"걔야 뭐⋯⋯. 알잖아. 애가 워낙 열심히 사는 거. 너랑 연애할 때는 나사 빠진 것처럼 돌아다녀서, 성적 구멍 나서 고생 좀 한 것 같았거든."

그녀가 성적 관리를 제대로 하지 못한 것도 몰랐다.

"공부만 죽어라, 하더니. 결국, 그 방송사란 데를 들어가더라."

그의 말투에서 여동생을 향한 뿌듯한 애정이 드러났다.

"잘됐네요."

"너는? 잘 지냈어? 여긴 왜 왔어?"

보고 싶어서 왔다는 말을 꺼내기가 힘들었다. 여동생 지우는 이제 한국 나이로 스무 살이 되었다. 지우가 어른이 되었다는 생각이 들자, 말도 못 할 그리움이 밀려들었다. 나는 또다시 소주를 벌컥 들이켰다.

"잘 살아라. 이만큼 했으면 됐지. 내 여동생도 잘 살고 있으니까⋯⋯. 괜히 애 흔들지 말고."

그의 당부에 나는 고개를 가만히 끄덕였다.

잘 살고 있다는 거짓말도 했다. 하지만 나는 잘 살지 못했다. 내 지갑 속에는 여전히 그녀의 고등학교 때 사진과 우리가 대학로에서 함께 찍은 사진이 들어 있었다. 어색해서 다른 사람 같다고 놀렸던 그녀의 증명사진은 독일 집 침대 옆, 작은 액자에 끼워 두었다.

그리고 나는 여전히 그녀가 보낸 마지막 이메일을 확인하지 못했다. 아마 평생을 가도 그 이메일은 확인하지 못할 것 같다.

몇 년이 더 지나고 여동생은 대학을 다니다가 만난 남자 친구와 동거를 시작했다.

남자 친구와 같이 산다고 집을 나가는 여동생을 보며, 이래서 머리 검은 짐승은 거둬 봐야 아무 소용이 없다는 말을 중늙은이처럼 내뱉었다. 또 책임을 다한 것 같은 생각에 조금 홀가분해졌다.

독일에 있는 집을 정리하고, 서래마을에 집을 샀다. 골조는 그대로 두고 오랜 시간에 걸쳐서 집을 고쳤다.

마당에는 동글동글한 향나무를 심었다. 향나무만을 고집하는 나에게 조경 전문가는 취향이 '중후하다'라고 했다.

오해다. 내 취향은 중후하지 않다. 내 취향은 그냥…… 오밀희인 거다.

그녀가 처음 연출했다는 프로그램을 무척 재미있게 보았다. 집안일을 도와주시는 큰이모의 친구와 함께 응원 문자 메시지도 보냈다. 프로그램을 욕하는 기사가 업로드 되면, 옹호하는 댓글도 달았다.

그렇게 멀리 떨어진 채로 서로를 응원하며 살아가야 한다고 생각했다. 뜻밖의 제안을 받은 것은 이모의 회사에서였다.

"프로그램 하나만 하자. 교양 버라이어티로. 요즘 많이들 보는 OTT 알지? 거기서 오리지널 콘텐츠로 제작할 거야. 우리 회사에서 지원할 거고."

막내 이모는 산업 디자인을 전공한 디자이너였다. 투르 드 프랑스에 처음 참가했을 당시, 내가 탄 로드바이크의 프레임 랩핑 디자인을 이모가 해 주었다.

마요 아 푸아 루즈(Maillot a Pois Rouge, 빨간색 물방울 무늬 저지)를 손에 넣고, 그다음 부엘타 아 에스파냐에서도 좋은 성적을 거두면서 이모가 디자인한 로드바이크 프레임에도 이목이 쏠렸다.

그 결과 이모는 공식 투어 저지와 여러 아이템을 디자인 하는 데 이르렀고, 지금은 한국에서 자전거 회사를 인수해서 운영 중이었다. 물론 내 에이전트 역할도 도맡아 하고 있었다.

"딱 싫다."

단칼에 거절했지만, 이모는 끈질겼다. 키워 준 은혜를 생각해서 도우라는 말에는 반박하기가 힘들었다. PD가 들고 오는 기획안을 까고, 까고, 또 깠는데…….

새로 왔다는 PD를 보고 서 버렸다. 오밀희가 나타날 줄은 꿈에도 몰랐다.

방송사에서 일하는 그녀와 어쩌다 우연히 만나게 되더라도 나는 서늘한 어른처럼 행동할 수 있을 거라고 생각했다.

그런데 그게 어렵다. 거지 같은 기획안을 들고 왔던 한 PD랑 잤네, 마네 떠들지를 않나, 둘이 손을 붙잡지를 않나, 술 먹고 단둘이 자리를 뜨질 않나, 오 PD가 자길 좋아한다고 한 PD란 새끼가 지랄을 떨지를 않나.

속이 마음껏 뒤집혔다.

"선배! 아, 선배님! 선배니임!"

그리고 그녀가 한 PD를 부르는 호칭이 영 거슬렸다. 나도 그녀에게 선배였던 시절이 있었다.

지금도 영 거슬린다. 어제 그런 밤을 보내 놓고도, 그녀는 나를 모른 척하고 있다.

"선배니임! 딱 한 번만요, 네?"

한 PD라는 새끼한테 아양을 떨면서.

사랑을 담뿍 받고 자란 그녀는 막내 특유의 애교가 본인 행동에 배어 있다는 사실을 전혀 인지하지 못했다. 그게 얼마나 지켜보는 남자의 애를 태우는지도 모를 게 뻔했다.

꼭 말아 쥔 주먹이 부들부들 떨렸다.

"무슨 일입니까?"

나는 두 사람이 알콩달콩 승강이하는 곁으로 다가갔다.

멀리서 서로를 응원하던 우리가 다시 만났다. 이렇게 된 이상 너와 내가 운명이라는 생각밖에 들지 않는다.

나는 다시 한 번 나에게 다가온 운명을 멀리서 응원하고 싶은 생각은 없었다. 이기적일지 모르겠지만, 무심한 척하는 너의 마음을 가질 것이다.

젖은 바람이 불면 좋겠다. 그래서 비가 내리면 좋겠다.

훈련이 취소되어서 너를 만나러 가고 싶다고 소원했던 그때처럼. 촬영이 취소되어서 너를 품에 안고 싶다.

9화.
바람이 젖은 방향

"아, 선배니임."

최선을 다해 한 PD를 설득해야만 했다.

"아, 안 된다고."

오늘따라 한 PD도 있는 고집, 없는 고집을 다 부리고 있다. 이번 프로그램에서 인터뷰를 따는 것은 PD가 해야 할 일이었다. 영상 중간에 교차 편집된 형태의 감상을 불러일으키는 에피소드로 들어가게 될 터였다.

"지난번에 제가 대관람차 인터뷰했다가 망했잖아요. 근데 왜 또 저한테 시키세요. 그날 오후에 바닷가에서 선배랑 한 인터뷰가 더 좋았잖아요."

한 PD는 고개를 절레절레 내저었다. 그러면서 주차장 한쪽에 드리운 임시 천막으로 나를 불렀다. 노트북 앞에 앉는 한 PD는 자신이 인터뷰한 영상과 대관람차 인터뷰 영상을 화면에 띄우고는 나한테 보라고 턱짓했다.

"백 번도 더 봤어요."

그날로부터 일주일이 흘렀다. 촬영은 공무진과 제작진의 스케줄을 고려하여 일주일에 이틀에서 나흘 정도가 할애되고 있었다. 나는 어제까지 편집실에 틀어박혀서 지난주 촬영 영상을 편집했다.

모기업의 든든한 지원을 받으며 완벽하게 사전 지원되는 교양 버라이어티는 촉박하게 제작되고 송출하는 기존의 방송 제작 환경과는 완전히 달랐다. 그리고 일장일단이 분명했다. 프로그램에 공을 들일 수 있다는 장점이 있었지만, 그만큼 완벽하게 만들고 싶다는 욕심도 커졌다.

그 결과 나는 날마다 편집실에서 밤을 새웠다.

세상에서 공무진이라는 피사체를 가장 잘 아는 PD는 나일 것이다. 뭐…… 아마도. 그가 나 아닌 다른 PD와 사귄 적이 없다면…….

아무튼, 더 근사한 모습이 담긴 화면을 내보내고 싶어서 봤던 영상을 보고 또 보고, 편집했던 영상을 다시 재정비했다.

그의 눈빛, 고개 각도, 목소리, 말투…… 수백 번을 보고 또 보았다.

어떤 자막을 넣으면 좋을지 고민했고, 추가 촬영에 대한 욕심도 생겼다. 앞으로 어떤 방향으로 촬영을 해야 이로울지 고려하며 계획도 조금씩 수정해 나갔다.

그런데 이건 아니지.

"백 번도 더 봤으면, 알아야지. 모르겠어?"

"모르겠는데요."

한 PD가 무슨 말을 하고 싶은 건지 모르겠다.

"봐. 나하고 인터뷰할 때, 공무진 선수는 완벽한 매체 교육을 받은 스포츠 선수의 표본처럼 보여."

공무진은 높은 지적 수준을 증명하듯 언변 또한 훌륭했다.

독일에서 오래 생활한 탓에 독일어에 능통했고, 프랑스어도 잘했으며, 스페인어로도 간단한 의사소통이 가능했다. 영어는 말할 것도 없었다. 대학 시절에도 영어는 이미 모국어 수준이었다.

한 PD가 딴 인터뷰에서 공무진의 모습은 유려함, 그 자체였다. 질문에 막힘없이 대답했고, 그가 구사하는 어휘는 그의 세련된 통찰력을 대변했다.

"근데 봐라. 너랑 인터뷰할 때."

가라뜬 눈으로 화면을 응시했다.

"이때는 그냥, 자연인 공무진이야. 꾸미지 않잖아."

한 PD는 연출가로서 혜안을 가진 사람이다. 하지만 지금은 그게 아니라며 반박하고 싶어진다.

"선배님. 저 그때 질문 한두 개밖에 못 했어요. 그리고 아시다시피, 이때는 상황이 좀 특수했잖아요. 공무진 선수가……."

다른 제작진 눈치가 보여서 고소공포증이라는 단어를 입에 올리지는 못했다.

"카메라 꺼지고 무슨 이야기 했어?"

꿀 먹은 벙어리처럼 입을 꾹 다물었다. 한 PD는 한숨을 몰아쉬고는 천장을 올려다보았다. 그러고는 자리에서 벌떡 일어나더니 천막 밖으로 나가 버린다. 뭘 알고 저러는 건지, 초조해진다.

"촬영 거부할 거면, 너 여기서 빠져."

"네?"

마른하늘에 날벼락이 따로 없었다. 한 PD는 이렇게 앞뒤가 꽉 막힌 사람이 아니었다.

"선배님, 그게 무슨 말씀이세요. 조율 가능한 일이잖아요."

한 PD도 해당 인터뷰는 꼭 내가 해야 한다며 억지를 부렸고, 나는 절대 못 하겠다며 억지를 부리고 있었다.

공동 연출자들 사이에서 트러블이 생기면 제작진 전체가 불편해진다. 현장에서의 다툼은 흔한 일이다. 하지만 이런 억지는 나와 한 PD의 상식선에서는 없어야 하는 일이다.

"선배님. 딱 한 번만요, 네?"

안타까운 목소리를 내며, 한 PD의 뒤를 졸졸 따르고 있을 때였다.

"무슨 일입니까?"

로드 빕 쇼츠(로드 사이클리스트가 입는 멜빵이 있는 반바지. 주요 부위를 보호하는 보호대가 달려 있음) 위에 노란색 저지를 입은 공무진이 헬멧과 클릿 슈즈(페달에 고정되는 신발)를 손에 들고 다가오고 있었다.

오늘 촬영할 영상은 그가 높은 고도의 오르막길 구간을 오르는, 삼척 업힐 클라이밍(Up-hill Climbing)이었다. 앞에서 바이크가 선발대로 촬영하고, 뒤에서는 자동차가 따라갈 예정이었으며, 드론 촬영도 동반할 예정이었다.

원래 지난주에 촬영했어야 할 분량이었는데, 일정이 조금씩 밀리면서 결국 이번 주에 찍게 되었다.

잘 빗어 넘긴 그의 머리 위에는 빛을 반사하는 미러 고글이 얹혀 있었다. 새하얀 피부는 투르 드 프랑스 종합 우승자에게 주어지는 노란색 저지와 무척이나 잘 어울렸다.

"아, 공무진 선수. 준비 다 되셨습니까?"

"네, 다 됐습니다."

그가 선선하게 웃으며 대꾸했다.

"업힐 클라이밍 촬영 후에 꼭대기에서 인터뷰를 좀 땄으면 하는데요."

한 PD가 먼저 운을 뗐다. 나는 애써 씁쓸한 표정을 감추며 허공을 응시했다.

"우리 오 PD한테 진행해 달라고 했는데, 자꾸 싫다고 하네요. 혹시 대관람차 안에서 오 PD랑 무슨 일 있었습니까? 오 PD와 불편한 일이 있었던 거라면, 우리 프로그램에서 빠져야 할 것 같아서요."

이런 식의 단도직입적인 질문이 튀어나올 거라고는 예상하지 못했다.

"아니요."

공무진이 한 PD를 향해 단호하게 대꾸했다. 그러고는 옆에 선 나를 내려다보며 묻는다.

"내가 불편하게 했습니까?"

서늘한 물음이었다. 아무 일도 없었다는 듯이 무심한 질문은 인터뷰를 피하려고 했던 나의 못난 자존심을 툭 건드렸다.

"아닙니다."

"그럼 제 인터뷰 촬영을 거부하는 이유가 있을까요?"

공무진의 시선은 한 치의 떨림도 없이 나를 향하고 있었다. 나는 공무진을 물끄러미 올려다보았다. 지난주, 속초 촬영지에서 있었던 일들이 주마등처럼 스치고 지나간다.

"아닙니다. 제가 대관람차 인터뷰를 제대로 촬영하지 못했고, 한 PD 인터뷰가 더 훌륭했다는 판단을 했습니다. 그래서 인터뷰는 한 PD가 진행하는 게 옳다고 생각했습니다. 한 PD와 제 의견이 달랐던 것뿐입니다."

나를 향해 내리쬐던 그의 시선이 한 PD에게 옮겨 갔다.

"제 인터뷰를 한 PD님께서 더 싫어하시는 것 같네요. 제가 불편하십니까?"

공무진은 나에게 던졌던 질문을 공평하게 한 PD에게도 했다.

"아니요. 제 생각에는 공무진 선수가 오 PD를 더 편하게 생각하는 것 같았습니다. 제 인터뷰는 평범한 매체 인터뷰와 다를 게 없다는 생각이 들었거든요. 물론 공무진 선수의 대답은 훌륭했습니다. 하지만 오 PD와의 인터뷰는 결이 달랐습니다. 본인도 느끼지 않으셨나요?"

한 PD의 질문에 공무진은 잠시 침묵했다. 아무 말도 하지 않고 자신이 자전거를 타고 올라가야 할 가파른 도로를 응시했다.

나와 한 PD는 서로 눈길을 주고받으며 눈치를 보았다. 출연진의 무거운 침묵 앞에서 잠자코 대답을 기다리는 수밖에는 방법이 없었다.

"불편합니다."

공무진이 스산한 목소리로 중얼거렸다. 한 PD와 내 시선이 허공에서 마주쳤다.

"인터뷰는 한 PD님이랑 하면 좋겠네요."

이어진 대답에 나도 모르게 얼굴이 굳어 버렸다. 심장이 털썩 내려앉았다. 내가 거부하는 것과 그에게 거부당하는 것은 느낌이 완전히 달랐다. 그는 이야기가 마무리되었으면 라이딩 준비를 하겠다며 도로변으로 향했다.

"왜 네가 깔 때랑, 공무진한테 까일 때랑. 기분이 좀 달라?"

한 PD가 내 의중을 정확히 간파하며 물었다. 나는 가만히 고개를 끄덕거렸다.

"어휴, 변덕은."

"변덕이 아니고요. 출연자가 연출자를 불편해하는데…….."

고개를 절레절레 내저은 한 PD가 조용히 중얼거렸다.

"네가 무슨 죄를 지었는지, 잘 생각해 봐라."

진짜 뭘 알고 저러는 건가? 중얼거리는 한 PD의 말이 체한 듯 명치에 걸렸다.

한 PD가 어서 슬레이트를 치자며 채근했다. 나는 업힐 클라이밍 촬영을 임시 천막에서 모니터로 지켜볼 예정이었다.

한 PD가 그를 뒤따르는 차량에 올랐고, 드론 촬영감독은 나와 함께 임시 천막에 머물렀다.

그는 걸을 때마다 딱딱 소리가 나는 클릿 슈즈를 신고 헬멧을 쓴 뒤, 고글을 착용했다.

완벽하게 선수용 복장을 갖춘 그의 모습을 실물로 처음 보는 것은 아니었다. 그런데도 가슴이 뛰었다. 예전에는 신선한 신인 선수의 모습이었다면, 지금은 정상에 서 있는 자만이 가질 수 있는 압도적인 분위기가 함께였다.

슬레이트 치는 소리와 함께 촬영용 선발 바이크가 먼저 출발했다. 그리고 그는 경사도 10%에 해당하는 구간을 오를 예정이었다.

한강 라이더들이 사랑하는 서울 업힐 클라이밍 구간의 경사도는 평균 5~6%, 오늘 그가 오를 10%는 상당한 체력과 힘을 요구하는 구간이었다.

한 번의 숏으로 촬영해야 하는 장면이다. 촬영을 반복했다가는 그의 몸에 무리가 갈 수도 있었다. 그는 본 촬영을 마치고 7월 말에 개최될 투르 드 프랑스에 참가할 예정이었다. 그래서 프로그램도 투르 드 프랑스가 한창일 8월 초에 업로드 날짜가 잡혀 있었다.

그가 이번 투르 드 프랑스에서 좋은 성적을 거둔다면, 프로그램도 흥행에 성공할 것이다. 그러니 그의 좋은 성적은 서로에게 윈-윈인 상황이었다. 그런 상황에서 선수 보호는 당연히 수반되어야 할 조건이다.

이윽고 그가 페달에 클릿 슈즈를 끼우며 출발했다. 그가 오르막길을 오르는 장면은 카메라에 잡히는 대로 예술이었다.

로드 사이클리스트들은 오르막길을 오를 때 댄싱(Dancing) 주행 기법을 사용한다. 좌우로 자전거가 움직이는 모습이 꼭 춤을 추는 것 같다고 해서 붙여진 이름이다.

그의 댄싱 주행은 유명 스포츠 브랜드의 CF에 등장해서, 뉴욕 타임스퀘어와 런던 피커딜리 서커스의 광고판에 실릴 정도로 매혹적이었다. 안장에 올라앉아서 상체를 낮추고, 핸들을 틀어쥔 채 거친 숨을 내쉬는 그의 모습은 관능적이다 못해 아름다웠다.

하지만 광고가 아닌 상황에서 그의 업힐 클라이밍 모습을 카메라에 담았던 방송사는 없었다. 침대 위에서 보는 그의 몸과는 완전히 다른 에너지를 내뿜는 모습에 나는 완벽히 매료되었다.

경기 중계 영상도 지금과 같은 분위기는 자아내지 못했다. 대회 우승을 위해 달리는 선수가 아닌, 세상의 한계에 도전하는 듯한 선수 공무진의 모습은 그 자체로 완벽했다.

날렵한 턱선을 타고 떨어지는 땀방울과 헬멧 아래로 보드랍게 나부끼는 머리카락, 숨을 헐떡이는 모습에 나는 온 정신을 빼앗겼다. 나뿐만 아니라, 모든 제작진이 그랬다.

끝내 정상에 오르자, 그가 상체를 일으키며 페달 구르기를 멈추었다.

핸들에서 손을 뗀 그가 저지 지퍼를 쭉 잡아당겨 내리자, 판판한 흉근이 순식간에 드러났다. 숨을 쉴 때마다 가슴 근육이 넓게 팽창했다가, 질기게 수축하기를 반복했다.

"그림 제대로 나오네."

옆에 서 있던 박 작가가 넋을 잃은 듯이 느릿하게 손뼉을 쳤다.

"컷!"

무전기 너머에서 한 PD의 컷 소리가 들려왔다. 드론 촬영 감독은 그가 출발할 때 플라이 업(Fly up: 카메라가 상승하면서 피사체를 찍는 기법)으로 촬영한 장면과 그가 주행할 때 찍은 트래킹 숏(Tracking shots: 공중에서 피사체를 따라가면서 찍는 기법) 장면을 빠르게 모니터링했다.

나는 무전기에 대고, 한 PD에게 드론 촬영 장면 결과를 전달했다.

"드론 오케이."

– 서라운드(Surround: 피사체 주위를 돌며 찍는 기법)는 땄어?

옆에 서 있던 드론 촬영감독이 고개를 끄덕거리며, 대꾸했다.

"서라운드, 픽스 트래킹(Fixed Tracking: 화면의 중앙에 피사체를 두고 고도를 유지한 채 따라가며 찍는 기법)도 땄습니다."

드론 촬영감독을 향해 고개를 끄덕거린 나는 무전기에 대고 덧붙였다.

"들으셨죠? 추가 촬영은 안 해도 될 것 같습니다."

– 그래, 이제 정상에서 인터뷰 딴다. 박 작가한테 질문지 추가할 거 있으면, 진원이한테 메시지 보내라고 해.

정상에서의 인터뷰는 임시 천막에서의 모니터링 없이 진

행되었다. 촬영은 금세 끝이 났다. 원래 프로그램 제작에서 가장 적은 시간이 투자되는 게 촬영이다. 기획과 편집 단계에서 가장 긴 시간이 소요된다.

임시 천막 아래 모여 있던 스태프들이 분주하게 움직였다. 자리 정리가 마무리되어 갈 무렵, 정상에 올랐던 일행이 내려왔다. 그런데 그들 사이에 공무진은 없었다.

"누구 찾아?"

한 PD가 두리번거리는 나를 향해 물었다.

"공무진 선수는요?"

스태프들 사이를 살피던 나는 시선을 길게 끌어와 한 PD를 올려다보았다.

"좀 타다 오겠대."

"혼자서요? 그러다가 부상이라도 당하면 어쩌려고요!"

나도 모르게 목청을 높이고 말았다.

"공무진이 그렇게 미련해 보이지는 않던데……. 너 걱정이 좀 과하다?"

한 PD는 가볍게 던진 말 같았지만, 나는 꼭꼭 숨겨 둔 속마음을 들킨 것 같아서 잠시 멈칫했다.

"촬영 아직 한참 남았는데, 다치면 곤란하잖아요."

PD로서 충분히 할 수 있는 말이었는데도, 한 PD 눈치가 보여선지 기분이 찝찝했다.

"알았어, 알았어."

한 PD가 웃으며 고개를 주억거렸다.

"오늘 회식이다. 촬영도 한 번에 끝났고, 내일은 식당 촬영만 하면 되고."

"무슨 회식을, 촬영 때마다 해요?"

볼멘소리가 툭 튀어나왔다.

"싫으면 넌 빠지시고요. 지난주에 스태프끼리 먹은 건 평범한 저녁밥이지. 그게 회식이었냐? 오늘은 공무진도 올 거야. 촬영 하나 했다고 피곤하신 오 PD님은 들어가서 쉬세요."

힘든 촬영이 있더라도, 끝난 후에는 삼삼오오 모여서 뒤풀이를 하곤 했다. 워낙 기가 빨리는 바닥이라 술자리가 잦은 편이었다.

그걸 모르는 바가 아닌데도, 공무진의 압도적인 존재감 때문인지 회식 자리마저 껄끄럽게 느껴진다.

말은 바로 해야지. 찔리는 게 있잖아?

지난주에 그의 방에 찾아갔던 일을 떠올리자, 아랫배에 뭉근한 열기가 고이기 시작했다. 나는 몸을 한번 부르르 떨고는 열기를 떨쳐 내려 애썼다.

가자, 가야지. PD가 빠지면 쓰나.

숙소에 도착해서, 개인 정비 시간을 가진 제작진은 호텔 근처 고깃집에 모여 앉았다. 돼지갈비여도 황송할 마당에

식사 메뉴가 무려 횡성 한우다.

제작진들의 눈이 초롱초롱 빛났다. 서빙되는 술도 복분자부터 강릉 양조장 맥주까지 다양했다.

"선배님, 우리 뭐 미리 땡겨 받았어요? 혹시 회사에 영혼이라도 팔았어요? 저는 지키고 싶은데요."

나는 팔뚝으로 엑스 자를 만들어 상체를 감싸는 시늉을 했다.

"영혼을 왜 팔아. 오늘 공무진 선수가 사는 거래."

박 작가가 내 옆에 앉으며 웃었다. 보통 연출진과 함께 자리하는 공무진이 오늘따라 보이지 않는다. 네댓 명씩 모여 앉은 테이블을 살피는데, 나이 어린 작가들과 AD 틈바구니에 앉아 있는 공무진의 활짝 웃는 얼굴이 눈에 들어온다. 하필 그 테이블에 모여 앉은 이들은 전부 여자다.

"오 PD 한 잔 받아."

"사양하겠습니다."

나는 촬영감독의 강권에도 술 한 방울 입에 대지 않았다. 모두 취해 가는 틈을 타, 공무진이 앉아 있는 테이블을 살폈다. 아주 온갖 술 게임을 다 하면서 깔깔거리고 난리가 났다. 공무진은 어찌나 매력적으로 웃는지, 심통이 날 정도다.

놀고들 있네, 진짜.

그동안 공무진은 얼마나 많은 자리에서 저렇게 매력을 뚝뚝 흘리고 다녔을까.

나는 괜한 생각에 속 끓이지 말자며, 한우에 핏기가 가시자마자 입에 쏙쏙 넣었다.

"어휴, 우리 오 PD 잘 먹네. 오 PD 때문에 공무진 선수 돈 많이 나가게 생겼다."

너스레를 떠는 촬영감독을 가늘게 뜬 눈으로 쏘아보았다. 분위기가 마음에 들지 않는데도, 음식이 술술 들어가는 걸 보면 나도 참 신기했다. 신경 쓰이는 일이 있으면 곡기를 끊어 버리곤 했는데, 오늘은 정반대였다.

먹어야지. 내일 촬영도 있는데, 먹어야 살지.

"그래도 술 한 잔은 해."

촬영감독은 끝까지 술을 권했다. 나는 어쩔 수 없이 맥주 두어 잔을 들이켰다. 평소라면 소주 한 병까지 가능했을 텐데, 스트레스를 받아서인지 맥주 두 잔에 취기가 확 올라왔다.

"저 잠깐 바람 좀 쐬고 올게요."

공무진은? 저들끼리 이야기하느라, 내가 자리를 비우는 줄도 모르는 듯했다.

자리에서 일어나, 식당 건물 계단 옆 통로에 자리한 화장실로 향했다. 화장실에서는 아까 공무진이랑 같은 테이블에 앉아 있던 작가들이 수다를 떨고 있었다.

"공무진 선수 여자 친구 없대요?"

하늘하늘한 웨이브 머리를 등허리 중간까지 드리운 20대초반의 막내 작가였다.

"몰라. 그런 건 안 물어봐서."

막내 작가 딱지를 뗀 다른 작가가 대꾸했다.

"내가 물어봐야겠다. 여자 친구 없는지."

히힛, 하는 특유의 명랑한 웃음소리가 영 귀에 거슬렸다.

"PD님! 공무진 선수 여자 친구 없대요?"

볼일을 보고 나와서 손을 씻고 있는 나에게 질문이 날아들었다. 막내 작가는 얼굴을 붉히며 몸을 비비 꼬고 있었다.

"몰라. 나도."

나는 무심하게 대꾸하며 물기 젖은 손으로 앞머리를 매만졌다. 거울 속에서 막내 작가와 눈이 마주쳤다. 막내 작가가 무슨 할 말이 있는 것처럼 우물쭈물한다.

"할 말 있으면 해. 왜?"

내 물음에 막내 작가가 싱긋 웃는다.

"아니에요. 그냥."

술이 많이 취한 듯했다. 다른 작가에게 막내 작가 먼저 숙소로 들여보내라는 말을 하려는데, 다들 벌써 식당 안으로 들어가 버린 듯 주위가 휑했다.

"저능요. 정말 오 PD님이 조커등요. 께속께속 오 PD님이랑 일하고 시퍼여. 오 PD님 사랑해여!"

아까까지만 해도 멀쩡했던 막내 작가의 혀가 마구잡이로 꼬였다. 머리 위에 하트까지 그리며 술주정을 하는 막내 작가가 귀엽기는 했다. 나는 비틀거리는 막내 작가를 데리고 화장실을 빠져나왔다.

"우왓! 곰무진 선수다! 저능요. 정말 곰무진 선수가 조커 등요. 께속께속 곰무진 선수랑 일하고 시퍼여. 곰무진 선수 사랑해여!"

막내 작가는 나에게 등을 기대며 두 팔을 머리 위로 들어 올려서는 하트를 그렸다. 나는 막내 작가의 무게를 이기지 못하고 비틀거렸다.

"조심해요. 이러다 넘어지겠네."

공무진이 막내 작가의 팔뚝을 잡아 부축했다. 그 덕에 똑바로 설 수 있었지만, 어쩐지 마음 한구석이 불편해졌다.

"숙소로 데려다줄게요."

"감사한다. 감사함다."

막내 작가가 허리 굽혀 인사하며 앞으로 고꾸라지려고 했다. 그걸 공무진은 또 두 팔로 다정하게 부축했다. 꼭지가 도는 듯 정수리까지 열이 올랐다. 나는 두 사람이 옥신각신하는 모습을 지켜보다가 식당으로 발길을 돌렸다.

몰랐는데, 공무진은 저런 식으로 살아왔나 보다. 그러니 지난주의 하룻밤도 큰 의미를 둘 필요가 없었다.

'내 몸을 묻었던 여자는, 딱 하나야.'

파르르 떨리던 그의 나지막한 목소리가 귓전을 맴돌았다.

하룻밤 꼬시는 마당에 무슨 말은 못 할까, 공무진이 그렇게 가벼운 놈이었나, 사람이 변할 수도 있지…….

맥 빠진 생각을 이어 가며 걸음을 옮길 때였다.

"오 PD님."

등 뒤에서 공무진이 나를 부르는 소리가 들렸다. 나는 천천히 돌아서서 막내 작가를 부축하고 있는 남자를 노려보았다.

"이분 숙소에 데려다줄 수 있는 스태프가 있을까요?"

"숙소에 직접 데려다주실 생각 아니었어요?"

비뚤어진 되물음이 튀어나왔다. 자존심이 상했다. 한번 찾아보겠다고 말하면 그뿐인데, 나도 모르게 시비를 걸고 있었다.

"그럴까요?"

그가 되물었다. 그는 곧은 시선으로 나를 보고 있었다.

"그러세요."

짧게 대꾸하고 돌아서려는 순간이었다.

"오밀희."

그가 내 이름을 나직하게 불렀다.

"이리 와."

나는 그에게서 시선을 뗀 채로 가만히 허공을 바라보았다.

"무슨 오해를 하는지 모르겠는데, 그대로 가지 마."

"왜 맨날 내가 무슨 오해를 하는지 모르겠대? 제대로 된 설명도 안 하면서! 나랑 무슨 말을 섞을 생각은 있어? 오빠는 처음부터 내 말은 안 들었어. 오빠 일정만 중요했지. 내가 어떻게, 뭐 하면서 지내는지, 오빠를 만나려고 어떤 희생을 하는지는 하나도 중요하지 않았잖아."

목숨을 내놓을 만큼의 희생도 아니었다. 그걸 희생이라고 해야 하는지도 의문스러웠다. 그리고 그는 나를 만날 때마다 나에게 귀를 기울였다. 단지 나는 그에게 걱정거리가 될 만한 일을 전부 숨겼을 뿐이다.

하지만 많이 양보한 것은 사실 아닌가? 본인 대회 성적은 중요하고, 내 앞날을 결정지을 것들은 중요하지 않은가?

감히 그 누구도 인생의 경중을 따질 수는 없다. 그가 제 삶이 중요했던 것만큼, 내 삶도 중요했다.

"정리할 이야기도 없다며! 나한테 해명할 말도 없다고 했었지? 그것 봐. 오빠는 나랑 말이나 마음을 섞고 싶은 게 아니라, 그냥 몸이 섞고 싶었던 거겠지. 한국 올 때마다 욕구나 해소하고 마는 보험 같은 거 아니었어?"

그의 표정이 무섭게 굳었다. 말이 너무 심하게 나가고 있다는 생각이 들어서 아차 싶었지만, 도로 주워 담을 수도 없었다. 또 이왕 폭발한 김에 전부 털어 내자는 생각도 들었다.

"보험기간 만료됐어. 특약으로 한 번 써먹었으면, 이제 끝내."

비틀거리던 막내 작가가 휘둥그렇게 뜬 눈으로 나와 공무진을 번갈아 보았다.

"죄송합니다."

정신이 번쩍 들었는지, 막내 작가가 꾸벅 인사를 하고는 후다닥 식당 안으로 들어갔다.

"아아……."

나는 한숨을 몰아쉬며 오른손으로 이마와 눈언저리를 쓸어내렸다. 그가 천천히 내가 서 있는 곳으로 다가오고 있었다.

"오지 마."

경고하듯 읊조렸다.

"오지 말라고 했어."

아랑곳하지 않고, 그가 내 손목을 잡은 채로 성큼성큼 걸음을 옮겼다.

식당 건물 뒤, 술 상자가 잔뜩 쌓여 있는 구석에서 우리는 마주 섰다. 그는 아무 말도 하지 않고, 내 얼굴을 가만히 내려다보기만 했다.

"질투 났어?"

고요한 물음에 기가 찼다. 어이가 없어서 헛웃음이 튀어나왔다.

"뭐?"

인상을 잔뜩 구기며 되물었다.

"질투했냐고. 내가 다른 테이블에 앉아서, 저 여자한테 신경 써서?"

"아니거든!"

나는 고개를 세차게 가로젓기까지 했다.

"그럼 왜 그렇게 감정적이야?"

감히 공무진이 내 태도를 지적하고 나섰다. 나는 하도 어이가 없어서 웃음도 나오질 않았다. 공무진을 무섭게 노려보았다. 너무 째려봐서 눈알이 빠질 것처럼 아팠다. 그가 곁으로 성큼 다가섰다.

간격이 좁혀지자, 고개를 젖히고 그를 올려다보아야만 했다.

"이제 긴말은 필요 없을 거라고 생각했어."

"왜? 왜 필요가 없는데?"

나로서는 설명이 필요하다고 생각했었다.

"오밀희, 너는 나한테 무슨 이야기가 듣고 싶은데?"

순간 말문이 턱 막혔다. 보고 싶었다는 말이 듣고 싶었다. 그리워했다는 말도 듣고 싶었다. 그렇게 헤어지고 조금 힘들었다는 말도 듣고 싶었다.

대체 그 말을 들어서 뭘 하자고?

지난주는 그저 하룻밤의 실수였는지도 모른다. 다시는 수

렁에 빠지지 말자고 다짐하지 않았던가.

그런데 또다시 나는 어처구니없게도 먼저 감정을 드러내고 말았다.

"그럼, 그때는 왜 해명 안 했어?"

이제는 과거 일까지 들먹거리고 있었다.

"말하기 싫었어."

"하!"

헛웃음이 흘러나왔다.

"내가 감당해야 할 일이 너무 많았고, 그래서 이상한 기사가 난 것도 몰랐고. 이야기하고 싶은 순간에는 너랑 연락이 안 됐고. 근데……."

그가 잠시 뜸을 들이다가 입을 열었다.

"근데 이야기할 기회가 있었어도, 나는 아마 말 못 했을 거야. 나를 버리고 시집간 어머니가 죽었다. 그 어머니가 낳은 여동생을 돌보게 되었다. 호적상 아버지라는 인간은 나를 폭행죄로 고소하겠다고 협박한다. 그래서 상금을 타면 합의금으로 물어 줘야 한다."

그는 지나간 이야기를 담담한 목소리로 늘어놓았다. 매체 노출도는 높았지만, 그의 가족사는 드러난 적이 없었다. 그리고 나도 그의 가족에 대해서는 잘 알지 못했다.

"사실 기회가 있었는지도 몰라. 희수한테 네 소식 전해 들을 때도 있었고, 현호 형도 만났었으니까."

"우리 오빠?"

얼어붙은 분위기를 조금 부드럽게 하기 위한 본능적인 의도였는지, 친오빠에 대한 되물음이 툭 튀어나왔다.

"응."

그가 오빠 이야기에는 반응하는 나를 보며 조금 엷게 웃었다.

"어머니 돌아가시고, 여동생이 좀 많이 힘들었어. 그래서 내가 걜……. 다른 가족 옆에 둘 수가 없었어. 너처럼 밝고 똑똑한 여자가 되었으면 좋겠다는 생각이 들어서, 현호 형처럼 좋은 오빠가 되어 주려고 노력했어."

나는 아무런 말도 하지 못하고 입안 쪽 살을 잘근잘근 씹었다.

"네가 봤는지 모르겠지만, 그래서 오해했는지도 모르겠지만……. 그 기사에 실린 사진은 내 여동생이었어."

"이제 와서 그게 무슨 소용인지 모르겠다."

과거 이야기를 끄집어낸 건 나였다. 하지만 소용없는 이야기인 것도 맞다.

"모르겠어?"

그가 내 앞머리를 헝클며 덧붙였다.

"나는 너랑 헤어지고 싶지 않았다고. 붙잡을 기회도, 자격도 없었던 것뿐이라고."

덤덤한 어조였다. 오히려 눈가에 눈물을 가득 머금고 있는 사람은 나였다.

"그럼."

무슨 말을 해야 할지 몰라서 무작정 입을 뗐을 때였다.

"오밀희!"

내 이름을 부르는 한 PD의 목소리가 들렸다.

"오 PD!"

"대체 어디 간 거야? 휴대전화도 놔두고. 아까 공무진 선수랑 싸웠다고?"

"그게요……. 아까요…….

박 작가가 막내 작가를 다그치는 소리가 들려왔다. 나는 공무진을 뒤로하고 식당 앞으로 튀어 나갔다. 심장이 벌떡거렸다.

"저 여기 있어요!"

"야, 너는 진짜!"

한 PD가 허리에 손을 얹으며 소리를 버럭 질렀다. 박 작가도 한숨을 몰아쉬며 안도한 표정을 지었다.

"아니, 우리 막내가 들어와서 갑자기 막 울잖아."

나는 멋쩍게 웃으며 별일 없었다고 손을 내저었다. 제발 공무진이 나와 같은 장소에서 튀어나오지 않기만을 바랄 뿐이었다. 대학 때 CC로 캠퍼스를 누비던 때와는 상황이 완전히 달랐다. 그는 온 국민을 넘어서 지구 절반이 알아보는 스포츠 스타였다.

"별일 없었어요."

한 PD가 눈짓하자, 박 작가가 나를 데리고 식당 주차장 쪽으로 걸으며 말을 붙여 왔다.

"진짜 별일 없었어? 막내가 좀 횡설수설하기는 했는데, 공무진 선수 진짜 못됐다고. 우리 오 PD님 너무 불쌍하다고. 막 울잖아. 밖에서 둘이 막 소리 지르고 싸웠다고."

점입가경이었다. 공무진은 공무진대로 신경이 쓰였고, 제작진은 제작진대로 뒤집혀서 난리였다.

"그런 거 아니에요. 그냥 이야기 좀 했는데, 막내가 술이 과해서 오해했나 봐요."

"그럼, 다행이고. 아직 촬영 많이 남았는데……. 들어가서 수습 좀 해. 지금 분위기 말도 아니야. 처음부터 오 PD랑 공이랑 사이 좀 껄끄러워 보이기는 했어. 그래서 말이 좀 나오기는 했거든. 알잖아. 방송사 놈들 눈치 엄청 빠른 거."

나는 이해한다며 고개를 끄덕거렸다.

"내가 이상한 소문 다 믿는 건 아니지만, 공무진 선수는 워낙 스캔들도 많았고. 혹시나 오 PD한테……."

"그런 거 아니에요. 제 성격 아시면서 그러세요? 그리고 이상한 소문 안 믿으신다면서요. 공무진 선수 사람 좋은 거 맞아요."

이 상황에 나는 공무진 역성을 드는 것 외에는 달리 할 수 있는 게 없어서 갑갑했다.

"일단 들어가자."

박 작가와 함께 식당에 들어선 나에게 모두의 시선이 쏠렸다.

"죄송합니다! 제가 출연자한테 고집 좀 부렸습니다. 죄송합니다! 다시는 이런 일 없게 하겠습니다."

좋은 그림을 만들어 내기 위해 내가 고집을 부렸다는 것으로 결론을 내 버렸다. 나의 등장으로 일순 조용해졌던 식당 안이 다시 시끌벅적해졌다. 그사이 공무진도 식당 안으로 들어왔다.

"공무진 선수, 우리 오 PD가 비리비리해 보여도 보통이 아니야."

노련한 촬영감독이 공무진에게 웃으며 말을 건넸다.

"네, 보통 아니어서 죄송합니다. 제가 보통 아니니까, 우리 프로그램도 보통 아닌 대박 날 겁니다! 다 같이 짠 하시죠!"

나는 자리에서 일어나 술잔을 허공으로 쳐들었다. 분위기가 순식간에 반전되었다. 다행이다. 다들 급히 술잔을 채운 뒤 높이 들어 올렸다.

"대박을 위하여!"

"위하여!"

건배사는 할 때마다 이상하게 소름이 돋았는데, 오늘은 특히 더 심하다.

나는 소주 한 잔을 목구멍으로 꿀꺽 넘겼다.

서늘해서 더 아련하고 애틋했던……. 그래서 어쩔 줄 모르게 만들었던 대화도 술 한잔과 함께 아스라해지길 바랐다.

이튿날, 식당에서의 촬영은 어려울 게 없었다. 그는 지난번 촬영처럼 잘 먹었고, 잘 웃었다. 재치 있는 말솜씨도 여전했다.

홍합을 잔뜩 넣고 짓는 홍합밥은 예로부터 서민들이 즐겨 먹던 음식이었다고 했다. 그는 뚝배기에 가득 담긴 밥을 복스럽고도 우아하게 먹었다.

"공무진 선수, 의외야. 사람이 되게 고급스럽게 생겼잖아. 귀하게 자랐을 것 같은데, 사람이 참 소탈해."

내 옆에 바짝 붙어 선 박 작가가 소곤소곤 떠들었다. 나는 한 PD 눈치를 살피며 입가에 검지를 가져다 대고는 조용히 하라고 눈치를 주었다. 박 작가는 입을 꾹 다물며 빠르게 고개를 끄덕거렸다.

촬영은 순조롭게 마쳤고, 공무진은 먼저 촬영장을 떠났다.

"너 어제 정상에서 인터뷰한 영상, 아직 리뷰 못 했지?"

"리뷰 할 시간이나 주시고 말씀하시죠."

한 PD의 물음을 나는 장난스럽게 되받아쳤다.

"제목 바꾸려고."

"네?"

촬영 스크립트를 정리하던 나는 얼른 고개를 들어 한 PD를 바라보았다. 프로그램의 원래 제목은 '길가에 서다.'였다. 매일 앞만 보고 달리던 로드 사이클리스트 공무진이 한국에 들어와서 잠깐의 휴식기를 갖고, 재정비한다는 의미였다.

"뭐로 바꾸시려고요?"

"바람이 젖은 방향."

다소 감상적인 제목에 나는 고개를 갸웃했다.

"인터뷰 영상 보면 알 거야. 왜 그런지."

대충 짐작이 가기는 했다. 대관람차에서 공무진은 젖은 바람이 불길 바란다는 말을 했었다. 그래서 쉬는 시간이 주어지길 바랐다고.

그 말에 나는 비 오는 날 그와 만났던 기억을 더듬었었다. 괜한 한숨이 훅 흘러나왔다.

"공무진 선수도 바뀐 제목이 더 좋대요?"

"응."

한 PD는 그렇다며 고개를 끄덕거렸다. 대체 그가 업힐 클라이밍을 마치고 정상에서 인터뷰한 내용이 어떤 것인지 궁금해졌다. 하지만 질문지의 내용은 나도 전부 파악하고 있는 것들이었다.

"어제 스크립트에 없던 질문도 했어요?"

"굳이 내가 하려고 한 건 아니고. 자연스럽게 나왔는데. 원래 질문보다 더 좋아서. 그걸 쓰는 게 나을 것 같네. 내일 오후에 출근해. 편집실에서 봐."

한 PD는 화면을 직접 보는 게 나을 거라고 말을 아꼈다.

다음 날 오후, 방송사로 출근한 나는 곧장 편집실로 향했다. 아직 한 PD는 출근 전이었다. 편집실에는 AD가 편집 준비를 마쳐 놓은 상태였다. 내가 들어서자, 바짝 긴장하는 얼굴이 안쓰럽다.

"나 혼자 볼게. 가서 할 일 해."

AD는 예의 바르게 인사하고는 편집실 밖으로 나갔다. 한 평 남짓한 공간에 홀로 앉아서 제목을 뽑아낼 만큼 훌륭했다는 영상을 재생했다.

-달리실 때마다, 젖은 바람이 불기를 바라셨다고요?

한 PD의 목소리가 먼저 들렸다. 그의 등 뒤로는 푸른 바다가 넓게 펼쳐져 있었다.

-젖은 바람이 불면, 비가 오거든요.

했던 말을 또 한다는 듯이 그가 멋쩍게 웃었다.

-비가 오는 걸 좋아하시는 이유가, 휴식 때문이었다고요?

공무진이 난간에 걸터앉으며 고개를 절레절레 내저었다.
멀리서 밀려오는 파도 소리가 아련하게 배경 소리로 깔렸다.

-정확히는 쉬는 날, 누굴 만날 수 있었기 때문입니다.
-자세히 말씀해 주시겠어요?
-비가 오면 훈련이 빨리 끝났어요. 실내 훈련을 이어서 하는 일도
있었지만, 보통은 능률이 오르지 않아서 도중에 비가 내리면 일찍 귀
가했거든요. 그때마다 저는 집으로 돌아가지 않고, 그 사람을 만나러
갔습니다.

심장이 벌컥벌컥 치솟았다. 그가 만나러 갔다고 가리킨
사람이 유럽에 있을 수도 있는데, 나는 공무진이 말하는 '그
사람'이 나일지도 모른다는 생각을 했다.

-생각해 보면 이기적이었어요. 그 사람은 항상 내가 찾아갈 때마다,
늘 제 곁에 있어 줬거든요. 한 번도 빼놓지 않고, 항상.
-어쩐지 과거형처럼 들리는데요?

한 PD의 질문에 공무진이 안쓰러운 미소를 머금었다.

-그때는 빨리 성공하고 싶었어요. 그러면서 그 사람은 만나고 싶고……. 그래서 날씨에 의지했어요. 제발 비가 와서……. 내가 훈련을 빼먹었다는 죄책감을 느끼지 않고, 그 사람을 만나러 갈 수 있게 해 달라고요. 그 사람이 더는 저를 반기지 않을 것 같은 순간이 왔을 때, 그래도 저는 비가 오기를 바라고 있더라고요. 그런데 비가 오면 달려갈 곳이 없어져 버려서……. 아마 많이 그리웠나 봅니다.

그의 눈가에 울적함이 가득 고였다. 눈물을 뚝 흘릴 것 같은 눈은 아니었지만, 서글픈 감상은 충분히 전달되었다.

-요즘에도 그런 생각을 하십니까?
-합니다. 자주.

그의 입가에 연한 미소가 번지기 시작했다.

-이제 비가 오면 달려갈 곳이 생겼거든요.
-다른 사람이 생겼다는 의미일까요?

공무진이 아랫입술을 슬쩍 깨물었다.

-제 바람이 젖은 방향은 항상 한 사람을 향해 있었습니다. 그때부터 지금까지. 언제나.

　눈가가 따끔거리는 것을 느끼면서도, 한 PD가 대단한 인터뷰를 따냈다는 생각에 나는 혼자 느리게 손뼉을 쳐 댔다.
　"뭐에 감격한 거야? 내 능력이야? 아니면 공무진이야?"
　어느새 편집실 문을 열고 들어온 한 PD가 내 옆자리로 의자를 끌어다 앉으며 물었다.
　"선배 능력이지. 설마 공무진이겠어요?"
　한 PD가 등받이에 깊숙이 기대앉으며 손가락으로 입술선을 슬슬 쓸었다. 고개를 비스듬히 기울이고 눈을 가늘게 뜬 한 PD가 영 수상하다는 듯이 나를 노려보았다.
　"왜요?"
　나는 영상 제일 앞으로 가서 편집점을 찾으려 키보드를 두드렸다.
　"너지?"
　심장이 덜컥 내려앉았다.
　"뭐가요?"
　화면에 시선을 고정한 채, 한 PD에게 물었다. 옆얼굴이 따끔따끔했다.
　"너잖아."
　"무슨 말씀 하시는 거예요!"

목소리를 높이며 한 PD 쪽으로 의자를 돌려 앉았을 때였다.

"방송하는 사람이 이렇게 허술해?"

한 PD가 키보드 위에 사진 한 장을 끼워서 세웠다. 손바닥만 한 사진을 보고 나는 기겁했다. 대관람차 안에서 내가 공무진과 키스하고 있는 장면이 담긴 사진이었다.

"우리 카메라랑 마이크만 끄면 뭐 해? 대관람차 안에 기념사진 찍는 카메라가 있는데."

나는 얼른 사진을 뽑아 들고 샅샅이 살폈다. 머릿속이 하얗게 비었다. 한 PD한테 뭐라고 변명해야 하는지 난감하다.

"너지?"

"그건 공무진한테 물어야죠."

"너 공무진이랑 예전부터 알던 사이지?"

입을 꾹 다문 채로 고개를 끄덕거렸다. 이렇게 된 이상 거짓말을 하면 오해만 쌓일 뿐이다.

"혹시 공무진이랑 대학 때 CC였어?"

"하아."

한숨을 한번 내쉬고는 고개를 끄덕거렸다.

"그럼, 그때 향나무 집에서 다시 만난 거고?"

"집요하시네요."

"대답해. 그때 다시 만난 거고?"

"네."

65

한 PD가 어처구니없다는 듯이 웃었다.

"아니, 나는 네 기획안도 솔직히 별로였거든? 그래서 당연히 공무진이 깔 줄 알았어. 근데 이 새끼가 단번에 오케이를 해? 솔직히 나 엿 먹이려고 그러는 줄 알았다? 방송하기 싫어서?"

방언이라도 터진 듯, 한 PD가 와다다 쏘아붙였다.

"내가 얼마나 어이가 없었게? 제대로 된 기획안을 내민 것도 아니고, 아니 새로 온 PD가 말로 바른 걸 듣고 오케이를 해? 와, 공무진 이 새끼 보통 아니구나 싶었다! 나를 그렇게 애먹이더니, 다른 PD한테 호의적인 거 보고. 나랑 한번 해보자는 건가? 지금 이거 결투 신청, 뭐 그런 건가? 얘가 유럽 물 먹더니 돌았나? 했다고 내가!"

억울하다는 듯이 한 PD가 가슴을 손바닥으로 가볍게 쳐 보이기까지 했다.

"근데 치정이었냐?"

"아니, 선배. 치정까지는 아니고요."

"너 똑바로 말해. 학교 다닐 때, 공무진한테 선배라고 불렀었냐?"

"네."

다 기어들어 가는 목소리로 짧게 대꾸했다.

"어쩐지. 네가 나한테 선배라고 부를 때마다, 공무진이 아주 눈에 불을 켜더라고. 네가 눈 높다고 지랄하는 것만큼,

나도 눈 높거든?"

"아니, 선배님. 제가 그런 것도 아니고, 공무진이 그런 건데요. 따지실 거면 공무진한테 따지셔야⋯⋯."

비굴하게 않는 소리도 해 보았다.

"너, 씨! 공무진 모르냐고 했더니, 모른다며!"

"아니, 선배도 그래요. 이런 사진 찍혔으면 저한테 빨리 보여 주시지. 왜 여태 모른 척하셨어요? 음흉하기가 짝이 없으십니다."

한 PD가 토막 난 한숨을 신음처럼 내뱉었다.

"둘이 잠깐 눈 맞은 줄 알았다! 네가 아주 눈으로 침을 뚝뚝 흘려서! 그래서 내가 둘이 잘되라고, 단독 인터뷰도 밀어주려고 하고, 내가! 아휴, 내가 미쳤지."

어색한 침묵이 흘렀다. 그리고 언제, 어디서나 어색한 침묵을 깨는 것은 나였다.

"혹시 다른 사람들도 봤을까요?"

"아니."

"근데 이거 유료로 뽑아야 하는 사진 아녜요? 이거 혹시 기념품샵에서 사셨어요?"

또다시 어색한 침묵.

"돈 내고 사셨어요? 얼마요? 제가 드릴게요."

한 PD가 박장대소하기 시작했다.

"너 진짜 웃기는 애다?"

저도 제가 요즘 왜 이러는지 모르겠습니다. 곧이곧대로 내뱉었다가는 쌍욕을 들을 것 같았다. 한 PD가 이렇게 억울해하는 모습은 또 처음이다.

"갑자기 카메라 멈춰서, 기념품샵에 카메라가 있대서 찾아갔지. 근데 모니터에 이런 게 떡하니 떠 있더라? 너 미쳤냐? 어?"

"그때 혼내시지 그러셨어요."

한 PD가 '아오' 하고 눈을 질끈 감으며 뒷목을 잡았다.

"공무진이 고소공포증이 있다잖아! 너는 눈 높다고 맨날 떠들고! 고소공포증 있는 새끼랑 남자 얼굴만 본다는 PD랑 순간 실수했다고 생각했지!"

할 말이 없어진 나는 한 PD의 말을 잠자코 듣기만 했다.

"어떡할 거야?"

"네? 뭘요……."

"앞으로 촬영 계속해야 하는데, 두 사람 촬영장에서 싸웠잖아."

"싸운 게 아니라요. 어제 촬영은 제대로 했잖아요."

천장을 한번 올려다본 한 PD가 스산한 목소리로 내뱉는다.

"풀어."

"네?"

"당장 공무진 만나서 풀어. 둘이 뭐 마려운 강아지처럼 끙

끙거리면서, 촬영장 분위기 엿같이 만들지 말고. 네가 책임지고 가서 풀고 와, 오늘."

나는 혼잣말처럼 중얼거렸다.

"수학 문제도 아니고……. 사람 일을 어떻게……. 그렇게 막 풀어요……."

"그럼, 너 빠질래? 고깃집에서 그러고 스태프들 수군거리는 거 봤지? 술잔 들고 짠! 이 지랄 하면 다야? 내 촬영장에서 불화 있는 꼴 못 본다."

불화까지는 아니라는 말을 할 수가 없었다. 한 PD의 서슬이 점점 시퍼렇게 물들고 있었다. 그는 급기야 주머니에서 휴대전화를 꺼내서 어디론가 전화를 걸었다.

"네, 공무진 선수. 한 PD입니다. 집이신가요? 외출 계획 없으시고요?"

나는 뜨악한 표정으로 한 PD를 바라보았다. 그만하라고 말리지도 못하고 안절부절못했다.

"지금 오 PD가 사과하러 간답니다. 이번 촬영에서 있었던 일이요. 네."

나는 두 손으로 얼굴을 감싸며 데스크에 몸을 기댔다. 연출자로서 한 PD의 추진력은 높이 샀다. 그런데 지금의 추진력은 조금 원망스럽다.

"가라."

통화를 마친 한 PD가 조용히 읊조렸다.

"공무진 선수가 뭐래요?"

"너 진짜 가증스럽다? 뭐? 공무진 선수? 너 평소에는 뭐라고 부르냐?"

"이제는 그냥 공무진 선수라고 불러요."

한 PD가 고개를 절레절레 내저었다.

"둘 다 아주 미련이 뚝뚝 떨어지면서, 미련맞게 구는 거 정말 짜증 나. 너, 아무튼 공무진 수습하고 와. 빨리."

눈치 빠른 한 PD도 둘이 잠깐 눈이 맞은 걸지도 모른다고 헛다리를 짚었는데, 그놈의 젖은 바람이 문제였다.

나는 한 PD의 성화에 못 이겨, 공무진의 향나무 집으로 향해야만 했다.

왜 하필 이 집의 이름은 향나무 집일까?

한숨을 훅 몰아쉬며 초인종을 눌렀다. 무명 앞치마를 두른 아주머니가 나올 거라고 생각했는데, 인정머리 없는 전자음과 함께 문이 열렸다. 대문 안으로 조심스럽게 발을 들였다.

오랜만에 날씨가 좋은 탓인지 현관문은 활짝 열려 있었다.

"계십니까?"

어색하게 목소리를 높였다.

"실례하겠습니다……."

어디선가 인기척이 들렸다. 현관 앞에 서서 우물쭈물하고 있는데, 연한 베이지색 팬츠에 하얀색 린넨 셔츠를 입은 남자가 불쑥 나타났다.

"아……안녕……하세요."

어설픈 인사를 건네고 미간을 팍 찡그렸다. 그가 어이없다는 듯이 웃었다.

"들어와."

일단 한 PD가 하라는 사과를 해야 했다. 촬영장 분위기 쇄신을 위해 이곳을 방문한 PD의 본분을 잊으면 안 된다.

"아주머니는요?"

"일찍 가셨어."

"아, 네."

이 넓은 집에 공무진과 나, 단둘뿐이었다.

"새삼스럽게 존대야?"

그 사실을 상기하듯 공무진이 무심하게 물었다. 그는 앉으라며 응접실 소파를 턱짓으로 가리켰다. 3인용 소파 한가운데 내가 걸터앉았고, 대각선 자리에 놓인 1인용 소파 상석에 그가 앉았다.

"일단 이틀 전 촬영 후 식당에서 있었던 일은 사과드리겠습니다. 죄송합니다."

나는 고개를 푹 숙였다.

무엇을 위해 사과를 하고 있는 것인지, 마음은 여전히 혼란스러웠다. 입맛도 썼다. 그는 아무 말도 하지 않고 나를 물끄러미 바라보고 있는 듯했다.

침묵이 흘렀다. 그가 아무런 반응도 보이지 않아서 낭패 감이 밀려들었다.

"나도 미안했어."

그가 낮게 중얼거렸다. 고개를 천천히 들어 올려 그를 바라보았다.

"그땐 할 이야기가 없었다고 했지만……. 제때 해명했으면 달랐을까, 하는 생각도 했었고……. 나도 후회 많이 했어."

어느새 사과의 본질이 먼 과거를 향해 있었다.

"그런데 나는 여전히 어리숙해서……. 그날 일부러 너 자극하려고 다른 자리에 앉았어. 네가 나 흘끗거릴 때마다, 기분이 묘하게 좋더라. 아직 나한테 관심은 있구나, 싶은 생각이 들어서."

눈가가 물색없이 따끔거리기 시작했다.

"침대 위에서 지껄여서, 진심이 담기지 않은 것처럼 들렸나 봐."

그가 내 눈을 가만히 바라보며 말을 이었다.

"많이 보고 싶었고. 많이 그리웠고. 그래서 무작정 네 집 앞에 찾아간 적도 있고. 휴대전화 번호가 바뀌어서 목소리는 들을 수 없었고. 그래서 네가 하는 프로그램 열심히 챙겨봤고, 응원 댓글도 달아 보고. 그렇게 멀리서 네가 잘 지내는 것만 확인해도 좋다고 생각했는데…….”

잠시 뜸을 들인 그가 연한 미소를 머금으며 말을 이었다.

“네가 여기 나타났잖아. 네 이름을 딴 이 집에.”

“그럼.”

나는 식당 뒤에서 마무리 짓지 못한 이야기를 꺼냈다.

“지금은 날 붙잡을 자격도 생겼고, 기회도 왔다고 생각해?”

내 물음에 그가 자리에서 천천히 일어났다.

나는 그가 움직이는 대로 시선을 옮겼다. 그는 내 옆으로 다가와 한 뼘 정도 거리를 두고 앉았다. 대답이 없어서 가슴이 빠듯하게 차올랐다.

“그렇다고 생각해?”

“응.”

그가 짧게 대꾸했다. 한숨이 흘러나왔다.

“정말 미련하구나.”

마주한 그의 시선이 살짝 흔들렸다. 그의 검은 눈동자는 안쓰럽게 젖어 있었다.

잘생긴 얼굴이 파리했다. 긴장했는지, 아랫입술이 바르르 떨렸다.

“그때도 오빠 자격은 충분했어. 그때도 기회는 충분히 있었어. 오빠가 자존심 세우면서 피하지 않고, 나한테 다 털어놨다면……. 나는 오해하지 않고 잘 지냈을 거야. 몇 달에 한 번씩 얼굴 볼 수 있는 사람 기다리면서, 일주일에 두어 번 전화하는 게 전부인 남자 믿고, 이메일도 제때 확인하지 않는 남자를!"

턱 아래에 그의 손바닥이 휘감겼다. 고개가 꺾이고, 입술이 맞물렸다. 입안으로 그의 뜨거운 혀가 가득 밀려들었다. 나는 그의 가슴을 밀어내며 고개를 비틀었다. 아쉬움 가득한 그의 입술이 내 입술을 따라오려다 뺨 위에 살포시 내려 앉았다.

"다시 그런 상황이 오면? 그런 비슷한 상황이 오면, 오빠 어떡할 건데?"

무엇을 보상받고 싶은 건지 모르겠다. 우리는 멀리 떨어져 있는 연인이 으레 그러듯 자연스럽게 헤어진 거라고 스스로를 위로했던 적도 있었다.

그런데 이제 와서 지난날을 사과하는 남자에게, 다시 기회를 달라는 남자에게…….

"그런 상황 다시는 안 와."

"오빠는 사이클리스트야. 한국에만 있을 수 없잖아. 또 외국으로 나갈 거잖아. 몇 달에 한 번씩 들어올 거고. 달라진 게 없어. 나는 이제 내 일도 있고. 그때처럼 흔들리고 싶지 않아."

그가 커다란 손으로 내 옆얼굴을 보듬으며, 고개를 가로 저었다.

"한국에서 살 거야."

나는 그의 집요한 시선을 피했다.

"차라리 프로그램 통해서 이렇게 만나는 거 말고……. 나한테 그냥 연락하지 그랬어. 그럼 더 믿음이 갔을 거야. 그런데 지금은…… 뜻하지 않은 곳에서 만나서, 서로 옛 기억에 흔들리고 있다는 생각밖에 안 들어."

깨진 그릇을 다시 맞추기는 힘들다. 박물관에 있는 도자기들은 전문가의 복원을 거쳐서, 온도와 습도가 딱 알맞은 전시실을 한자리 차지하고 섬세한 보살핌을 받으며 형태를 유지한다.

한번 깨졌던 관계를 되돌리려면, 새로 시작하는 관계보다 더 큰 노력이 필요하다.

"나도 흔들린 게 맞아. 갑자기 오빠가 나타나서……. 옛날 그 기억이 너무 소중하고, 좋아서……. 근데 다시 시작하는 건 겁이 나. 서로 보고 싶었고, 그리웠고……. 알아. 다 이해해. 근데 내가 그때처럼 그렇게 사랑이라는 감정에 충실할 수 있을지……. 자신이 없어. 내가 먼저 실수해서 미안해. 나 갈게."

자리에서 일어나려는데, 그가 내 허리를 꼭 끌어안았다.

"너는 노력 안 해도 돼."

그가 커다란 품 안에 나를 당겨 안으며 속삭였다.

"내가 노력할게. 너는 아무 걱정 하지 말고, 그냥 그대로 있어. 내가 다 할게."

등허리를 어루만지는 그의 손길이 애틋했다.

"한 번만 봐 달라고도 안 할게. 네가 바쁘면, 내가 기다릴게. 너한테 사정이 생기면, 내가 이해할게. 하루에 두 번은 전화할게. 메시지도 자주 보낼게. 그냥 받기만 해 줘. 남은 촬영에서도 티 안 낼게. 내 잘못이었다고 할게. 너는 계속 봐야 하는 사람들인데……. 내가 너 도발한 거 맞아. 하룻밤을 보냈는데도, 너는 아무렇지 않은 것 같아서."

"내가 정리할 이야기가 있다고 했더니, 오빠가 없다고 했잖아."

"정리의 의미를 잘못 알아들었어. 네가 없던 일로 하자고 할까 봐……."

나는 쓰게 웃었다.

"이것 봐. 우린 참 안 맞아."

그가 내 몸을 안고 있던 팔에서 힘을 풀고 거리를 벌렸다. 웃음기 가득한 얼굴로 그는 속삭였다.

"원래 안 맞는 사람이 잘 만나."

"반대인 사람이 잘 맞는다는 말이겠지."

미간을 찡그리며 받아치자, 그가 실없이 웃는다.

"내가 정말 잘할게. 응? 밀희야."

입술 위에 그의 입술이 살포시 내려앉았다. 그의 키스를 또다시 밀어내기엔 너무 달콤했다. 그는 내 허리춤을 조심조심 더듬었다. 그러더니 허리를 감싸고는 허벅지 위로 올라타도록 당겨 안았다.

안 되겠다고, 자신 없다고 울부짖은 꼴이 우스울 만큼 다정한 포옹과 키스가 이어졌다.

그는 관계가 나아질 때까지 기다릴 것처럼 굴어 놓고선 성마르게 내 몸을 어루만졌다. 머릿속이 복잡했다. 그의 키스를 받아 내다가 말고, 잠시 멈칫했다.

이상한 낌새를 알아차린 그가 입술을 떼고 조용히 읊조렸다.

"즐겨, 오밀희."

관능적으로 가라앉은 목소리였다.

"내가 너 시키는 대로 다 하겠다잖아. 그렇게 평생 부려 먹어도 나는 네 옆에 있을 거야. 네가 나한테 마음을 줄까 말까, 평생을 망설여도……. 나는 이제 너 안 떠나. 못 떠나. 네가 없어서 너무 힘들었고, 네가 다시 내 눈앞에 있어서 너무 좋거든."

"나한테 다른 사람이 생기면?"

잔인한 말을 아무렇지 않게 내뱉었다. 나는 그에게 다른 사람이 생긴 줄 알고, 먼저 떠났다. 상처받기 두려워서, 그가 헤어지자는 말을 먼저 할까 봐 물러섰다.

"그래도. 나는 네 옆에만 있을 거야."

"내가 다른 남자를 사랑해도 내 옆에 있겠다고?"

질문을 던지는 나도 마음이 아팠다.

"응. 네가 다른 사람을 만나다가 힘들어지는 순간에 나를 다시 찾고 싶어질 수도 있잖아. 기다릴 거야, 평생."

눈가가 따끔거렸다. 그의 얼굴에는 연한 미소가 걸려 있었다.

그가 나에게 숨겼던 과거는 꽤 마음 아픈 이야기였다. 자존심이 센 그가 흐트러진 가정사를 늘어놓기 힘들었을 거란 생각도 들었다. 그래서 섣불리 입을 떼지 못한 그가 이해되기도 했다.

하지만 이제는 입장이 완전히 바뀐 듯했다.

내가 상처를 기억하지 않고, 그를 다시 온전히 사랑할 수 있을까.

이미 이렇게 흔들리고 있는데…… 말은 모질게 해 놓고선 마음속 깊은 곳에서는 그를 받아들인 게 아닐까.

그런 거라면 이 감정을 내가 감당할 수 있을까.

"나는 있잖아."

울먹임을 감추려고 잠시 숨을 고르고 말을 이었다.

"오빠가 나한테 조금만 서운하게 해도, 옛날 상처를 떠올리게 될 거야. 아마 그럴 거야. 그래서 오빠를, 아무것도 아닌 일로 괴롭히게 될지도 몰라. 그때처럼 아프고 싶지는 않거든. 오빠는 내가 보낸 마지막 이메일도 확인 안 했잖아."

"확인했어."

한숨 쉬듯 내뱉은 대답에 가슴이 아렸다.

"제목부터 확인하고, 불길한 생각이 들어서……. 네 이메일 계정에 접속했어. 보낸 편지함에 있는 이메일로 내용부터 봤어. 너한테 전화를 걸었는데, 연결이 안 되더라. 며칠이 지나고 다시 네 이메일에 접속했는데, 탈퇴한 계정이라고 하더라고."

그도 두려웠나 보다. 상처받을까 봐. 우리의 끝을 마주하게 될까 봐.

"훈련이고 뭐고 다 내팽개치고 한국으로 오고 싶었는데, 여동생을 돌봐야 했으니까."

"또다시 나보다 중요한 일이 생기면, 그런 결정을 할 거야? 오빠가 어린 나이에 동생 인생을 책임져야 했던 건, 나도 마음 아파. 대견하기도 하고. 하지만……."

문득 그와 함께 들었던 수업이 생각났다. 동시대 연극의 이해, 우리는 그 수업에서 주로 비극을 공부했다.

"내 상처부터 생각하면서 앞날을 걱정하는 나도 옳고. 동생을 책임지기로 선택한 오빠도 옳아. 이렇게 옳은 게 부딪혀서 모순이 생기는 게, 비극이라고 했었지."

그가 내 콧잔등에 날렵한 코끝을 비비며 말했다.

"인생은 멀리서 보면 희극이고, 가까이에서 보면 비극이라고 찰리 채플린이 그랬잖아. 멀리서 보면 아무렇지 않게 잘 살아가는 것 같지만, 가까이에서 보면 인생은 모순투성이야."

나도 모르게 작게 웃음이 터졌다. 말로는 이 남자를 이길 생각을 하면 안 된다. 그는 언제나 나보다 말을 더 잘했었다.

"그 모순을 너와 함께할 수 있다면, 나는 내 인생이 비극이어도 좋아."

가슴이 뭉클 차올랐다. 더는 버텨 내기가 힘들었다. 이번에는 내가 먼저 입을 맞췄다. 그의 젖은 입안을 파고들며 혀를 밀어 넣었다.

"흐음."

그가 안도하듯 신음했다. 커다랗고 따듯한 손이 티셔츠 아래를 들추고 들어왔다. 브래지어를 밀어 올리고, 가슴을 어루만지는 손길이 애틋했다. 찌릿한 쾌감에 나는 몸을 웅크리며 어깨를 떨었다.

입안에서는 혀가 부드럽게 맞물렸다. 다시 만나고 난 뒤, 이제껏 다급하게 입안을 섞어 대던 것과는 결이 다른 입맞춤이었다. 서로의 입술을 빨고, 혀를 얽으며 그간의 외로움을 위무하듯 입을 맞췄다.

따스한 숨결이 뺨 위로 쏟아졌다. 작은 손으로 그의 다부진 어깨를 끌어안고, 단단한 목덜미를 주물렀다.

"으음."

그의 목울대에서 울리는 앓는 소리가 듣기 좋았다. 세상에서 가장 강한 듯 보이는 남자가 여리게 신음하는 모습은 내 마음을 부추겼다.

잠시 입술이 떨어졌다. 그는 내 입술에 가볍게 입을 맞추며 물었다.

"침대로 가도 돼?"

허벅지 바깥쪽에 닿아 있는 그의 몸피는 이미 무섭도록 단단하게 부풀어 있었다.

"응."

기어들어 가는 목소리로 대답하며 고개를 끄덕거렸다. 그가 나를 안아 들고 침실로 향하며, 입술을 목 안쪽에 묻고는 간지럽게 속삭였다.

"사실 너 온다고 했을 때, 아주머니 급하게 가시라고 하고. 샤워도 미리 했어. 지난번에 지갑에 넣어 뒀던 콘돔을 써 버려서. 편의점에도 다녀왔어."

시시콜콜하게 떠드는 그의 목소리는 한없이 다정했다. 부드러운 웃음이 입가에 번지기 시작한 순간, 그가 나를 침대 위에 내려놓았다. 그의 침실에는 낯선 향기가 가득했다. 나는 그에게서 낯선 향기가 나면 불안해졌었다.

"향수가 바뀌었네."

불시에 그의 집에 방문했던 수년 전 봄, 그때는 입 밖으로 꺼내지 못했던 말이었다.

"나 원래 향수 되게 좋아해. 기분 따라 향을 바꿨었는데, 네가 그 향이 좋다고 해서 너 만날 때마다 그 향수만 뿌렸어. 그러다 너하고 헤어지고 나서는 한동안 그 향수를 못 썼어. 네 생각이 너무 많이 나서.”

차근차근 말하는 그의 손이 내 바지 버클을 풀고 아래로 잡아당겼다.

“그리고 이 침실에서 그 향수를 어떻게 뿌려. 너 이렇게 안았던 생각만 날 텐데. 나보고 죽으라고?”

장난스럽게 묻는 말에 나는 그저 웃기만 했다.

“너는 여전히 그 운동화 신더라.”

“나는 그 운동화 정말 좋아해.”

“나는 검은색 트레이닝 복 안 좋아해.”

부루퉁한 말에 웃음소리가 조금 커졌다.

“동시대 연극의 이해. 그 수업 들어가기 전에 네가 날 알아봤으면 해서, 동연 회의 때 입었던 옷을 입고 갔던 거야. 근데 네가 그 옷을 좋아하냐고 묻잖아. 그래서 그렇다고 했지.”

함께 추억할 수 있는 순간이 존재한다는 사실이 이렇게 애틋하게 다가올 줄은 몰랐다.

그래, 상처보다 추억이 더 커다랬다.

“나는 그날 오빠 손목에 코 박고 냄새 맡았잖아. 나 변태라고 소문날까 봐 진짜 걱정되더라.”

그가 목을 젖히고 유쾌하게 웃었다.

“이름에 향나무가 들어간다고 네가 그랬지.”

"그래서 오빠는 내가 이름대로 향에 관심이 많다고 그랬잖아."

어리숙한 시절을 떠올리는 동안, 티셔츠가 벗겨지고 브래지어가 풀렸다. 그가 상체를 숙이며 가슴 끝에 가만히 입을 맞추었다.

"너는 나한테 이름처럼 멋지다고 했었어."

유두를 살짝 깨물자, 숨이 턱 막혀 왔다.

"멍청한 소리를……. 참 많이도, 했다."

그의 침실 천장을 올려다보며 중얼거렸다. 축축하게 젖은 뜨거운 입안으로 가슴이 빨려 들어갔다.

"으응."

여린 신음을 흘린 순간, 그가 상체를 일으켜 세우고는 린넨 셔츠를 벗어 던졌다. 팬츠와 속옷도 단숨에 끌어 내렸다.

"하아."

그의 나신을 마주하는 순간은 언제나 가슴이 떨렸다. 커다란 손이 뒷무릎을 들어 올리려고 했다.

"그냥, 넣어 줘."

입으로 내뱉기 민망한 야한 요구가 툭 튀어나왔다. 그의 눈동자가 무섭도록 깊게 가라앉았다.

"넌, 진짜."

쉰 음성으로 중얼거린 그가 협탁 위로 손을 뻗어서 콘돔 상자를 뜯었다. 흉흉하게 발기한 페니스에 얇은 막을 씌운 그는 곧장 몸을 겹치며 푹 젖은 살점을 파고들었다.

"흐으읏."

발바닥이 천에 쓸려 간질간질했다. 느낌이 완전히 달랐다. 충동에 휩싸여 그의 품에 다시 안겼을 때와는 차원이 다른 결합이었다.

"으응. 아아……으으응."

커다란 손이 가슴을 꽉 움켜쥐고는 거세게 주물렀다.

"천천히, 하려고, 했는데."

그가 토막 난 숨결과 함께 거친 목소리로 읊조렸다.

"으으응."

강하게 치받을 때마다 살이 부딪히는 소음이 야하게 울렸다.

"그냥, 넣어 달라니."

손을 뻗어서 그의 목덜미를 부드럽게 안았다.

"입에는, 내가, 넣을까?"

자극할수록 달아오르는 그의 모습이 보고 싶어서 요염하게 물었다. 그가 거친 숨을 내쉬며 더욱 거세게 밀고 들어왔다.

"흐아앙."

신음을 내지르곤, 그의 입술을 덥석 물었다. 입안으로 혀를 쭉 미끄러뜨리자, 그가 험하게 빨아당겼다. 혀가 세게 쓸려서 얼얼할 정도다. 속살을 벗길 듯이 핥고, 입술이 부어오르도록 깨물었다.

"우읍."

아래를 치받는 힘은 점점 더 강해졌다. 예민한 살이 쾌감에 짓눌리는 듯했다. 귀가 먹먹해졌다. 그의 숨소리와 목소리만이 내가 들을 수 있는 소리의 전부인 것 같았다.

"하아."

그가 입술을 떼며 거친 숨을 몰아쉬었다. 그의 숨결이 목 안쪽으로 부서졌다. 살갗을 빨아 무는 그에게서 듣기 좋은 신음이 이따금 새어 나왔다.

"흐응, 좋아."

그의 뒷머리를 쓸어 올리며 중얼거렸다.

"나도, 좋아."

그의 고백에 가슴이 벅차올랐다. 이렇게 서로를 부둥켜안은 순간에는 치밀하게 고민했던 것들이 먼일처럼 느껴졌다. 아무렇지 않은 것도 같았다.

가장 가까이 닿아 있는 순간에 우리의 관계를 고민하는 일은 가장 먼일이 된다. 인생은 모순투성이가 맞다. 그 모순이 충돌해 비극을 이루는 것도 맞다. 나와 함께라면 인생이 비극이어도 달갑다는 남자를, 나는 분명히 사랑했다.

이보다 더 중요한 사실이, 더 귀한 가치가 세상에 있을까? 내 취향에 이 사람보다 더 잘 들어맞는 남자가 세상에 존재할까.

가랑이 사이에서 피어난 전율이 온몸을 뒤덮었다. 신음조차 내지르지 못하고, 눈을 꼭 감았다. 그와 함께라면 언제든지 가능할 충일감에 가슴이 빠듯하게 차올랐다.

죽도록 사랑했다가, 죽을 것처럼 헤어졌고, 끝내 다시 만난 우리는 죽을 때까지 함께할 것이다.

10화.
오밀희와 공무진

촬영장으로 향하는 발걸음이 이보다 더 가벼웠던 적은 없었다. 방송사 앞에 도착했을 때, 이미 스태프들은 화물 트럭에 장비를 싣고, 45인승 버스에 올라타는 중이었다.

　"어? PD님 오셨어요? 이거 받으세요."

　AD가 뽀얀 우윳빛 종이봉투 하나를 내게 건넸다. 종이봉투 겉면에 새겨진 금빛 명품 로고가 반짝 빛났다.

　"이게 뭐야? 이런 걸 나한테 왜 줘?"

　혹시 잘 봐 달라는 AD의 뇌물인가, 싶었다. 요즘 세상이 어떤 세상인데 담당 PD한테 이런 걸 건네냐고 한 소리 하려던 참이었다.

　"이거 제가 드리는 거 아니고요."

"그럼?"

"공무진 선수가 지난 촬영장에서 있었던 일, 미안하다고 돌리는 거래요."

이 말인즉슨 이와 같은 선물을 스태프 전체에게 돌렸다는 뜻인가? 나는 AD가 쥐여 주고 간 종이봉투를 약간 얼떨떨한 기분으로 내려다보았다.

"왔냐?"

한 PD가 어슬렁어슬렁 다가왔다.

"오셨어요, 선배."

'선배'라는 호칭에 피식 웃은 한 PD의 시선이 내 손에 들린 종이봉투에 박혔다.

"네 건 뭐냐? 풀어 봐."

나는 한 PD의 성화에 종이봉투 안에 담긴 더스트백을 열어 보았다.

"크로스백이네요."

촬영장에서 휴대전화와 잡다한 물건을 넣고 다니기 딱 좋은 크기의 크로스백이었다.

"공무진 돈 많이 썼겠다. 이걸 스태프들한테 다 돌렸으니."

말은 고깝게 하는 듯했지만, 한 PD는 제작진을 챙기는 공무진을 높이 사고 있을 것이다.

"이걸 진짜 스태프들한테 다 돌렸다고요?"

설마 했는데, 진짠가 보다. 나는 눈을 휘둥그렇게 뜨고 물었다.

"응. 막내부터 나까지. 전부 똑같은 가방으로 하나씩."

"미쳤네."

나는 공무진의 돈지랄을 멍하니 내려다보며 중얼거렸다.

"왜? 남친 경제관념이 신경 쓰여?"

한 PD가 나에게만 들릴 만큼 작은 목소리로 물었다.

"아니거든요!"

인상을 팍 찡그리며 질색하자, 한 PD가 어이없다는 듯이 웃는다.

"이거 봐라? 어디서 화를 내?"

"화낸 게 아니고요."

"죄송합니다, 부터 해야지."

오늘따라 한 PD가 꼰대처럼 목을 빳빳이 세운다.

"죄송합니다."

선배가 별것도 아닌 거로 트집을 잡는다고 해도, 방송사 늦게 들어온 죄인이 사과를 해야 한다. 그리고 이 가방에 돈을 쓰게 된 원인은 나한테 있는 거나 다름없었다.

'근데 한 PD가 사과하라고, 널 나한테 보낸 거지?'

'응.'

그는 조금 분하게 생각하는 눈치였다.

'한 PD랑 왜 그렇게 친해?'

그런 다툼이 발생했다는 데 분한 게 아니라, 한 PD가 나를 보냈다는 사실에.

'안 친해.'

질투심에 거친 숨을 내쉬는 공무진을 달래 주기 위해, 나는 그의 몸 위에 올라타야만 했다.

'스태프들이 날 껄끄럽게 생각해?'

공무진이 심각한 어조로 물었었다.

'신경 쓰여?'
'나 때문에 신경 쓰이는 게 아니라, 너 때문에. 네 동료들이잖아.'

그는 단단한 몸 위에 나를 앉혀 놓고 허리를 놀리며, 내 걱정을 늘어지게 했었다. 그렇게 걱정이 늘어지면, 좀 봐줄 것이지. 한 PD의 야단에 사과하러 갔던 나는 그날 밤새 시달리다가 아침이 되어서야 향나무 집을 빠져나올 수 있었다.

촬영장에서 스태프들에게 물의를 일으켜 죄송하다는 사과를 해야겠다고 하더니, 이런 선물을 들고 올 줄은 몰랐다.

스태프들은 공무진이 사람은 참 괜찮은 것 같다며 역성을 들었다. 역시 자본주의 사회에서의 사과는 돈으로 하는 게 가장 효과적이다.

"오밀희. 너 PD로서 프로그램이 잘되길 바라기는 하는 거지? 그런 프로 의식은 있는 거, 맞지?"

"당연하죠."

한 PD가 내 성향을 모르는 것도 아니다. 그러니 의도가 불순한 질문임이 분명하다.

"그럼 밀희야. 두 사람 열애 인정을 우리 프로에서 하는 게 어떨까?"

"아……."

나는 너무 어이가 없어서 한 PD를 말끄러미 올려다보기만 했다. 한 PD가 내 어깨에 손을 올리며 설득에 들어갔다.

"한강에서 두 사람 자전거 탔을 때를 생각해 봐. 놓은 적 없어요! 거짓말!"

그때의 오글거리는 대화를 한 PD가 복기했다.

"이거 두 사람 서사 아니야?"

기민하고, 능력 좋은 우리 한 PD님께서 또 머릿속으로 기가 차는 기획안을 떠올리고 있나 보다.

"사실 과거 연인이었는데, 프로그램으로 재회했다! 이런 서사가 밝혀지면, 크흐!"

엄지까지 척 들어 보이며 고개를 끄덕인다.

"이런 대박이 어디 있어? 솔직히 그동안 공무진 선수 스캔들은 다 가십이었잖아. 사귀는 사람도 없었지? 이게 다 첫사랑 때문이라는 거잖아! 대박이지 않냐? 근데 너 공무진 첫사랑은 맞냐? 아니어도 맞는 거 하자. 응?"

삿된 한 PD의 눈빛이 그 어느 때보다 밝게 빛났다. 이래서 방송사 놈들은 쉽게 믿으면 안 된다. 프로그램의 성패를 위해서 후배 PD의 인생도 팔아먹을 기세다.

"공개 연애 같은 거 할 생각 없는데요."

단호하게 고개를 내저었다.

"아, 왜?"

한 PD가 내 어깨에서 손을 내리더니, 버럭 소리를 지른다. 누가 보면 내가 부모를 욕보이기라도 한 천하의 나쁜 년인 줄 알겠다.

"너 아까 분명히 프로그램이 잘되기를 바란다며? 그런 프로 의식 있다며?"

두 손을 허리에 올리고 큰소리를 치는 모습이 정말이지 가관이다.

"그건 억지고요."

한 PD도 스스로 억지 부리고 있다는 것을 아는 눈치다. 하지만 물러설 생각이 없다는 듯이 턱을 쳐들어 보였다.

"그럼 공무진 선수한테 공개하라고 하지, 뭐."

씨알도 안 먹힐 협박이었다.

"선배. 생각해 보세요. 내가 공무진 말을 잘 들을 것 같아요. 아니면 공무진이 내 말을 잘 들을 것 같아요?"

한 PD가 미간을 잔뜩 찌푸리며 아랫입술을 삐죽 내밀었다. 하나도 안 귀엽다는 말이 목구멍까지 치솟았다.

"당연한 거 아냐? 네가 공무진 말 잘 들을 것 같은데? 생각해 봐라. 공무진이 좀 잘났어야지."

나는 한 PD를 올려다보며 고개를 절레절레 내저었다.

"한참 잘못 짚으셨어요. 공무진이 내 말을 더 잘 들어요."

약간 우쭐한 기분이 되어 어깨를 으쓱거렸다. 나는 한 치의 거짓도 없이 사실만을 말했다. 공무진은 앞으로 내가 시키는 대로 다 하겠노라고 맹세한 남자였다.

'네가 기다리라면 기다릴게. 네가 오라면 오고, 네가 가라면 갈게. 나는 앞으로 네가 시키는 대로만 해.'

어디서 그런 예쁜 말을 배워 왔는지 모르겠는데, 공무진은 다시 만난 나에게서 마음을 얻기 위해 죽는시늉도 할 생각인 듯했다.

"그래서 열애 발표 안 할 거라고?"

"선배가 예전에 저한테 그랬었잖아요. 공무진 팬덤 감당할 수 있겠냐고. 공개 연애 발표해 봐요. 제 생활이 어떻게 될지."

한 PD가 어깨를 축 늘어뜨리며 한숨을 몰아쉬었다. 좋다 말았다는 표정이다.

"발표 안 할 거면, 촬영장에서도 티 내지 마."

"당연하죠."

세차게 고개를 끄덕거렸다. 그러자 한 PD가 '으이그!' 하며 미간을 찡그린다.

"벌써 티 많이 났거든? 박 작가도 나한테 물어봤거든? 둘이 혹시 뭐 있냐고?"

나는 입술을 가늘게 맞물리며 콧김을 내쉬었다.

"알지? 박 작이 알면, 작가팀 전체가 알 거고. 그럼 막내들 통해서 퍼지는 건 시간문제야. 어쩔 거야?"

"NCND 전략을 써야죠."

아주 심각한 사안을 맞닥뜨린 것처럼 미간을 모으며 대답했다.

"NCND? neither confirm nor deny? 공개 연애가 핵무기냐?"

한 PD가 어이없다는 듯이 실소했다. NCND는 방송사 입사 시험에 자주 등장하는 시사용어였다. 북한을 포함한 여러 국가의 핵 보유 사실을 인정하지도 않고, 부정하지도 않는다는 미국의 핵무기 정책이었다.

"파급력은 비슷한 것 같아서요. 공개 연애 발표하면 제 인생에 폭탄 떨어지는 격인데요?"

"하긴 팬들이 너 가만히 안 둘 거야. 전 세계 35억 사이클 팬들이 널 가만히 두겠어?"

"그러면서 프로그램 통해서 밝히라고 하신 거예요?"

갑자기 순한 눈을 빛내며 한 PD가 미소를 머금는다.

"그러니까, 우리가 프로그램으로 잘 포장해 주겠다잖아. 핵무기 방어 시스템을 우리가 구축해 주겠다고!"

"됐습니다."

나는 승강이를 끝내자는 의미로 버스 계단을 올랐다. 순간 초롱초롱한 눈을 빛내고 있는 박 작가와 눈이 마주쳤다.

분명히 촬영장에 나올 때만 해도 공무진을 만날 생각에 기분이 좋았었는데, 호시탐탐 나를 노리며 도사리고 있는 승냥이들을 보니…… 시청률을 위한 제물이 되지 않으려면 정신을 바짝 차려야겠다는 생각이 든다.

첫 번째 주에는 바다를 배경으로 한 7번 국도 라이딩을 찍었고, 두 번째 주에는 삼척에서 가파른 고개를 오르는 업힐 클라이밍을 찍었다. 바다도 찍고, 산도 찍었으니, 세 번째 장소는 들판이었다.

상암동에서 출발해 무려 4시간가량을 달려 도착한 곳은 전라북도 고창이다.

이번 촬영에서 공무진은 청보리밭을 배경으로 사이클링을 할 계획이었다. 푸른 하늘과 초록색 청보리, 그 사이로 반듯하게 난 길을 달리는 그를 떠올리는 것만으로도 가슴이 벅차오른다.

그런데 고창에 도착하자마자 하늘이 어두컴컴해지는가 싶더니, 비가 내리기 시작했다. 부슬부슬 내리는 비도 아니고, 장대비였다.

"비가 온다는 예보가 있기는 했는데, 저녁때 내린다고 했거든요. 촬영에는 문제없을 줄 알았는데."

비가 오는 게 누구의 잘못도 아닌데, 일정 관리를 맡은 AD는 당황해서 어쩔 줄 모르는 얼굴이었다.

"우리 공무진 선수는 왔어?"

"방에 짐 풀고 있는 것 같아요."

한 PD의 물음에 AD가 막 도착한 것 같다고 대답했다.

촬영하는 동안 고창 시내에 있는 작은 관광호텔 하나를 통째로 빌렸다. 작은 건물 어딘가에 공무진이 있다는 사실이 새삼 설렜다. 나는 어색하게 딴청을 피웠다.

"오 PD, 공무진 선수한테 가서 오늘 촬영 어려울 것 같다고 말해. 우리 우천시 기획안도 보여 주고."

"넵!"

짧게 대꾸하고 돌아서려던 순간이었다.

"아니다."

한 PD가 내 뒷덜미에 대고 찬물을 확 끼얹었다.

"그냥 공무진 선수한테 내가 전화해야겠다."

나는 고개를 비스듬히 돌려서 한 PD를 노려보았다. 한 PD가 웃을락 말락 하고 있었다. 한 PD가 전화하겠다는데, 내가 나서서 가겠다고 하는 것도 우스웠다.

"왜, 그냥 네가 가서 말할래?"

EBC를 그만둘 때, 조 부장을 들이받은 이후로 나는 순하게 살려고 노력했다. 그런데 조 부장의 불의와는 결이 다른 한 PD의 치사함에 전투 본능이 슬슬 고개를 들려고 한다.

"아유, 무슨 소리야. 한 PD는 공무진 선수랑 안 맞아. 그냥 오 PD가 가는 게 나을 것 같은데?"

박 작가가 웃으며 끼어들었다. 그렇게 말하는 그녀의 눈도 희번덕거리기는 마찬가지였다. 박 작가가 나와 공무진 사이를 의심하고 있다고, 한 PD가 말했었다.

나는 미국의 핵무기 정책을 떠올렸다. NCND, 당사자가 인정하지도 않고, 부정하지도 않는 것.

"그냥 제가 다녀올게요."

서늘하게 대꾸하고는 돌아섰다. 두 사람의 시선이 내 목덜미를 잡아당기는 듯했지만, 상관없었다. 내가 이렇게 연애 앞에 무모한 인간이었나, 싶을 만큼 심장이 거세게 날뛰기 시작했다. 하긴, 성적 말아먹은 걸 생각하면 나는 다소 무모한 인간이기는 했었다.

AD에게서 그의 방 번호를 전달받은 나는 곧장 엘리베이터에 올랐다. 그의 방은 꼭대기 층인 7층에 자리하고 있었다. 방문 앞에 도착하자마자, 망설임 없이 초인종을 눌렀다.

대학 시절 공무진과의 CC 한 번에 성적을 말아먹었던 나는 같은 곳에 속한 남자와는 절대 연애하지 않겠다고 다짐했었다. 그런데 지금은 마치 비밀 사내 연애라도 하는 것처럼 가슴이 콩닥거렸다.

"누구세요?"

객실 문 안쪽에서 듣기 좋은 나직한 목소리가 울렸다.

"나……."

나야, 라고 대답하려다가 목을 흠 가다듬고는 텅 빈 복도를 한 번 살폈다. 공적인 방문이면서 사적인 흑심을 품은 나는 입꼬리가 자꾸만 실룩거렸다. 그리고 숨어서 나쁜 짓을 하는 것처럼 초조해졌다.

연애가 나쁜 짓은 아니잖아?

"오밀희입니다. 촬영 건으로 전달 사항이 있어서 왔습니다."

죄가 아니라는 생각을 하면서도 PD다운 목소리를 내기 위해 노력했다. 하지만 어조에서 웃음기를 완전히 감출 수는 없었다.

철컥, 하는 소리와 함께 객실 문이 열렸다. 그가 활짝 웃으며 입 모양으로 묻는다.

"혼자 왔어?"

재빠르게 고개를 끄덕이며, 객실 안으로 들어섰다. 일 때문에 온 게 분명한데, 누가 볼까 봐 불안하기까지 하다.

이게 다 찔리는 게 있어서지.

문이 닫히자마자, 커다란 품이 떨리는 몸을 와락 끌어안았다. 팔을 뻗어서 그의 허리에 두르자, 단단한 그의 몸에 눌린 가슴이 부드럽게 뭉개졌다. 기분 좋은 압박감에 아랫배가 왈칵 조였다.

목 안쪽에 얼굴을 묻고 깊게 숨을 들이마신 그가 조용히 속삭였다.

"흐음. 너무 보고 싶었어."

살갗을 흐르는 숨결 때문에 가슴이 간질거렸다. 나도 보고 싶었던 건 마찬가지인데, 대꾸하지 않고 그의 몸을 꽉 끌어안았다.

우리의 연애에 있어서 나는 항상 감정적 을을 담당했었다. 그는 우리의 관계를 주도했었고, 나는 질질 끌려다녔다.

그 반대를 담당해 보고 싶은 욕심이 드는 건, 이기적인가.

그가 더 안달하는 모습을 보고 싶기도 했다.

"그냥 내가 너 태우고 올걸."

"그럼 제작진이 다 눈치챌 거야."

건조하게 타이르는 듯한 어른스러운 목소리가 흘러나와서, 나 자신도 놀라웠다.

그래, 균형을 잘 잡아야지.

나는 예전처럼 마구잡이로 흔들리지 않겠노라고 다짐했다. 오르막을 오르며 댄싱 주행을 하는 자전거 선수처럼, 이번 연애에 있어서 힘과 균형을 적절히 조절하겠다고 생각했다.

그의 입술이 목 안쪽을 타고 올라와 뺨에 닿았다. 입을 살짝 벌려서 부드럽게 머금을 때마다 더운 숨이 새어 나왔다.

"오늘 비가 와서 촬영은 어려울 것 같아."

"응. 그럴 것 같았어."

열이 올라서 살짝 쉬기 시작한 그의 목소리에 웃음기가 어렸다.

"뭐야, PD인 나는 촬영 못 해서 심란한데, 오빠는 좋아?"

"응. 미안한데, 나는 좋아."

뺨을 배회하던 입술이 내 입술을 감미롭게 집어삼켰다. 슬쩍 다물린 입술 사이를 벌리듯, 윗입술을 한번 빨아당긴 그가 벌어진 잇새로 혀를 쑥 넣었다.

"으응."

그의 입안에서는 상쾌한 민트 향이 났다. 마치 내가 올 줄 알았다는 듯이 도착하자마자 샤워를 하고, 양치를 한 뒤 기다린 눈치다.

나를 떠올리며 목욕재계했을 남자의 모습을 떠올리니, 목덜미에 쌓인 피로가 사르륵 녹아내린다. 선정적인 준비성이 철저한 남자는 바람직하다.

"으음."

여리게 신음하자, 그가 내 허리를 바짝 들어 안았다. 발이 허공으로 떠올랐다. 그는 지체 없이 침대로 걸음을 옮기고 있었다. 고개를 비틀어 입술을 뗀 나는 더운 숨이 섞인 목소리로 속삭였다.

"나 얼른 내려가 봐야 해."

"잠깐만. 응?"

"날씨 때문에 촬영 중단돼서. 흐읏."

입술을 가볍게 붙여 오며, 가슴을 어루만지는 통에 말을 잇기가 힘들었다.

"촬영거리 찾아오래? 그럼 나랑 회의하고 가야 하는 거잖아. 그렇지?"

"으응. 다른 기획안을 오빠가 봐야 해서."

기다란 손가락이 브래지어를 밀고 올라와 단단해진 유두를 잡아 쥐었다.

"그럼 시간 충분하잖아."

입술에 대고 조용히 속살거린 그가 고개를 아래로 내렸다. 훤히 드러난 한쪽 가슴을 내려다보는 그의 눈동자가 검게 가라앉았다.

"너무 예뻐."

벗은 몸을 내려다보며 몽롱하게 풀린 목소리로 저런 말을 내뱉은 남자는 너무 야했다.

"다른 데는 다 말랐으면서, 여긴 통통해."

커다란 손으로 가슴 밑동을 쓸어 올린 그가 위로 바짝 치솟은 가슴 끝을 아프지 않게 깨물었다.

"아아!"

"아파?"

통증은 아니었지만, 물린 가슴이 저릿저릿했다. 나는 도리질을 치며 그의 뒷머리를 부드럽게 쓸어 올렸다.

열감에 인상을 잔뜩 찡그리고 있는 내 얼굴을 올려다보며, 그가 달콤한 디저트를 아껴 먹듯이 가슴을 조금씩 머금었다.

"으응."

앓는 소리가 엷게 흘러나왔다. 그의 집요한 시선을 내려다보았다. 야한 짓을 당하고 있으면서도 시선을 피하지 않았다.

왼팔을 아래로 내린 그가 청바지 위를 더듬기 시작했다. 두꺼운 천을 사이에 두고, 손톱으로 가랑이 사이를 긁을 때마다 입이 저절로 벌어졌다.

"할 거면, 빨리 해."

회의 핑계를 댄다고 해도, 시간을 오래 끌 수는 없었다. 촉박한 시간 앞에서 나는 안달했다.

"안 할 거야."

"응?"

나는 고개를 바짝 들어 올리고는 그를 내려다보았다.

"지금 시작하면, 쉽게 안 끝나. 너 못 내려가."

아랫배가 와락 조이며, 애액이 흐르는 느낌이 선명했다. 바람직하게 야한 남자를 두고, 촬영 회의에 가야 한다니 억울한 생각마저 들었다.

물고 빨던 가슴에서 입술을 뗀 그가 갑자기 상체를 들어 올렸다. 그의 입술이 떨어져 나가자, 아쉬움이 가득 밴 한숨이 훅 터져 나왔다. 그와 동시에 기다란 손가락이 청바지 버클을 툭 풀었다.

"응? 안 한다며?"

베개에 머리를 똑바로 기대며, 그를 올려다보았다.

"나는 안 할 거고. 너는 해 주려고."

이게 무슨 소리야.

얼떨떨한 표정을 짓는데, 청바지와 속옷이 한꺼번에 아래로 쑥 내려갔다. 훤히 드러난 살갗에 소름이 와락 돋았다. 청바지와 속옷이 종아리에 걸렸다. 그는 옷을 다 벗기지 않은 채, 뒷무릎을 잡고 위로 밀어 올렸다.

민망한 자세 때문에 얼굴이 화끈 달아올랐다. 애액을 왈칵 쏟고 있는 입구에 그의 입술이 닿았다.

"흐웃."

베갯잇을 손으로 비틀며 신음을 삼켰다. 흥분감에 부풀어 오른 클리토리스를 빨아들이는 소음이 질척거렸다. 비가 와서 밖이 흐리기는 했지만, 아직 오후 2시도 안 된 시각이었다. 대낮부터 남자 얼굴 앞에 둔부를 드러내 놓고 있으려니, 부끄러워서 발끝이 말려 들어갔다.

세상에, 나 신발도 안 벗었어?

운동화를 신은 발이 허공에서 달랑달랑 움직였다. 신발이라도 벗어야겠다는 생각이 들어서 버둥거리자, 그가 왜 그러냐며 고개를 들었다.

"신발 벗고 싶어서."

애액으로 흠뻑 젖은 번들거리는 입술로 웃어 보인 그가 검은색 캔버스화를 벗겨 냈다. 그러고는 단호하게 고개를 내렸다.

"아아!"

빨려 들어가는 느낌이 생각보다 훨씬 거셌다. 선명하고도 날카로운 흡입력에 허벅지 안쪽이 금세 파들파들 떨렸다.

"으으응. 아아! 오빠!"

호텔 규모가 작은 편이었다. 방음이 절대 좋을 리 없었다. 나는 억눌린 신음을 내뱉으며 눈을 질끈 감았다. 아랫배가 홀쭉하게 달라붙도록 흥분감이 밀려들었다. 전율에 사로잡혀서 눈시울이 축축하게 젖었다. 숨이 턱 막히고, 아래턱이 덜덜 떨렸다.

"흐으읏."

한차례 절정이 지나갔는데도, 그는 입술을 묻은 채로 지분거렸다.

"그만, 응."

이러다 촬영이고, 나발이고. 옷을 훌훌 벗어 던지고, 그를 덮치게 되는 상황이 올 것만 같았다. 그가 아쉽다는 듯이 손등으로 턱을 훔치며 상체를 일으켰다.

"기획안은 뭔데?"

천장을 향해 치솟아 올랐던 무릎을 내리고 청바지와 속옷을 끌어 올리려 손을 뻗었다. 그는 내가 옷 입는 것을 도우며 야하게 웃었다. 당장이라도 벗겨 먹고 싶은 바람이 그의 검은 눈동자에 우글우글 고여 있었다.

"실내에서 운동하는 거랑 비 오는 날 오빠가 뭐 하는지."

"네 생각 하는데?"

고민 없이 읊조린 말에 기분이 좋았지만, PD로서는 낭패였다.

"좀 그림이 될 만한 건 없을까?"

"이 호텔에 피트니스 시설이 있어?"

호텔 규모가 워낙 작아서 그도 걱정하는 눈치였다.

"있어. 혹시 비 올 때를 대비해서 실내 운동 시설이 있는 호텔로 잡은 거야."

"그럼, 실내 운동 장면으로 촬영하자고 해. 내가 누구 운동 가르쳐 주는 것도 재밌겠다."

나는 질색하며 미간을 찡그렸다.

"누구? 설마 나?"

무거운 기구를 들어 올리며 힘을 빼고 싶지는 않았다.

"아니, 있어. 네 선배라는 사람."

공무진의 눈빛이 이제껏 본 중에 가장 사악하게 번뜩였다.

그의 객실에서 빠져나온 나는 의기양양한 얼굴로 제작진이 모여 있는 회의실로 향했다.

작은 관광호텔이라도 갖출 건 다 갖춘 곳이었다. 주말에는 주로 돌잔치나 가족 모임에 이용된다는 작은 홀에는 방송사 사람들이 모여 앉아서 회의실 형태를 갖추고 있었다.

"어떻게 됐어?"

한 PD가 밝은 미소를 머금은 나를 바라보며 심각하게 물었다.

"그때 한강에서요."

한강 소리가 나오자, 박 작가가 스크립트에서 시선을 떼고 눈을 반짝거리며 나를 바라보았다.

"제가 자전거 배우는 장면을 찍었었잖아요. 그게 1차 티저로 나갈 예정이고요."

한 PD가 턱을 한번 까딱거렸다. 계속해 보라는 뜻이었다.

"이 프로그램의 PD인 제가 그림을 만들어 낸 거고요."

무슨 꿍꿍이냐는 듯이 한 PD가 눈을 가늘게 뜬다.

"이번에는 한 PD님이 하시는 게 어떨까요? 공무진 선수 몸 좋잖아요. 여기 피트니스 센터에서 한 PD님이 공무진 선수한테 기초 체력 증진 운동을 배워 보는 거죠"

"오, 그거 괜찮은데? 한 PD는 좀 비리비리하잖아? 운동 초보처럼 보이는 사람이 운동 배우는 거. 좋을 것 같아. 요즘 홈트레이닝 콘텐츠도 많잖아. 공무진 선수가 트레이너로 나선다고 하면, 사이클링에 관심 없는 사람도 볼 것 같아."

박 작가가 괜찮은 아이디어라며 웃었다.

"저처럼 사이클링 관심 많은 사람은 당연히 볼 거고요."

공무진의 삼척 업힐 클라이밍을 찍고 난 후에 자전거를 구매했다는 음향팀 스태프의 말이었다.

"다이어트 관심 있는 사람도 많이 볼 것 같아요."

막내 작가가 조심스럽게 끼어들었다. 괜한 술주정을 해서 제작진 분위기를 엉망으로 만든 것 같다며 울먹이던 녀석이 공무진에게 선물을 받고 다행히 기운을 차린 모양이었다.

"그럼 그렇게 하시죠?"

나는 회심의 미소를 지으며 한 PD를 바라보았다. 한 PD는 당했다는 듯이 비소를 머금고 있었다.

"내가 호랑이 새끼를 키웠지."

"그럼 그렇게 한다고 공무진 선수한테 전달할게요. 피트니스 센터에 세팅하러 갑니다! 5시부터는 촬영할 수 있게 서둘러 주세요!"

내내 대기하고 있던 스태프들이 분주하게 움직이기 시작했다. 상석에 앉아 있던 한 PD가 벌떡 일어나 이쪽으로 다가왔다.

"너 진짜……!"

"선배님, 우리 프로그램이 대박 나면 좋겠죠? 그런 프로의식 있는 거죠?"

나는 한 PD가 했던 질문을 그래도 되돌려 주었다.

"으휴! 이걸 진짜!"

한 PD가 주먹을 불끈 쥐었다가 내 머리를 마구 헝클고는 회의실 밖으로 향했다.

"어디 가세요?"

"옷 갈아입으러 간다!"

검은색 슬랙스에 단정한 재킷을 입고 있던 한 PD가 치를 떨며 사라졌다. 나는 한 PD의 모습이 사라지는 것을 바라보며, 객실에서 대기 중인 공무진에게 전화를 걸었다.

– 어떻게 됐어?

"네, 공무진 선수. 한 PD가 하겠다고 하거든요. 잘 부탁드립니다."

– 너 언제부터 한 PD랑 일했어?

나는 주변을 살피고는 손으로 입과 송화구를 슬쩍 가리며 조용히 속삭였다.

"방송사 입사했을 때부터지."

– 한지후, 오늘 죽었다.

휴대전화 너머에서 흉흉한 목소리가 스산하게 울렸다.

PD의 사생활 보호를 위해 한 PD는 공포 영화에 나왔던 가면을 쓰고 등장했다.

"가볍게 준비운동부터 할게요."

시작은 순조로웠다. 공무진은 운동 중 부상 방지를 위해 준비운동이 가장 중요하다며, 평소 자신이 하는 워밍업을 차례대로 보여 주었다.

검은색 민소매 티셔츠에 검은색 반바지를 입은 공무진의 몸은 지나치게 돋보였다. 그는 유려하게 달려 나가기 직전의 재규어처럼 강해 보였다.

그에 비해 평범한 우리 한 PD는 어깨를 으쓱하며 거드름을 피우고는 공무진이 시키는 대로 잘 따라 했다.

"유산소부터 할까요? 20km만 뛸게요."

안정적인 속도로 트레드 밀 위를 달리는 공무진은 땀 한 방울 흘리지 않았다. 비교적 빠른 속도로 20km를 달리면서도 호흡도 안정적인 박자를 유지했다.

그에 비해 한 PD는 경보하듯 트레드밀 위를 걸었다. 대견하게도 지금까지는 한 PD도 잘 견디고 있다.

그런데 여러 가지 기구를 이용한 하체 근력 강화 운동과 코어 강화 운동에서 한 PD는 못 하겠다며 바닥에 드러누워 버렸다.

"평소에 운동 정말 안 하시나 봐요. 이 정도는 하셔야 하는데……. 되게 약하시네요."

공무진은 예의 바른 어조로 한 PD를 살살 약 올렸다. 그에 자극받은 한 PD가 자리에서 벌떡 일어나서는 다시 기구 앞에 앉았다.

"그렇다고 너무 무리하지는 마시고요. 운동은 내 몸 상태를 잘 알고 해야 해요. 운동기구를 붙들고 무리하는 것보다, 아예 운동을 안 하는 게 나을 수도 있어요."

가면 속 한 PD의 표정이 훤히 보이는 듯했다. 어깻숨을 거칠게 내쉬는 모습이 볼만했다.

"하지만 그렇게 실망하고, 시무룩해질 필요는 없어요. 운동은 긍정적인 마인드가 가장 중요해요. 인생에서도 그런 것처럼요. 조금씩 꾸준히 하다 보면 어느새 목표치에 가까워져 있을 거예요. 기억하세요. 긍정적인 마인드, 그리고 꾸준함."

나는 어린아이를 달래듯 한 PD를 대하는 공무진의 태도에 웃음을 참으려 한숨을 몰아쉬어야만 했다.

"컷!"

카메라 앞에 선 한 PD 대신에 내가 컷을 외쳤다.

"좋습니다! 그만 철수하시죠!"

AD의 외침에 한 PD가 버럭 소리를 질렀다.

"아니!"

모두 얼떨떨한 표정으로 한 PD를 바라보았다. 가면을 벗은 그의 얼굴은 안쓰러울 정도로 새빨갛게 달아올라 있었다.

"우리 촬영 마무리되는 시점에 이 콘셉트로 다시 찍읍시다."

비리비리한 이미지에 자존심이 좀 상했나 보다.

"그리고."

한 PD의 시선이 나를 향했다.

"오 PD, 너 자전거 연습해라! 너도 다시 찍는다!"

안타깝게도 한 PD는 다음 촬영을 위해 죽어라 운동해야 할 테지만, 나는 자전거를 잘 탔다. 공무진과의 연애 사실을 가지고 호시탐탐 나를 놀려 대는 한 PD에게 굳이 나는 자전거를 잘 탄다는 사실을 털어놓고 싶지는 않았다.

"네, 연습할게요!"

저 뒤에서 스포츠 타월로 목덜미 땀을 닦던 공무진이 나를 보고는 피식 웃었다. 잠깐의 운동으로 벌크 업이 된 탓인지 그의 팔뚝 근육이 질기게 튀어 올라 있었다.

나의 시선이 나도 모르게 그의 근육을 타고 흘러내렸다.

평소에도 바짝 올라붙어 있는 그의 예쁜 엉덩이가 운동 후 탄력을 받아 먹음직스러워 보였다. 홀딱 벗겨서 침대 위에 엎어 놓고, 볼록한 엉덩이를 콱 깨물어 주고 싶다.

나 지금 뭐라는 거니.

촬영장 한가운데 서서 머릿속을 음란한 생각으로 가득 채우고 있던 나는 흠칫 놀라서 몸을 부르르 떨었다.

공무진이 무슨 일이냐며 눈을 치뜨고 내 얼굴을 살폈다. 나는 아무것도 아니라는 듯이 고개를 살짝 내젓고는 촬영장 정리를 도왔다.

"저녁 식사는 호텔 지하 1층 식당에서 하시면 됩니다! 석식 시간은 6시 반부터 9시 반까지고요. 마지막 주문은 9시에 받는다고 합니다! 방 번호 체크하고 식사하시고요! 내일 조식은 5시 반부터 9시까지 가능하지만, 원활한 촬영을 위해 8시까지 식사 마쳐 주세요!"

똑 부러지는 AD의 외침에 다들 알겠다며 고개를 끄덕거렸다. 소란한 와중에 주머니에 넣어 준 휴대전화의 진동이 선명하게 느껴졌다.

[저녁 먹고 내 방으로 올 수 있지?]

메시지를 보낸 사람은 당연히 공무진이었다.

[봐서.]

함께 방을 쓰는 AD에게 무슨 말을 하고 방에서 빠져나와야 하나, 고민하고 있으면서도 나는 어울리지 않게 튕겨 보았다.

[와라. 응? 보고 싶어.]
[지금도 보고 있잖아.]
[괄호 친 말을 봐야지. (벗겨 놓고) 보고 싶다고.]

그가 보낸 메시지를 내려다보며 나도 모르게 피식 웃고 말았다. 홀딱 벗겨 놓고 보고 싶은 것은 나도 마찬가지였다.
"뭐야? 뭐가 그렇게 좋아?"
박 작가가 성큼 다가와 물었다.
"아니에요. 아무것도."
얼른 휴대전화를 허벅지 옆으로 내리며 고개를 절레절레 내저었다.
"우리 오 PD, 좀 수상하네."
"수상하긴 뭐가 수상해요? 웃는 사람이 수상해요? 그럼 세상에서 제일 수상한 사람은 한 PD죠. 웃는 상이잖아요."
박 작가가 손뼉을 치며 까르륵 웃어 댔다. 웃음 허들이 이렇게 낮은 사람이 어떻게 예능 작가가 되었는지 모르겠다.

"근데 우리 한 PD는 지금 안 수상해. 저기 봐? 완전 죽을 상이잖아."

한 PD가 무시무시한 눈으로 나를 노려보고 있었다.

"암튼 둘이 진짜 재미있어."

박 작가가 한 PD와 나를 번갈아 보며 웃었다.

촬영장이 얼추 정리되어 갈 무렵, 식당으로 향했다. 저녁부터 빨리 먹어 치우고 싶었다. 공무진은 자연스럽게 내가 섞인 무리에 슬쩍 끼어들었다.

그리고 같은 테이블에 앉아서 밥을 먹었다. 아무도 눈치채지 못한 비밀 연애에 가슴이 찌릿찌릿했다.

"아, 맞다. 오 PD 내가 예전에 소개해 줬던 사람 있잖아."

박 작가의 갑작스러운 발언에 갈비탕 국물이 목에 탁 걸렸다. 내가 거칠게 기침하자, 대각선 맞은편에 앉아 있던 공무진이 티슈를 뽑아서 건네주었다. 티슈로 입을 가린 나는 박 작가를 향해 괜히 손사래를 쳤다.

"왜 그래? 그 사람이랑 뭐 있었어?"

나는 고개를 빠르게 내저었다.

"두 번은 만났던가?"

"한 번이요."

얼른 만남 횟수를 정정했다. 박 작가가 소개해 준 사람은 강남 모처에서 병원을 운영하는 피부과 전문의였다.

"나 주말에 거기 갔었거든. 근데 오 PD 잘 지내냐고 묻더라고. 언제 같이 한번 식사하자고. 이번에 반포 어디에 집도 새로 샀대. 사람 되게 괜찮은데, 한 번만 더 만나 보지 그랬어."

박 작가는 진심으로 나를 위해서 해 주는 말이라는 듯 웃었다.

"영 별로야? 그쪽은 오 PD 되게 마음에 들어 하는 것 같던데."

강권하는 박 작가에게 딱 잘라 별로라고 할 수도 없고, 그렇다고 공무진이 보는 앞인데 거짓으로라도 알겠다고 할 수도 없고.

나는 두 사람 모두를 만족시키지 못하고 어설프게 웃었다. 확인도 해 주지 않고, 부정도 하지 않는 나의 전략이 여기서도 통하기를 바랐다.

식사를 마치고 객실로 돌아온 나는 재빠르게 샤워를 마치고 나와서 소화가 안 되는 척 어설픈 연기를 선보였다.

"오 PD님, 어디 불편하세요?"

"촬영이 갑자기 바뀌어서 신경 썼더니, 체했나 봐."

"맞다. 원래 오 PD님 신경 쓰이는 일 있으면 못 드시잖아요. 오늘 저녁은 잘 드시는 것 같았는데……. 저 아마 소화제 있을 거예요. 드릴까요?"

"아니, 그냥 병원 갔다 오는 게 낫겠다. 괜히 다른 사람 걱정하니까 말하지 말고."

소화제를 들고 어쩔 줄 모르는 AD를 뒤로하고 객실을 빠져나왔다.

갑자기 옛 기억이 머릿속에 새록새록 떠오른다. 교수와의 면담을 꾀병으로 미루고 공무진에게 달려갔던 날의 기억 말이다.

그때하고는 상황이 다르지 않나, 싶은 생각이 들면서도, 여전히 공무진에게 정신 못 차리는 내가 우습기도 하고.

뭐, 내가 촬영 말아먹고 도망치는 것도 아니고. 연애 좀 해 보겠다는데, 그게 나쁜가.

엘리베이터를 타지 않고, 계단을 이용해 공무진의 방 앞에 다다랐다.

가쁜 숨을 몰아쉬며 초인종을 누르자, 공무진이 대꾸도 없이 얼른 문을 열어 준다. 손을 쭉 뻗어서 내 허리를 감아당기는 공무진에게 힘없이 끌려 들어갔다.

"너, 숨을 왜 그렇게 야하게 쉬어?"

"계단으로, 걸어서, 올라왔어."

헉헉거리며 토막 난 말을 내뱉자, 그의 입술이 뺨 위에 내려앉았다. 그새 씻고 나왔는지, 머리카락이 촉촉하게 젖어 있었다.

말갛게 빛나는 얼굴, 빨갛게 물든 입술이 먹음직스럽다.

나는 그의 목에 팔을 감으며 발꿈치를 들고 얼른 입을 맞췄다.

그의 두꺼운 팔이 허리를 바짝 당겨 안은 순간이었다.

삐융, 삐유유융.

낯선 초인종 소리가 날카롭게 객실 안을 울렸다. 나는 화들짝 놀라서 그의 몸에서 얼른 떨어졌다.

"공무진 선수, 안에 있어요?"

문밖에서 안을 살피듯 묻는 목소리의 주인공은 박 작가였다.

"네, 있습니다."

그가 문 앞으로 다가가서 대꾸했다. 나는 안절부절못하고 그의 팔에 매달렸다.

"우리 막내 작가가 공무진 선수한테 사과하고 싶다고 해서요. 지난 촬영에서 미안했다고요."

"괜찮습니다."

이제는 공무진의 얼굴도 일그러지기 시작했다. 사과하러 왔다는 사람을 문전 박대할 수는 없는 노릇이라는 듯이 그가 미간을 찡그렸다.

"얼른 침대에 가서 누워."

그가 목소리를 잔뜩 낮추고 속삭였다.

"뭐?"

"침대에 가서 누우라고."

"아니, 그러지 말고. 화장실에 숨을까?"

"그러다 화장실 쓴다고 하면?"

그의 물음에 나는 대답할 겨를도 없이 얼른 침대로 달려가 몸을 숨겼다. 이불을 뒤집어쓰고 있는데, 심장이 쿵쿵 울렸다.

이윽고 객실 문이 열리는 둔중한 소음이 일었다.

"우리 막내가 혼자는 못 가겠다고 해서, 내가 같이 왔어요."

박 작가와 막내 작가가 객실 안으로 들어오는 듯한 기척이 느껴졌다.

나는 어쩌자고 여기에 누웠을까. 그냥 화장실에 숨을걸.

"죄송합니다. 제가 괜한 소리를 해서, 스태프 분위기도 엉망이 되고……. 공무진 선수님도 분위기 살피시느라 비싼 선물까지 마련하시고……. 죄송합니다."

막내 작가가 죄송하다는 말을 연발하며 사과했다.

"괜찮습니다. 그날 다툼이 있었던 건 사실이니까요. 오 PD랑도 잘 풀었으니까, 염려하지 마세요. 오 PD가 고집을 부렸다고는 하지만, 제가 도발한 것도 맞고요."

다정한 목소리가 듣기 좋았다.

"거봐. 공무진 선수 다 이해한다니까. 얘가 잔뜩 쫄아 가지고. 이해해 줘서 고마워요. 맥주 좀 사 왔는데."

아……. 박 작가님. 술 먹고 실수했다는 애를 데리고 오시면서 맥주를 사 오시면 어떡하십니까.

나는 벌떡 일어나서 참견하고 싶은 걸 꾹 참았다.

"술 때문에 실수해 놓고, 맥주 사 들고 와서 좀 우습죠? 분위기 서먹할까 봐 들고 온 거예요."

노련한 박 작가다웠다.

"죄송합니다. 맥주는 마신 거로 하죠. 내려가셔서 편히 쉬세요. 저는 손님이 있어서."

야! 공무진!

나는 또다시 벌떡 일어나서 참견하고 싶은 걸 꾹 참았다.

"손님……이요?"

박 작가의 목소리가 살짝 흔들렸다.

"여자 친구가 와 있어서요. 피곤한지 벌써 잠들었네요."

이불을 뒤집어쓰고 몸을 숨긴 상황이었지만, 쥐구멍을 찾아서 숨고 싶어졌다.

"어머, 미안해요. 우리 얼른 갈게요."

박 작가가 당황한 듯 막내 작가를 데리고 객실 밖으로 나갔다. 문이 닫히는 소리가 들리자마자, 이불을 발로 차 냈다.

"미쳤어? 그런 말을 하면 어떡해!"

공무진이 어깨를 으쓱하며 근사하게 웃었다. 잔뜩 졸였던 가슴이 사르륵 풀어지는 게 느껴졌다.

"아무도 너라고 의심 안 해. 걱정 마. 내가 여자 친구 있다고 해서, 오히려 딴 데다 관심 둘걸?"

그의 논리에 약간은 기가 막혔지만, 일면 수긍이 갔다.

"나중에는 어떡하려고?"

하지만 뒷수습은 어떻게 해야 할지 조금 걱정되었다.

"나중에 뭐?"

그가 무심하도록 다정하게 물었다. 뻔히 다 알아차리고 있으면서 내 입으로 말하게 하려는 의도 같았다.

"됐어."

고개를 돌리려는데, 커다란 손이 내 턱을 움켜잡았다.

"나중을 생각해도 되는 거야?"

진심으로 기쁘다는 듯이 그의 눈빛이 반짝반짝 빛났다.

"이러고 나중이 없는 게 더 이상하잖아! 내가 촬영장에서 미쳤다고, 출연자 호텔 방에 숨어들겠어?"

"그럼 그 소개팅했다는 남자는?"

질투심을 조심스럽게 드러내는 그가 귀여워서 웃음이 새어 나오려고 했다.

"하도 박 작가가 만나 보라고 해서. 예전 회사 앞에서 딱 한 번 만났어. 밥도 안 먹고, 커피만 마셨고. 그게 다야. 왜, 내가 오만 남자랑 소개팅하면서 나중을 생각했을까 봐? 내가 나중을 생각한 사람은 오빠가 유일해. 알겠어?"

대답을 듣기 전에 입술이 맞물렸다.

"흐음."

단지 입술이 닿고, 혀가 스쳤을 뿐인데 그의 목울대에서

격한 신음이 흘렀다. 옷이 순식간에 벗겨졌다. 그는 입술이 떨어지는 게 아쉬운 듯 잔뜩 인상을 쓰고 티셔츠를 벗었다.

"흐으읏."

어깨 언저리를 깨무는 그의 입술이 뜨거웠다.

"사랑해. 밀희야."

순간 눈물이 핑 돌았다. 그의 고백은 시간을 초월하는 듯 압도적이었다. 헤어졌던 게 꿈처럼 아득했다.

그 시절 나는 막연한 미래에 불안했고, 그저 지금처럼 사랑하기만을 바랐다. 그래서 불완전한 사랑 앞에 물러섰는지도 모른다.

하지만 지금은 기쁜 얼굴로 나중을 말하는 남자가 내 곁에 있다. 여전히 불완전할지 모르지만, 함께 그릴 수 있는 미래의 존재감이 나를 충만케 했다.

젖은 틈바구니를 그가 빠듯하게 파고들었다.

사랑해, 사랑해……. 밀희야.

끊임없는 고백이 붉게 달아오른 살갗 위로 쏟아졌다. 끝없는 입맞춤 아래서 행복한 순간들이 되살아났다. 인생에 있어서 가장 다디단 추억에 나를 외롭게 만들던 시절이 아스라해진다.

진심으로 추억하고, 마음을 다해 기뻐하고, 달콤하게 사랑만 하고 싶다.

❖　❖　❖

"와, 여긴 빵이 미쳤다. 진짜!"

박 작가는 크루아상을 손에 들고 혀를 내둘렀다.

"이런 거 우리 동네 빵집에서 6천 원이다? 근데 여기는 1유
로도 안 해. 진짜 싸지? 근데 말도 안 되게 맛있어. 완전 녹는
다, 녹아!"

박 작가는 빵 맛에 취했고, 한 PD와 촬영감독은 와인 맛에
취했고, 나는 공무진에게 흠뻑 취할 준비를 하고 있었다.
그렇다. 우리는 지금 프랑스 파리에 있다.

'바람이 젖은 방향'의 1, 2차 티저가 공개된 이후, 국내 포
털 사이트뿐만 아니라 국외 팬들의 SNS에서도 난리가 났다.
그리고 본편이 공개되자, OTT 사이트 전체 시청 기록 1위
를 기록하며 대박을 터뜨렸다.

당연한 결과다. 나는 공무진이 어떨 때 멋있는지 가장 잘
아는 PD였다. 편집을 포함한 후반 작업에 영혼을 갈아 넣었
다.

공무진이 나에게 자전거 타는 법을 가르쳐 주는 회차가
공개되었을 때에는 SNS 인기 검색어가 '놓은 적 없어요_거
짓말'이었다. 해당 영상은 밈처럼 유행이 되었고, 그 장면을
패러디한 숏폼 콘텐츠도 넘쳐났다.

일주일에 한 회차씩 공개되는 콘텐츠의 인기를 실감한 회

사에서는 공무진의 투르 드 프랑스 마지막 날을 밀착 촬영해 오라며 우리를 프랑스행 비행기에 태워 주었다.

그래서 나와 한 PD, 박 작가는 8월 중순 어느 날, 파리에 도착했다.

이번 투어는 프랑스의 소도시가 아닌 파리에서 시작해서 파리로 돌아오는 식이었다. 매번 투어 구간이 달라졌는데, 올해는 그렇게 진행되었다.

8월의 샹젤리제는 무척 더웠다. 결승선을 향해 달리는 선수들을 보기 위해 파리의 중심부에는 엄청난 인파가 몰려 있었다.

우리는 현지 분위기를 전하기 위해 관중 인터뷰도 따고, 공무진이 자주 이용한다는 식당도 촬영했다.

프랑스에 와서 그와 자주 메시지를 주고받았고, 통화도 꼬박꼬박 두 번 이상을 했다. 정상에 올라섰던 남자에게서 옛날과는 다른 여유가 느껴졌다. 그리고 나도 그의 연락을 기다리느라 마음을 졸이거나 안달하지 않았다.

인파 속에서 함성이 터져 나왔다. 선두 그룹이 샹젤리제 거리로 들어서고 있었다. 오렌지빛 태양이 빛나는 거리를 공무진이 선두로 달려 들어왔다. 막판 스퍼트를 올리는 선수들의 자전거가 좌우로 흔들거렸다.

턱을 꽉 다문 채로 온 힘을 다해 페달을 밟고 있는 그의 얼굴에는 강한 집념이 가득 고여 있었다. 달릴 때 무슨 생각을 하느냐는 질문에 그는 젖은 바람이 불기를 바란다고 했었다.

지금 그는 무슨 생각을 하며 달리고 있을까?

그리고 공무진은 결승선을 제일 먼저 통과했다. 또다시 그의 개인 종합 우승이 확정되는 순간이었다.

"올 포디움(All podium)이네!"

한 PD가 감격에 겨운 목소리로 외쳤다. 그랜드 투어에 참가하기 시작한 이후로 그는 모든 투어에서 시상대에 올랐다. 이번에도 그 기록은 깨지지 않고 유지되었다.

샹젤리제 거리 한가운데에 설치된 시상대 뒤로는 개선문이 자리했다. 가로수 사이사이에 설치된 대회 깃발이 뜨거운 바람을 맞으며 펄럭거렸다.

산악 코스 부문, 포인트 획득 부문, 25세 이하 선수 부문에서 우승을 거둔 선수들이 시상대 위에 올랐다. 품에 아이를 안은 선수도 있었고, 아내를 데리고 올라온 선수도 있었다. 시상식은 말 그대로 축제였다.

그리고 마침내 노란 저지를 입은 공무진이 시상대에 올랐다.

노란 저지는 투어를 통틀어 가장 빠른 기록을 세운 선수에게 입혀지는 저지였다. 그를 향한 관중의 함성에 심장이 거칠게 날뛰었다. 그는 노란 해바라기로 구성된 꽃다발을 들고 활짝 웃었다.

우리는 그의 에이전트 배려로 시상대와 비교적 가까운 곳에 서서 촬영을 이어 갈 수 있었다.

시상대에서 내려온 공무진이 여러 사람과 인사를 나누고는 계단을 내려오기 시작했다. 그러다 그와 눈이 마주쳤다. 그가 나에게 시선을 고정하고는 환히 웃었다. 나도 그를 바라보며 마주 웃어 주었다.

"어머, 공무진 선수 우리 봤나 봐! 이쪽 보고 웃는 것 같아!"

박 작가가 내 어깨를 툭 치며 중얼거렸다.

"그런 것 같아요."

나도 조용히 대꾸하며 고개를 끄덕거렸다.

그런데 공무진이 이쪽으로 걸어오기 시작했다. 심장이 샹젤리제 거리 한복판에 툭 떨어지는 듯한 기분이 들었다.

"여기로 온다! 인터뷰, 인터뷰! 우리 보고 오나 봐! 웬일이야? 그래도 되는 거야? 여기로 와도 되는 거야?"

박 작가가 크로스백에서 스크립트를 꺼내며 호들갑을 떨었다. 어느새 공무진은 우리 앞까지 성큼 다가와 있었다.

그가 나에게 꽃다발을 내밀며 웃었다.

미쳤구나, 공무진. 나 여기서 밟혀 죽으라고?

귀가 먹먹할 정도로 함성이 커지고 있었다.

"뭐 해! 얼른 받아!"

박 작가가 정신 차리라며 소리를 빽 질렀다. 나는 얼떨떨하게 웃으며 그가 내민 꽃다발을 품에 안았다. 그는 전화하겠다며 빠르게 읊조리고는 돌아섰다.

함성 소리가 너무 커서 귀가 왕왕 울렸다. 그 순간 여길 어떻게 빠져나가야 하나 겁이 났다.

엄청난 인파를 뚫고, 공무진의 꽃다발을 손에 든 채 어떻게 샹젤리제 거리를 빠져나가야 하는지 고민하고 있을 때였다. 그의 팀에서 나왔다는 경호원들이 우리 제작진을 순식간에 둘러쌌다. 나뿐만 아니라 제작진 모두 얼떨떨한 얼굴로 경호원들의 엄호를 받으며 샹젤리제를 벗어날 수 있었다.

경호원이 대기하고 있었던 것을 보면 공무진의 퍼포먼스는 예정되어 있었다는 의미였다.

'사실 우리는 바로 달려가서 키스하라고 했거든. 근데 Jaune이 죽어도 그건 안 된다잖아.'

수다스러운 팀 매니저가 나에게 영어로 한참을 떠들어 댔다. 공무진은 프랑스에서 Jaune이라고 불렸다. 그의 이름 마지막 글자인 진의 발음을 변형해서 Jaune이라 불렸고, 그 뜻은 노란색이었다. 투르 드 프랑스에서 노란 저지는 가장 빠른 선수의 상징이었다.

수줍게 꽃을 건네고, 환히 웃으며 돌아서던 그의 모습이 머릿속에서 끊임없이 재생되었다.

"오 PD, 나한테 고마워해라. 내가 다 찍었어."

촬영감독이 웃으며 나를 놀려 댔다.

"근데 둘이 언제부터야?"

나는 눈을 가늘게 뜨고 웃으며 박 작가의 질문을 회피했다. 박 작가가 이상한 생각이 들었는지 고개를 갸웃거리며 내 귀에 대고 속삭인다.

"혹시 그때……. 공무진 선수 침대에 숨어 있던 거……. 오 PD야?"

"에이, 아니에요."

너스레를 떨며 고개를 절레절레 내저었다.

"그럼, 그건 다른 여자야?"

박 작가가 화를 버럭 냈다.

"에이, 아니에요."

나는 똑같은 대답을 반복했다.

"그럼 뭐야? 둘이 사귀는 건 맞아? 결혼해?"

"에이."

나는 아니라고는 말 못 하고 머뭇거렸다. 사실 공무진이 나한테 결혼하자고 프러포즈한 건 아니다.

"박 작가님, 우리 오 PD를 아직도 너무 모르시네. 얘가 얼마나 음흉한 앤데, 그걸 다 곧이곧대로 대답을 해 줘요?"

"에이, 아니에요."

한 PD를 향해서도, 나는 그저 모호하게 웃었다.

그날 밤, 공무진은 내가 머무는 호텔로 몰래 찾아왔다. 객실문을 열어 주자, 그가 내 눈치를 살피며 조심스럽게 객실 안으로 들어섰다. 자전거로 전 세계를 제패한 남자가 관중 앞에서 여자 친구에게 꽃다발을 줘 놓고 주눅 들어 있는 모습이 미치게 사랑스럽다.

"키스는 왜 안 했어?"

내 질문에 바짝 올라붙었던 그의 어깨에서 긴장감이 쑥 빠져나가는 게 보였다. 그가 내 허리를 바짝 당겨 안으며 입을 맞췄다. 아까 키스 못 한 게 아쉽다는 듯이 그의 키스는 오래도록 이어졌다.

"하아."

숨이 꽉 막혀서 입술을 떼자, 그가 내 얼굴을 가만히 내려다보며 목소리를 냈다.

"이런 얼굴은 나만 봐야지. 어떻게 다른 사람한테 보여 줘?"

커다란 손이 내 옆얼굴을 애틋하게 쓸어 넘겼다.

"밀희야."

"응."

분위기가 묘하게 달아올랐다. 그가 나를 휘릭 돌려세워서는 창가로 걸어갔다. 내가 머무는 호텔은 라데팡스와 샹젤리제 사이에 있는 고층 건물이었다. 창밖으로 파리의 야경과 낭만적인 장난감 같은 에펠탑이 보였다.

"하나, 둘, 셋."

그가 등 뒤에서 나를 꼭 끌어안은 채 귓가에 속삭였다. 순간 노랗게 빛나는 에펠탑에 별 무리가 고인 듯 하얀빛을 내며 요란하게 반짝거렸다.

"깜빡 속을 뻔했네. 정시에는 저렇게 불이 들어오는 거잖아. 새벽 12시에는 완전히 하얗게 변하지? 그걸 화이트 에펠이라고 부른다더라."

내 어깨에 이마를 기댄 그가 킥킥 웃었다. 허리를 끌어안고 있던 그의 왼손이 나의 왼손을 부드럽게 잡았다. 나는 반짝거리는 에펠탑을 바라보며, 귓가를 간질이는 그의 숨소리에 귀를 기울였다.

영원히 이어지길 바라는 낭만적인 순간이었다. 그런데 왼쪽 네 번째 손가락에 차가운 금속이 닿았다. 나는 흠칫 놀라서 그가 꼭 붙잡고 있는 손가락을 내려다보았다. 네 번째 손가락에는 에펠탑의 반짝거리는 전구보다 더 영롱하게 빛나는 반지가 끼워져 있었다.

"결혼하자."

눈가가 따끔거렸다. 그는 자신이 가장 영광스럽게 빛날 투어의 마지막 날을 준비하면서, 나에게 프러포즈할 생각을 하고 있었나 보다.

나는 수많은 관중이 그에게 열광하는 소리를 들었고, 시상대에 오른 그의 빛나는 얼굴도 보았다. 가장 강하고 빠른 남자는, 가장 아름답고 순하게 웃으며 나에게 우승 꽃다발을 안겨 주었다.

　영민하기도 하지. 이런 남자가 건네는 프러포즈를 누가 거절해.

　"응."

　나는 울먹거리며 대답했다. 그가 내 허리를 잡은 채로 빙그르르 돌려세웠다. 입술이 부드럽게 맞물렸다. 뺨을 타고 감격에 겨운 눈물이 쪼르륵 흘러내렸다. 그는 젖은 뺨에 더듬더듬 입을 맞추며 속삭였다.

　"왜 울어."

　"너무 좋아서."

　흐느끼는 목소리가 이리저리 흔들렸다. 그가 나를 꼭 끌어안으며 웃었다. 기분 좋은 웃음을 흘리던 남자는 내 입술을 문 채로 원피스 자락을 끌어 올렸다. 머리 위로 원피스가 벗겨졌다.

　나는 나름 이벤트랍시고 노란색 속옷을 입고 있었다.

　"오빠, 근데 안 힘들어?"

　21일 동안 쉬지 않고 3500km를 달려온 남자였다.

　"내가 좀 힘든 걸 다행으로 알아."

　얼굴이 화끈 달아올랐다. 그는 티셔츠와 청바지를 순식간에 벗어 던졌다.

"이건 나 보여 주려고 입은 거야?"

몰드가 없는 레이스 브래지어 아래로 바짝 곤두선 유두가
비쳤다.

"응."

선정적으로 가라앉은 그의 시선이 아래로 향했다. 거웃이
비치는 손바닥만 한 팬티를 바라보는 그의 뺨이 붉게 물들었
다.

"그럼 내 마음대로 해도 되지?"

"응?"

되묻기가 무섭게 레이스 팬티가 쫙 찢어졌다.

"미쳤나 봐!"

새된 비명을 지른 순간, 그가 상체를 숙이고 나를 어깨에
걸머멨다. 풀썩, 침대 위로 몸이 무너져 내렸다. 레이스 브
래지어도 그의 손에 찢기기는 마찬가지였다.

"미치기는."

그가 살갗 위에서 중얼거리고는 가슴을 집어삼켰다. 딴딴
해진 유두를 아프지 않게 살근살근 깨물었다가, 유륜까지
거세게 빨았다.

"아흐읏."

신음을 내지르며 그의 뒷머리를 쓸어 올렸다. 배 위에서
흉흉하게 발기한 페니스가 끄덕거렸다.

"내가 힘 빠진 걸 다행으로 생각하라고 했잖아."

더운 숨이 뒤섞인 그의 목소리는 애액을 왈칵왈칵 쏟아낼 만큼 야했다.

"그런데 이런 속옷을 입고 있으면⋯⋯."

"으응?"

말끝을 흐려서 되묻듯 신음했다.

"없던 힘도 생기겠다."

한계까지 부풀어 오른 물건에 콘돔을 씌운 그가 단숨에 젖은 살점을 파고들었다.

"아아!"

그의 뺨을 어루만지는 내 손에서 반지가 반짝거렸다. 얼굴을 작은 손 안으로 기울인 그가 반지를 끼운 손가락에 입을 맞췄다.

"흐음."

만족스러운 숨을 내쉰 그가 허리를 깊게 쳐올린다.

"흐읏."

단단한 어깨를 꼭 끌어안으며 목 안쪽에 얼굴을 묻었다. 흐느낌 같은 신음이 쉴 새 없이 흘러나왔다. 이제 우리는 한 울타리 안에 머무는 사이가 될 것이다. 몸과 마음이 엮이는 것과는 차원이 다른 감동이 살갗으로 스며들었다.

"흐으응. 아아!"

그도 같은 마음인지, 옆얼굴에 닿는 입술이 파르르 떨렸다. 격앙된 숨을 내뱉으며 관자놀이에 부드럽게 입을 맞추는 남자의 품은 가없이 넓고, 한없이 포근했다.

"사랑해."

아마도 내가 그에게 처음으로 속삭이는 말일 것이다. 등허리 밑으로 그의 두꺼운 팔뚝이 휘감겼다. 몸을 꼭 끌어안으며 그가 벅찬 숨을 내쉬었다.

"하아."

숨결에서도 언어가 느껴지는 듯했다.

"사랑해, 오빠."

파르르 떨리는 고백에 그가 웃었다.

"매일, 말해 줘."

예민하게 달아오른 살점을 꿰뚫는 감각에 숨이 턱 막혔다. 배 속을 휘저은 열감이 전신으로 퍼지기 시작했다.

"응? 매일, 매일 말해 줘."

그가 조르듯 읊조렸다.

"응. 매일, 매일 말해 줄게."

달래듯 보드라운 머리카락을 쓸어내리고, 땀에 젖은 단단한 어깨를 어루만졌다. 그는 나에게 아무것도 바라는 게 없다며, 내가 다른 남자를 사랑해도 곁에 있겠다는 말을 바보처럼 지껄였었다.

하지만 매일 사랑해 달라고 말하는 남자의 목소리는 어느 때보다 간절하게 들렸다.

사랑이 고팠던 남자에게, 나는 매일 사랑한다고 속삭일 것이다. 사랑에 있어서는 부족할 것 없는 사람으로 남은 생을 살아갈 수 있도록.

에필로그

막내 이모를 마주한 그녀는 바짝 긴장한 얼굴로 어색하게
웃었다. 막내 이모가 나를 키워 줬다는 말에 그녀는 너무 고
마운 분이라며 잘 보이고 싶다는 말을 수십 번도 더 했다.

　"우리 두 번째 보는 건가? 아닌가? 유럽에서도 본 적 있
어. 그치, 무진아?"

　이모의 실없는 장난에 안 그래도 큰 그녀의 눈이 더욱 커
다래졌다.

　"이모!"

　나는 미간을 잔뜩 찡그리며 눈을 부라렸다.

　"농담이야, 농담."

　"그런 농담은 입에 올리지도 마."

이모는 손뼉을 짝짝 쳐 대며 웃었다.

"나는 네가 너무 순해져서 공무진이 아닌 줄 알았지. 세상에 사람이 변해도 어쩜 그렇게 변해? 밀희야. 그거 아니? 얘 성질 무진장 더러워. 이거 다, 얘 내숭이야."

"네, 알아요."

그녀가 예쁘게 웃으며 이모를 향해 고개를 끄덕거렸다.

알긴 뭘 알아? 내가 오밀희한테는 얼마나 잘하는데?

황당한 눈빛으로 쏘아보자, 그녀가 그냥 장단을 맞추라는 듯이 눈을 찡긋했다.

"어머. 그래? 우리 무진이가 너한테도 골 부리고 그러는구나?"

이모가 걱정스럽다는 듯이 말을 이었다.

"무진아. 그러면 못써. 결혼하기 전에 그런 버릇 고쳐. 네 처 챙길 사람은 너밖에 없어. 알겠니? 그리고 밀희야, 얘가 못되게 굴면 나한테 일러. 내가 혼쭐을 내 줄게."

"네, 이모님."

"이모님은 무슨. 그냥 편하게 이모라고 불러. 응? 부케는 희수가 받기로 했다고? 걔도 참 남자 친구도 변변찮으면서 왜 부케를 받겠다고 난리인지."

"희수 남자 친구가 결혼하자고 그러나 봐요. 신분당선 역 새로 생기는 곳 근처에 집도 벌써 구했대요. 희수한테는 진짜 잘하나 봐요."

이모와 그녀는 언제 서먹했느냐는 듯이 죽이 척척 맞아서 떠들어 댔다.

내가 신기한 눈으로 그녀를 바라보자, 그녀는 빙긋 웃으며 테이블 아래에서 내 손을 꼭 맞잡았다. 너무 예뻐서 심장이 멎을 것만 같았다.

오밀희는 자연스럽게 우리 이모에게 인사를 했는데, 그녀의 아파트 공동 현관 앞에 선 나는 결승점을 통과할 때보다 더 가슴이 떨렸다. 엘리베이터에 올라서 초인종을 누르기까지 정신이 반쯤은 나간 기분이었다.

초인종 소리가 울리자 현관문이 벌컥 열리고, 그녀가 환한 미소를 지으며 나를 맞았다.

"엄마, 무진 씨 왔어!"

무진 씨?

새삼스럽게 이름을 부르는 그녀를 약간은 당황스러운 눈으로 내려다보았다. 그러자 눈치 빠른 그녀가 발꿈치를 들어 올리며 내 귀에 대고 조용히 속살거렸다.

"우리 집에는 엄마 아들인 오빠도 있으니까."

귀여운 설명을 듣자, 입가에 미소가 번졌다. 아까까지만 해도 극도의 긴장감으로 곧 숨이 막혀 돌아가실 것 같았는데, 오밀희 얼굴을 보니 급하게 뛰던 심장이 제법 안정되는 듯했다.

"왔냐? 네가 우리 집 문턱을 기어코 다시 넘는구나."

그녀의 오빠, 이제 내가 형님이라고 불러야 하는 오현호가 나를 한껏 놀려 댔다.

"너 우리 집에서 순서 지키라고 할까 봐. 일부러 투르 드 프랑스에서 쇼한 거지?"

아직 결혼 안 한 오빠가 있는데, 어떻게 여동생이 먼저 결혼을 하느냐며 오현호는 부루퉁한 얼굴이었다.

"어휴, 마음에도 없는 소리 하기는. 매제한테 기선 제압이라도 하려는 거야?"

그녀의 어머니가 부엌에서 나오며 아들을 나무랐다.

"안녕하세요, 공무진입니다."

나는 그녀의 어머니를 향해 허리 숙여 인사했다.

"얘 말 그냥 흘려들어요. 우리 집에 밀희가 먼저 시집간다고 서운해하는 사람 아무도 없어. 그리고 뭐 이런 걸 다 사 왔어. 어서 와요."

손에 바리바리 들고 있는 선물 꾸러미를 내려다보며 그녀의 어머니께서 해사하게 미소 지었다.

"흐음. 서운해하는 사람이 왜 없어. 나는 서운하다."

거실에 앉아 계신 그녀의 아버지가 낸 목소리였다.

4인용 식탁에 다섯 명이 둘러앉을 수는 없어서, 거실에 커다란 교자상이 차려져 있었다. 내가 모친의 집에 방문할 때와 비슷한 상황이었다.

"얼른 앉아요. 음식이 입맛에 맞을지 모르겠네."

분위기는 그때와 완전히 딴판이었다. 그녀는 내 옆에 찰싹 붙어 앉으며 발그레한 미소를 지었고, 그녀의 어머니는 그런 딸을 보며 장난스럽게 웃었다. 그리고 그녀의 오빠 역시 기특해하는 눈빛으로 여동생과 나를 번갈아 보았다.

"그래, 이제 한국에 들어와서 산다고?"

그녀의 아버지가 술병을 들어 올리며 물었다. 나는 얼른 무릎을 꿇으며, 그 앞에 술잔을 가져다 댔다.

"네, 서래마을에 집이 있습니다."

"단독주택 관리하기 힘들지 않나?"

"관리해 주는 사람도 따로 있습니다. 그렇지만 밀희가 불편해하면 아파트로 옮기겠습니다."

고개를 끄덕끄덕하는 어른에게서 술병을 건네받았다. 빈잔을 채워 드리는 동안 손이 덜덜 떨렸다. 태어나서 이렇게 떨리는 건 처음이다.

"대학 때 잠깐 만났다고? 그 프로그램 인터뷰에서 그러던데."

인터뷰 노래를 부르는 한 PD의 성화에 못 이겨서, 교양 버라이어티 프로그램의 감독 특별판 격으로 인터뷰에 응했다.

그곳에서 나는 대학 때의 첫사랑과 지금의 마지막 사랑에 관해 이야기했다. 포장을 잘해 주겠다고 꼬셔 대더니, 한

PD 덕분에 결혼 발표가 더욱 순조로웠다.

"네, 그랬습니다."

"그럼 우리 집에 와서 내 헬멧에 사인해 줄 때도, 만나고 있었던 거야?"

그녀의 아버지 목소리가 조금 튀어 올랐다. 약간의 배신감이 섞인 어조였다.

"네."

내가 고개를 푹 숙이며 대꾸했다.

"어휴, 여보 왜 그래요. 그때 진짜 몰랐던 거야? 공무진이 현호 후배라 우리 집에 와 있다고 생각했던 거야?"

그녀의 어머니가 내뱉은 뜻밖의 말에 모두의 시선이 그쪽으로 쏠렸다.

"엄마 알았어?"

화들짝 놀란 그녀가 웃음기 어린 목소리로 물었다.

"네 화장대에 사진 덕지덕지 붙여 놨었잖아. 아빠는 몰라도, 엄마는 알았지."

"근데 왜 모른 척하셨어?"

오현호가 기가 막힌다는 듯이 물었다.

"공 서방. 우리 애들이 이래. 똑똑한 것 같으면서 어설퍼. 지들이 부모를 속일 수 있다고 생각한다니까? 속아 주는 척하는 것도 모르고. 우리 밀희 연애하는 것도 내가 몰랐을까 봐? 애가 나사 하나 빠진 것처럼 칠락팔락 돌아다니는데?"

"엄마는, 내가 언제 나사가 빠졌다고."

그녀가 영 불만스럽다는 듯이 입술을 오물거렸다.

"둘이 계속 그러고 만났어 봐. 우리 밀희 방송사 PD는커녕, 학교 졸업이나 제대로 했을까 몰라. 그리고 공 서방도 불안해서 경기나 제대로 했겠어?"

"엄마, 공 서방은 안 그래. 얼마나 독한데? 사람이 한 가지에 집중하면, 다른 건 안 보여. 그때도 자전거만 탔다니까?"

"남자가 뜻이 있으면 그래야지. 그래야 가정이 바로 서지."

딸의 푸념에 그녀의 아버지가 내 역성을 들고 나섰다.

"암튼 고생했어. 내가 우리 밀희는 아무한테나 안 주려고 벼르고 있었어. 시원찮은 남편감 데리고 오면 문밖으로 뻥 차 버리려고 했지."

그녀의 아버지가 술 한 잔을 입에 털어 넣으며 쓰게 웃었다.

"우리 밀희가 눈이 높아. 누구 닮아서 높냐. 나 닮아서 높거든? 자네 장모 봐. 얼마나 고운가? 아직도 곱지?"

"네."

나는 고개를 끄덕거리며 연하게 웃었다.

"내가 사위 보는 눈도 높았단 말이지?"

"아버지, 말은 바로 하셔야지. 공무진이 우리 집에 다녀간 이후로 가끔 그러셨잖아. 공무진 같은 후배 있으면 밀희한테 소개해 주라고."

그녀의 오빠가 장난스럽게 말을 이었다.

"우리 아버지도 매제 다녀간 이후로 사위 보는 눈이 높아진 거야."

작은 손이 내 팔뚝을 부드럽게 잡았다.

"그래서 내가 우리 무진 씨 다시 데리고 왔잖아, 아빠."

딸의 애교스러운 말에 그녀의 아버지는 유쾌하게 웃으면서 눈가를 찍어 냈다.

"어휴, 저 철딱서니 없는 게 시집을 가겠다고."

"당신도 주책이야. 좋은 날 왜 이래. 결혼식 날은 얼마나 울려고 이래."

그러는 그녀의 어머니 눈시울도 붉었다.

"잘 살겠습니다. 걱정하시지 않게, 제가 잘하겠습니다."

"우리 밀희, 내가 부족함 없이 키웠어. 우리 딸 눈에 눈물 나게 하지 마."

"네, 아버님."

고개를 푹 숙이며 대꾸하자, 그녀의 아버지가 대뜸 질문을 던졌다.

"근데 우리 밀희 자전거 잘 타데? 어릴 때 현호한테 배우다가 넘어져서, 내가 현호 엄청 혼냈거든. 무릎이 까져서 우는데, 내가 아주 속이 상해서."

"아버지, 나 그거 상처다. 밀희만 자식이고, 나는 자식 아

146

니야? 어떻게 나를 그렇게 혼내? 나는 주워 온 줄 알았잖아."

"너도 장가가서 아들, 딸 낳고 살아 봐. 애비 마음 이해할 거다. 시키면 아들놈이랑, 보물 같은 딸애랑. 다르지, 달라."

가족끼리 허물없이 나누는 대화에 나는 점점 기분이 묘해졌다.

"보물 같은 딸을 시키면 놈이 데려간다는데?"

오현호가 아버지를 놀리듯 말하는 것도 영 적응이 되지 않았다.

"어디가 시커메? 우리 하나밖에 없는 사위 백옥처럼 하얗구먼! 어?"

그녀가 내 팔을 잡은 채로 작게 웃었다.

"공 서방. 나는 이제 우리 딸 아끼는 만큼, 자네 아낄 거야. 자네 그러니까 내 딸한테 서운하게 하지 말어."

어느새 술이 거나한 그녀의 아버지가 나를 보며 인자하게 웃었다.

태어나서 한 번도 느껴 본 적 없는 부정(父情)을 그녀의 아버지가 조심스럽게 내어 주었다. 조금 전까지만 해도 화목한 분위기에 적응이 되지 않아서 영 어색했었는데, 가슴이 허물어지고 눈가가 따끔거렸다.

"감사합니다, 아버님."

"장인어른이라고 안 하고, 아버님이라고 하는 게 퍽 듣기 좋네."

"아빠, 나 자전거 타는 거 무진 씨가 가르쳐 준 거야. 나 그때 이후로 한 번도 안 넘어지고 잘 타."

그녀가 빙그레 웃으며 나를 흘끗 보았다. 그녀의 아버지가 듣기 좋은 말을 늘어놓았다.

"우리 인생이 꼭 자전거 타는 것 같다. 균형을 잘 잡고 타면 안 넘어져. 뭐든 균형이 흐트러지면 문제가 생기는 거야. 가정도, 부부도, 부모 자식 사이도. 똑똑한 두 사람이 만났으니까, 잘 살 거야. 응."

수년 전 나는 내 인생에서 균형을 제대로 잡지 못하고 우왕좌왕했었다. 균형을 잘 잡으려면 연습이 필요하다. 그때의 만남은 연습이었는지도 모른다. 지금의 균형을 위한 혹독했던 연습.

잘 살겠다는 말을, 잘해 주겠다는 말을 수십 번도 더 했다. 그녀만큼이나 따뜻한 그녀의 가족은 나를 가족으로 맞아 주었다. 포근함이 눈물겨웠다.

사랑을 이룬 순간, 인생은 완전해졌다.

결혼 준비를 하는 동안, 나는 그녀의 의견에 무조건 동의했다. 이견을 낼 필요도 없었다. 그녀가 하자는 대로 하면 그뿐이었다.

"내년 늦봄에 한 PD가 오빠랑 프로그램 하나 같이하고 싶은가 봐."

우리의 결혼식은 내년 초봄으로 날이 잡혔다.

"어떤 프로그램?"

"일종의 사이클리스트 오디션? 서울을 배경으로 자전거 대회를 기획하고 싶다고 하더라고. 투르 드 프랑스 중계방송이 관광 홍보 효과도 크다고 하잖아."

"그래서 서울 배경 대회를 기획하고 싶다?"

그녀가 웃으며 고개를 끄덕거렸다. 우리는 침대 위에 엎드린 채로 웨딩 잡지를 뒤적이는 중이었다.

"이 드레스 예쁘다. 어때?"

"응. 예뻐."

나는 그녀의 뺨에 보드랍게 입을 맞췄다. 그녀가 결혼식장에서 거적을 입는다고 해도 내 눈에는 예쁘게 보일 것이다.

"근데 오빠 한번 방송하기 시작하면, 계속 그쪽으로 나가게 될 수도 있어. 혹시 그쪽으로 생각해 본 적 있어?"

나는 침대에 등을 대고 누우며 그녀의 몸을 당겨 안았다. 그녀는 예쁜 얼굴을 내 가슴 위에 기댄 채로 내 대답을 기다렸다.

"구체적으로 생각해 본 적은 없어. 너 만나기 전에는 방송 생각 아예 없었으니까. 네가 괜찮다고 하면 하고."

그녀가 입가에는 미소를 머금은 채로 미간을 살짝 찡그렸다.

"오빠는 앞으로 내가 시키는 대로만 할 거야?"

"응. 그러겠다고 했잖아."

왼쪽 가슴, 심장이 팔딱거리는 곳에 그녀가 얼굴을 묻으며 웃었다. 그녀의 따뜻한 웃음소리가 잔잔한 파동이 되어 심장까지 전해졌다. 나는 고개를 숙여 그녀의 머리카락에 가만히 입을 맞췄다.

"그럼 내년부터 투어는 어떻게 할 거야?"

"1년에 하나씩만 나갈게. 그러다가 서른다섯에는 은퇴할 거야. 대회 안 나가는 동안에는 한국에서 프로팀 만들어서 선수들 키울 거고."

"오빠 소속팀에서 그렇게 해 준대?"

"응."

그녀가 아무 말 없이 나를 올려다보았다. 복잡한 생각을 하는 얼굴이다.

"서른다섯에 은퇴하겠다는 생각은 진작부터 했어. 그리고 너 만나기 전부터 한국에 돌아오고 싶었고. 마음 붙일 곳은 없어도, 내가 태어나고 자란 땅이 계속 그리웠어."

고개를 쭉 뺀 그녀가 내 입술에 보드랍게 입을 맞췄다.

"그런데 이제는 마음 붙일 곳이 생겼잖아."

그녀의 눈가에 그렁그렁 눈물이 고였다.

"나한테 딱 붙어서 떨어지지 마, 오빠."

울먹이는 목소리가 사랑스럽다.

"계속 붙어 있다고, 나 구박하지 마."

가슴을 꽉 끌어안으며 그녀가 보드라운 말투로 중얼거렸다.

"내가 내 남편을 왜 구박하냐? 안 해. 그리고 앞으로 오빠 구박하는 사람 있으면 내가 다 혼내 줄 거야."

외로웠던 시절이 언제였는지 모르게 아스라했다. 나는 그녀의 몸을 내 위로 더 바짝 끌어 올렸다. 붉은 입술에 가볍게 입을 맞추자, 그녀가 입을 맞댄 채로 중얼거렸다.

"그런데 우리 신혼여행은 어디로 가지?"

"너 좋은 데로."

"비행기 오래 타도 상관없어? 고소공포증 있는데, 비행기는 안 무서워?"

괜히 목을 한번 가다듬고는 대꾸했다.

"원래 조금 무섭기는 한데……. 네가 같이 있으면 괜찮을 거야."

다시 한 번 하는 말이지만, 나는 고소공포증이 없다.

단지 내 여자에게 순한 마음을 기대고 싶은 남자일 뿐이다.

외전

비 오는 밤, 돼지고기를 듬뿍 썰어 넣은 녹두전으로 유명하다는 실내 포장마차는 짭짜름한 전 냄새와 알코올 기운에 젖은 수다로 요란했다.

"세상에서 가장 끔찍한 게 뭔지 알아?"

조그만 소주잔에 말간 소주가 콸콸 쏟아졌다. 그녀의 오빠, 아니 이제 형님이라고 불러야 하는 오현호가 한숨을 독주처럼 콸콸 쏟아 냈다.

나는 그의 목소리에 귀 기울이고 있다는 뜻으로 입술을 가늘게 맞물리며 결연한 표정을 지었다.

"우리 엄마 딸의 연애가 상상되는 일?"

현호가 끔찍하다는 듯이 몸을 부르르 떨었다. 그는 고개를 젖히며 소주 한 잔을 단숨에 들이켰다. 순간 나도 모르게 여동생 지우의 연애를 상상하고 말았다.

그의 말마따나 여동생의 연애를 상상하는 것은 끔찍한 일이었다.

"그런데."

스테인리스 테이블 위에 탁, 소리가 나도록 소주잔을 거칠게 내려놓은 현호가 눈에 잔뜩 힘을 주었다. 1차에서 무려 한 병에 5백만 원을 호가하는 싱글 몰트 위스키를 마실 때만 해도 그는 사려 깊은 형님의 모습만을 보여 줬었다.

'결혼 준비하느라 힘들지? 밀희가 뭐 하나 허투루 돌아가는 꼴을 못 봐. 걔 성격 알잖아. 네가 이해해.'

여동생의 역성을 들면서도 예비 매부인 나를 달래는 어조는 자상하기 그지없었다.

그런데 알코올 함량 44.2%에 달하는 위스키를 한 병 다 비우고 난 뒤, 실내 포장마차에 자리를 잡은 그의 얼굴은 사뭇 어두웠다.

"그런데요?"

나는 심각하게 미간을 구긴 그를 향해 물었다.

"혈육의 연애를 상상하는 것보다 더 끔찍한 게 있어."

현호가 등허리를 곧추세우며 비장한 눈빛을 했다. 하도

엄숙해서 감히 그게 뭐냐고 되묻지도 못하겠다. 그리고 엄혹하게 분위기를 잡으려고 미간을 모은 모습이 오밀희랑 비슷해서 기분이 묘했다.

"내 혈육이, 그 사랑 때문에 질질 처우는 거."

그는 단어 하나하나를 씹어서 내뱉듯이 험악하게 중얼거렸다. 술이 얼큰하게 취한 사람들의 시끌벅적한 소음 속에서도 오현호의 음성은 또렷하게 귀에 박혔다.

"너, 공무진!"

검지를 바짝 치켜든 현호가 나를 가리키며 씨근덕거렸다.

"네, 형님."

나는 머리를 살짝 조아리며 대꾸했다.

"우리 밀희 한 번만 더 울리면, 내가 진짜 죽여 버린다."

등줄기를 타고 소름이 와락 끼쳤다. 오래전 우리는 한번 헤어졌었다. 아마도 그때를 상기하는 듯 오현호의 표정이 험악해졌다.

"잘 살게요, 형님."

지난날의 이별은 누구의 책임도 아니다. 우리는 미숙했고, 사랑은 완성형이 아니었다. 하지만 여동생을 걱정하는 그녀의 오빠 앞에서 나는 부모 죽인 원수라도 되는 것처럼 고개를 조아렸다.

만약 어떤 놈이 우리 지우의 마음을 아프게 한다면, 나는 그 새끼를 홀딱 벗겨서 뜨거운 아스팔트 위에 눕혀 놓은 뒤,

자전거 바퀴로 모가지를 뭉개 버릴 것이다.

"너 인마, 내가 너 예뻐서 봐준 줄 알아? 다, 우리 밀희 생각해서."

"알죠, 형님."

소주잔에 말간 소주를 가득 채워 주며 나는 너스레를 떨었다.

"알아? 알긴 뭘 알아? 알면 이 새끼야. 너는! 우리 밀희를 언제고 찾아왔어야지! 안 그래? 촬영 때문에 우연히 만나? 내가 진짜 기가 막혀서! 아니, 밀희 걔도 그래! 자존심도 없어? 헤어지고 나서 그렇게 힘들어 놓고, 또 네가 좋대?"

그간 꾹꾹 참고 있던 말을 내뱉는 오현호는 거침이 없었다. 사실 그녀를 다시 만나려고 찾아왔을 때, 나를 달래서 돌려보낸 사람은 그녀의 오빠인 오현호였다.

"제가 못난 탓입니다."

현호는 나에게 눈을 흘기며 내가 따라 준 소주를 들이켰다. 또다시 한숨을 훅 내쉰 그가 고개를 느리게 내저었다.

"알지, 알아. 헤어지고 나서……. 시간이 오래 흐르고 나서……. 다시 찾는 것만큼 등신짓이 없지. 하긴."

그가 어깨를 들썩거리며 피식거리고는 말을 이었다.

"우리 밀희가 또 되게 의심이 많은 성격이거든? 아마 네가 찾아와서 매달렸으면 또 싫다고 밀어내면서 오만 청승은 다 떨었을 거야……. 아니, 그래도 너는 다시 찾아와서! 내 마음이 그게 아니다! 나는 사실…….."

"사실 형님. 제가 찾아왔었는데, 형님이 저 돌려보내셨잖아요. 그 후에 제가 연락드려도 밀희 잘 지낸다고만 하시고. 우리가 촬영으로 만나기 전에 다시 만나지 못했던 건 형님이 철벽을 치셔서…….."

"뭐, 인마?"

현호가 버럭 소리를 질렀다.

"그럼, 이 새끼야! 여동생 가슴에 못 박은 새끼를 다시 만나게 해?"

"아니, 아까부터 계속 제가 밀희를 안 찾은 것처럼 말씀하시니까."

"네가 그렇게 간절했으면! 내가 그렇게 철벽을 쳐도! 그 철벽을 뛰어넘어서 우리 밀희를 만났어야지!"

"하아……. 형님. 저 잊고 잘 산다는 여자한테 제 감정 강요하면서 매달리는 거, 저는 범죄라고 생각해요."

이제껏 화를 내던 현호가 갑자기 고개를 세차게 끄덕거렸다.

"그렇지! 그건 해서는 안 되는 짓이지! 근데 우리 밀희는 너랑 헤어지고 나서 불쌍하게 연애도 한 번 못 하고, 너 때문에 개가!"

끝나지 않는 돌림노래처럼 오현호가 주정을 해 댔다. 여동생 눈에서 피눈물 나게 했던 과거가 영 마음에 걸리나 보다. 하긴 나 같아도 우리 지우가 그런 놈을 다시 만난다고 하면 눈에 불을 켜고 뜯어말릴지도 모른다.

"제가 잘할게요, 형님."

"잘해야지. 당연히 잘해야지. 어? 우리 밀희가 너를 잊었던 것 같냐? 어?"

"그래, 맞아. 내 인생에서 유일한 남자가 공무진 씨거든? 근데 지금 오빠가 하나뿐인 혈육의 하나뿐인 사랑을 너무 괴롭히는 것 같다?"

등 뒤에서 오밀희의 달콤한 목소리가 들려왔다.

"어! 내 동생! 사랑하는 내 동생!"

오현호가 두 팔을 활짝 벌리며 동생을 예뻐 죽겠다는 눈으로 바라보았다.

"우리 오빠 얼마나 마셨어? 완전히 맛이 갔네, 갔어."

그녀가 내 옆에 붙어 앉을 수 있도록 일부러 플라스틱 의자를 곁으로 당겨 왔다. 혈육을 부르는 호칭일 뿐인데, '우리 오빠'라는 표현이 묘하게 거슬려서 한 행동이었다.

'오빠'는 오래전 그녀가 나에게 허락한 특별한 단어였다. 남매간의 부름에도 질투가 나는 것을 보니, 내가 오밀희에게 빠져도 깊이 빠졌나 보다.

"1차에서 양주 한 병. 지금이 2차. 뭐 마실래?"

"녹두전에 막걸리, 어묵탕에 소주, 먹태에 맥주……. 다 먹고 싶은데……."

스테인리스 테이블에 붙어 있는 코팅된 메뉴판을 내려다 보며 울상 짓는 그녀는 마냥 사랑스러웠다.

"마시면 되지. 뭐 더 시킬까?"

"안 돼. 피부 관리해야지. 결혼식이 열흘도 안 남았는데? 드레스 입으려면 야식도 먹으면 안 돼."

"이 정도는 먹어도 돼. 오늘 종일 회의한 거 아냐? 먹고 싶은 거 먹고, 스트레스 풀어."

커다란 손을 활짝 펼쳐서 그녀의 등을 가만가만 토닥거렸다.

"나 진짜 오늘 스트레스 많았어! 에이전트라는 놈이 얼마나 까탈스럽게 굴던지! 극지 정복했다는 탐험가가 무슨 우주라도 정복했냐고? 나도 귀한 집 딸인데! 에이전트라는 사람이 나를 얼마나 잡던지! 프로그램 하기 싫으면 그냥 하지 말든가!"

그녀가 내 어깨에 머리를 살짝 기대며 앓는 소리를 해 댔다. 어리광을 부리는 모습이 귀여워서 당장에 안아 들고 튀고 싶어진다. 그런데 감히 그녀를 괴롭힌 사람이 있다는 말에는 화가 치밀었다. 오밀희 PD는 요즘 아이돌 관련 예능 프로그램을 기획하느라 눈코 뜰 새가 없었다.

"어떤 새끼가 감히 오 씨 집안 귀한 고명딸을 잡아?"

"내가 혼내 줄게. 누구야?"

오현호와 나의 입에서 동시에 험악한 말이 쏟아져 나왔

다. 그녀가 킥킥대고 웃으며 사랑스러운 눈으로 나와 오현호를 번갈아 보았다. 두 남자의 역성에 기분이 조금 풀린 모양이다.

"어묵탕만 먹을까? 술은 마시면 안 될 것 같고."

"어묵탕 시킬까?"

내 물음에 그녀는 안 그래도 사랑스러운 눈매를 더욱 예쁘게 접으며 고개를 끄덕거렸다.

"오빠는 그만 마셔. 지금도 많이 취했다."

"나 안 취했다. 멀쩡하다. 무진아, 밀희 잘 데려다줘라. 형은 그만 일어나야겠다."

슈트 재킷 안주머니에서 휴대전화를 빼 든 오현호의 표정이 미세하게 밝아졌다.

"오빠, 잠깐만. 택시 불러 줄게. 바로 집으로 가. 응? 딴데 가지 말고."

오밀희가 휴대전화 어플로 택시를 호출하려고 들었다. 나는 밀희의 휴대전화와 작은 손을 한꺼번에 살짝 움켜잡으며 눈짓을 보냈다. 그러고는 현호를 향해 방긋 웃으며 인사했다.

"형님, 살펴 들어가세요. 밀희는 제가 잘 데려다줄게요."

"그래, 또 서래마을 가서 자지 말고. 너는 네 오피스텔로 가."

현호가 으름장을 놓았다.

"이제 결혼식 열흘도 안 남았……."

남매간의 승강이가 길어지기 전에 얼른 내가 끼어들었다.

"그럼요. 당연히 오피스텔로 데려다줘야죠. 형님, 살펴 가세요."

얼른 오현호를 들여보내고, 밀희와 단둘이 시간을 보내고 싶었다. 그녀의 말마따나 결혼식이 열흘도 남지 않았고, 결혼하고 나면 이제 평생을 함께 살아갈 부부가 된다. 하지만 결혼 전에 연인으로서 만끽할 수 있는 애틋한 시간이 줄어드는 것도 아쉬웠다.

얼마 남지 않은 시간, 1분 1초가 아까워서 남매의 승강이를 두고 볼 인내심이 남아 있지 않았다.

"어휴, 오빠 고집 피우지 말고! 택시 불러 준다니까!"

혈육 걱정이 늘어지는 오밀희가 눈치 없이 굴었다. 나는 복화술을 하듯 밀희의 귀에 대고 속삭였다.

"형님 집으로 안 가실 것 같아."

그녀가 눈을 휘둥그렇게 뜨고 나를 바라보았다. 무슨 꿍꿍인지 묻는 눈빛이다.

그 꿍꿍이는 현호 형이 알겠지, 내가 알겠니?

"그래. 오빠도 이제 장가갈 준비를 해야 하지 않겠냐?"

본인 사생활은 입도 뻥긋 안 하는 사람이 술기운 때문인지 능청을 떨어 댔다.

"오빠 여자 생겼어? 뭐 하는 사람인데? 몇 살인데? 어디

163

살아?"

밀희가 오빠의 연애사를 향해 두 눈에 불을 켰다.

"무진아. 쟤 좀 조용히 시키고. 나는 간다, 이제."

"오빠! 말해 주고 가!"

여동생의 부르짖음에도 아랑곳하지 않고 오현호는 시야에서 홀연히 사라졌다.

"와, 오빠가 여자가 생겼어? 장가갈 준비를 한다고? 갑자기? 와!"

그녀는 소주잔을 들었다 났다 하며 분통을 터뜨렸다. 술이 당기기는 하는데, 망설이는 눈치였다. 부루퉁한 얼굴로 안절부절못하는 모습이 귀여워서 심장이 뛰는 한편, 묘한 질투심도 일었다.

"나 질투 난다."

소주를 반 모금 들이켜고는 조용히 중얼거렸다. 내내 분한 기분을 가누지 못하고 씩씩거리던 그녀가 뜨악한 얼굴로 나를 돌아보았다.

"무슨 질투?"

나는 손에 든 소주잔을 괜히 이리저리 돌리며 대답했다.

"네가 현호 형한테 우리 오빠, 우리 오빠 하는 거. 친오빠니까……. 오빠라고 부르는 건 당연하데……. 그게 되게 질투 나. 네가 그렇게 살갑게 오빠라고 부르는 사람은 나 하나였으면 좋겠고."

그녀가 웃음을 참는 듯 입술을 가늘게 맞물렸다. 저런 표정을 보니 괜한 말을 한 것 같아서 얼굴이 홧홧했다. 그런데 여기서 멈추면 모양이 더 이상해질 것 같아서 강력하게 나가기로 했다.

"아니, 그리고 현호 형도 연애할 수 있는 거지. 너는 뭘 그걸 그렇게 분하게 생각해?"

밀희가 아무런 대꾸도 하지 않고 눈을 껌뻑거리며 내 얼굴을 가만히 들여다보았다. 시간을 흐름에 따라 얼굴이 시시각각 붉어지는 게 느껴졌다. 이제는 목덜미와 귓불까지 화끈거렸다.

"현호 형이 뭐, 어린애도 아니고……."

말을 다 이을 수가 없었다. 그녀의 오동통한 입술이 내 입술을 꾹 누르고는 멀어졌다. 물에 잠긴 듯 실내 포장마차의 소음이 먹먹해졌다.

"아유, 우리 공무진! 귀여워 죽겠네! 이런 질투도 할 줄 알고!"

그녀는 양손으로 내 뺨을 붙들고는 마구잡이로 어루만졌다. 작은 손으로 뺨을 모아 쥐자, 입술이 앞으로 쭉 튀어나왔다. 밀희는 미치겠다고 중얼거리며 튀어나온 입술에 쪽 소리가 나도록 입을 맞췄다.

그러고는 대단히 중요한 말을 할 것처럼 미간을 좁히고는 속삭였다.

"어묵탕 포장해 달라고 하자."

나는 예비 형님의 조언대로 그녀를 오피스텔까지 데려다
주었다. 다만, 오피스텔에 그녀 혼자 들여보내지 않았다는
게 변수였다.

오피스텔 현관문이 닫히자마자, 그녀는 가느다란 팔을 내
목에 휘감고는 입을 맞춰 왔다.

절대 힘으로는 그녀에게 밀리지 않지만, 나는 그녀가 이
끄는 대로 움직였다. 작고 여린 그녀의 몸이 단단한 거구를
밀어붙이는 동안 가랑이 사이는 사납게 부풀어 올랐다.

맞물린 입술과 혀는 거칠게 뭉크러뜨리고 싶을 만큼 달았
다. 보드라운 뺨 안쪽 속살을 혀끝으로 핥고, 장난을 걸듯
이리저리 피하는 혀를 깊숙이 빨아 삼켰다.

"흐음."

그녀가 내뱉은 얕은 신음이 입안으로 퍼지는 순간, 몸이
갸우뚱 기울었다. 이제는 눈 감고도 오피스텔 안에서 침대
를 단숨에 찾을 수 있었다.

젖은 입술로 그녀의 목 안쪽을 더듬었다. 얇디얇은 표피
가 입안으로 빨려 들어오는 연약함에 심장이 녹아내릴 것만
같았다.

"흐으응. 오빠. 씻을래. 씻고 할래."

현관에서부터 유혹적으로 굴 때는 언제고, 그녀는 씻고

싶다며 고집스러운 목소리를 냈다.

"그럼 같이 씻어."

탁한 목소리를 흘리며, 그녀의 귓불을 빨았다.

"으응. 그럼 따로 씻으려고 했어?"

쫄깃한 귓불을 살짝 깨무는 입가에 미소가 번졌다. 오밀희는 가끔 감당 못 할 자극을 던지며 겁 없이 군다. 나는 몸을 일으킴과 동시에 그녀를 안아 들었다.

"와악!"

놀란 그녀가 즐거운 비명을 내질렀다.

"조용히 해. 오피스텔 사람들 다 깨우겠네."

"여기 신축이라 방음 잘 돼."

어깨에 거꾸로 매달려 있는 주제에 말대꾸는 꼬박꼬박 잘한다. 나는 그녀를 어깨에 걸머메고는 욕실로 향했다.

아쉬운 게 있다면 그녀가 사는 오피스텔에는 욕조가 없었다. 욕조 안을 가득 채운 뜨거운 물에 그녀를 가둬 놓고, 새하얀 피부가 말랑말랑하게 상기되는 것을 바라보며 느긋하게 그녀를 괴롭힐 공간이 없다는 의미다.

머릿속으로는 온갖 짓궂은 상상을 다 하고 있으면서도, 나는 침착하게 그녀의 옷을 벗겨 나갔다. 옷을 찢어발기는 것보다, 느긋하게 벗길 때 더욱 흥분하는 것을 아는 탓이다.

"흐으응."

브래지어 훅을 풀며 옆구리에 손가락이 살짝 스쳤을 뿐인데 그녀가 요염하게 앓는 소리를 냈다. 그녀의 탱글탱글한 가슴은 낙하하기 직전의 오동통한 물방울처럼 가녀린 몸에 맺혀 있었다.

발갛게 달아올라서 먹음직스러운 뺨을 내려다보며, 그녀의 청바지 훅을 풀어 헤쳤다. 바지와 속옷에 손가락을 걸고 한꺼번에 잡아 내리자, 가슴이 들썩이도록 가쁜 숨을 내쉰다. 그 바람에 탐스럽게 흔들려 버린 그녀의 가슴을 입에 냉큼 물었다.

"흐으."

잇새로 새는 신음이 더욱 사랑스러워졌다. 마지막까지 이끌었을 때, 이 신음이 얼마나 간드러지는지 아는 탓에 심장이 벌컥거렸다.

입안으로 부드럽게 스며들듯이 흘러 들어온 가슴을 혀로 받치고는 조심조심 빨았다.

"아아, 오빠."

그녀의 부름에서 조바심이 느껴졌다. 관계가 농익은 탓에 감질나는 자극에도 안달하는 그녀였다. 원하는 만큼 자극이 채워지지 않아서 보채는 모습을 더 보고 싶다. 입술로 치아를 감싼 뒤, 도드라진 유두를 살근살근 깨물었다.

"으응, 으으응."

뒷머리를 쓸어 올리는 작은 손에서 조급함이 그대로 전해진다. 일부러 자극적인 신음을 흘리며 가슴을 더욱 앞으로 내미는 모습이 귀엽다.

"오빠, 으응."

어떻게 하라고?

질문을 던지듯 눈만 치떠서 그녀를 올려다보았다. 입술
사이에는 그녀의 유두가 여전히 끼워져 있었다.

"조금만 더."

못 알아듣겠다는 듯이 한쪽 눈썹을 들어 올렸다.

"더 세게, 빨아 줘."

거침없는 발언에 부끄러워진 듯 미간을 찡그리는 모습조
차도 사랑스럽다. 야한 말을 내뱉어 놓고, 어쩔 줄 모르는
그녀를 올려다보며 가슴을 거세게 빨아 삼켰다.

"아아!"

그녀가 고개를 젖히며 신음했다. 손을 뻗어서 가느다랗게
도드라지는 목선을 훑어내렸다. 헐떡이는 탓에 오르락내리
락하는 가슴을 움켜잡으며 입술을 아래로 옮겼다. 옴폭 팬
배꼽 언저리를 혀로 핥아 올리자, 그녀가 뒷걸음질 치며 샤
워 부스에 등을 비스듬히 기댔다.

거웃에 코를 박고 숨을 깊게 들이쉬자, 그녀가 작은 손으
로 앞머리를 움켰다.

"으응. 씻고. 응?"

조르는 목소리는 애처롭기까지 했다.

"잠깐만."

그녀의 손목을 잡아서 샤워 부스에 갖다 붙였다.

"아니이."

다른 손으로 머리를 밀어내려고 해서 그 손목도 마저 잡았다. 두 손을 결박당한 그녀가 골반을 움직여 피하려고 했다.

"가만히."

얼른 그녀의 가랑이 사이로 얼굴을 들이밀었다. 그녀의 손목을 움켜쥔 채로 오른쪽 허벅지를 받쳐 올려서 내 어깨에 걸쳤다. 드러난 비부는 반짝이는 애액을 눈물처럼 애처롭게 흘리고 있었다. 혀를 내밀어 할짝거리자, 그녀가 파르르 떨었다.

"흐으으."

가슴을 빨아 삼킬 때와는 톤이 다른 신음이 흘러나왔다. 더욱 차지고 야한 소리였다. 도톰하게 부풀어 오른 클리토리스를 앞니로 슬쩍 건드리자, 하얀 허벅지에 바르르 긴장이 감돌았다.

입을 크게 벌리고 애액이 흥건한 입구를 입속으로 당겼다. 혀로 녹일 듯이 핥고, 먹어서 없애 버릴 것처럼 흡입했다.

"하아. 으으응. 아아!"

허리를 구부린 그녀의 몸이 무너져 내릴 듯 위태로웠다.

"아으으. 오빠……. 그만……."

어깨 위에 걸머진 허벅지 안쪽이 바들바들 떨렸다. 간격을 빠르게 좁혔다가 벌어지는 입구에서는 야한 냄새가 나는 물큰물큰한 애액이 쉴 새 없이 흘러나왔다. 한 방울이라도 헛되이 흐르는 것을 허락할 수 없다는 듯이 그녀의 가랑이를 샅샅이 빨고 핥았다.

"아아앗."

그녀가 손목을 비틀어서 빼내고는 단단한 어깨를 움켜잡으며 가녀린 몸을 무너뜨렸다.

나는 얼른 상체를 일으켜 그녀의 젖은 몸을 받쳐 안았다. 품에 안긴 그녀에게서 욕구를 자극하는 체취가 흘러넘쳤다.

"흐응, 오빠. 일단 씻고. 침대로. 응?"

눈초리에 눈물을 매달고 애원하는 모습이 안쓰럽다. 더세게 빨아 달라고 조를 때는 언제고, 금세 약해 빠진 모습을 보인다.

"그래, 일단 씻고."

오늘 밤은 순순히 그녀의 부탁을 들어줄 것처럼 얌전히 샤워에 임했다.

샴푸 거품을 잔뜩 내서 그녀의 머리를 감겨 주고, 샤워 스펀지에 바디워시를 짜서 보드랍게 젖은 몸을 씻겨 주었다. 한번 달아오른 탓인지, 스펀지가 스칠 뿐인데도 그녀의 몸은 예민하게 반응했다.

그녀는 애써 발기한 페니스에 시선을 두지 않으려는 것처럼 보였다. 섣불리 알은체했다가는 욕실에서 긴 시간을 보내야 한다고 계산한 눈치였다.

눈치도 빠른 오밀희, 그걸 숨기지 못해서 더 사랑스러운 오밀희다.

복슬복슬한 수건으로 그녀의 몸을 감싸고는 번쩍 안아 들었다.

"아악!"

이제 더는 놀랄 것도 없는 사이처럼 느껴졌지만, 그녀는 매사에 귀여운 반응을 보였다.

"놀랐잖아. 내려 줘."

"싫어. 씻었잖아. 바닥에 내리면 더러운 거 묻어."

장난으로 받아들였는지, 그녀가 키득키득 웃기 시작했다.

"장난 아닌데? 발바닥까지 내가 혀로 핥을 건데?"

"미쳤나 봐."

기어들어 가는 목소리로 중얼거린 그녀가 목 안쪽에 얼굴을 묻어 왔다. 얇게 내쉬는 가쁜 숨결이 목 안쪽을 살근살근 자극했다. 가만히 숨을 내쉬는 것만으로도 도발이 된다는 것은 그녀는 여전히 모르는 눈치다.

아니, 알고서 이러는 건가?

침대 위에 그녀를 눕히자마자 초콜릿 포장을 벗기듯 수건을 풀어 헤쳤다.

"으음."

그녀가 본능적으로 만족스러운 신음을 흘렸다.

"뭘 했다고, 벌써?"

나는 그녀를 내려다보며 젖은 수건을 바닥으로 집어 던졌다. 그녀의 붉게 젖은 시선이 단단한 몸을 핥듯이 미끄러져 내려갔다.

"아니까. 얼마나 좋은지."

약간은 달뜬 목소리로 내뱉는 말에는 섹스 좀 해 봤다는 식의 깜찍한 오만이 담겨 있었다. 적진에 승리의 깃발을 꽂은 투사라도 되는 것처럼 의기양양한 모습이 사랑스러워 죽겠다. 완전히 포위되어서 끝내 항복하는 순간이 도래할 것을 알면서도 저런다. 오밀희는 아직도 내가 있는 힘을 다해 밤을 보낸 적은 없다는 사실을 모르는 것 같다.

도도하게 웃고 있는 그녀의 가랑이를 무릎걸음으로 넓게 벌렸다. 달콤한 기대감을 증명하듯 입구는 푹 젖어 있었다. 전희는 욕실에서의 행위로도 충분했다.

손바닥으로 젖은 살점을 덮으며 지그시 누르자, 그녀가 무릎을 세우며 미소를 머금었다. 맞닿은 살점이 움찔거리며 흥분감을 고스란히 토해 냈다.

"흐으음."

상체를 숙이자, 가느다란 팔이 목에 휘감겼다. 젖은 눈동자를 빛내는 그녀는 머릿속이 하얘질 정도로 아름다웠다.

"안 해?"

왜 멍청하게 가만히 있냐는 듯이 그녀가 채근했다. 머뭇거린 시간은 겨우 1초에서 2초 정도일 것이다. 그런데 내 머릿속을 살살이 훑어봤다는 듯이 오밀희가 거만한 미소를 머금는다. 겁도 없이 오만하고, 거만하고, 깜찍하고 난리다.

"해."

나는 속절없이 웃으며 그녀의 입술을 머금었다. 서로의 따스한 온기와 물기에 씻긴 상쾌한 체취를 나눠 먹듯이 부드럽게 입을 맞췄다. 그러는 동안 꼿꼿하게 서서 연신 끄덕거리고 있는 페니스에 콘돔을 씌웠다.

굵직한 기둥을 붙잡고 두툼한 끄트머리를 들이밀 듯 문질렀다.

"흐으음."

그녀가 황홀한 신음을 흘리며 눈을 지그시 감았다. 고조된 얼굴을 내려다보는 순간은 언제나처럼 짜릿했다. 흠씬 젖은 살점을 밀고 들어가자, 붉고 작은 입술 사이가 슬쩍 벌어졌다.

"아아."

들뜬 숨결과 뒤섞인 목소리가 지독하게 매혹적이다. 작은 몸을 살짝 뭉개듯 허리에 힘을 실으며 끝까지 진입했다.

"흐으응."

축축하게 젖은 속살이 와락 달라붙는 느낌이 선명했다.

"후우."

거친 숨을 몰아쉬며 잠시 뜸을 들였다. 몰아붙이기 전에 따뜻한 밀부에 몸을 묻고 가만히 숨을 고르는 시간은 천상의 조화처럼 여겨졌다.

"으으응."

그녀가 허벅지 안쪽을 바짝 조이며 신음했다. 마른 입술을 혀로 축이는 모습을 보니, 어지간히 감질이 난 모양이다. 깊숙이 박아 넣었던 물건을 쭉 잡아 빼며 말랑말랑한 가슴을 움켜잡았다.

"흐으."

아쉬운 신음을 채 마치기도 전에 급히 쑤시고 들어갔다.

"아!"

만족스럽다는 듯이 입가에 미소를 머금은 그녀가 눈을 지그시 감으며 고개를 젖혔다. 훤히 드러난 하얀 목 안쪽에 입술을 묻었다. 맥박이 팔딱거리는 곳에 입을 맞추며 속도를 붙였다. 업힐(Up-hill) 구간을 지날 때, 힘주어 한 발 한 발 페달을 밟는 것처럼 힘과 무게를 실어 넣었다.

"으으응. 오빠! 으응."

사이클과 한 몸이 되어 정상에 오르듯 고양감이 차곡차곡 쌓이는 그녀의 반응을 확인하며 몸을 놀렸다.

"너무……. 아아……. 너무 좋아."

하지만 그녀는 너무 앞서 나가는 게 탈이었다. 속도를 천천히 늦추자, 그녀가 도리질을 치며 애원하듯 읊조렸다.

"흐으응. 빨리……. 으응? 조그만, 응?"

이제 거의 다 왔다며 숨을 헐떡거리는 그녀의 허벅지 안쪽이 왈칵 조이기 시작했다.

"아!"

그녀의 속눈썹이 가느다랗게 떨렸다. 들썩이는 허리 아래로 팔뚝을 집어넣고는 바짝 당겨 안았다. 옴짝달싹 못 하게 하려고 끌어안은 건데, 절정에 오른 그녀는 접합이 더욱 깊어져서 만족스러워하는 것 같았다.

이게 끝이 아닌데.

성급한 그녀의 절정이 고요해지기를 잠시 기다렸다. 숨이 넘어갈 듯 신음하던 그녀가 고른 숨을 내뱉으며 작은 손으로 내 뒷머리를 가만가만 쓸어 올렸다.

"아직 안 끝난 거, 알지?"

내가 낼 수 있는 가장 다정한 목소리로 물었다. 그녀가 조심스럽게 고개를 끄덕거렸다. 또 알 건 다 아는 그녀가 귀엽다. 붉게 달아오른 뺨에 입을 맞추고는 상체를 들어 올렸다.

그녀가 조용히 숨을 들이켜는 모습이 시야에 잡혔다. 나는 최대한 자상한 미소를 머금으며 말했다.

"빨리 끝낼게."

"으응."

믿어도 되는 건지 의심스럽다는 표정이다. 그렇게 당해놓고도 아직 학습이 되질 않으니, 오밀희는 가끔 침대 위에서 맹해진다. 그게 어찌나 사랑스러운지 보드라운 살점을 죄다 주물러 터뜨리고 싶은 심정이다.

　대신 그녀의 뒷무릎을 잡아서 바짝 잡아당겼다.

　"허리에 감아."

　단단한 허벅지 위에 말랑말랑한 엉덩이를 올린 채로 그녀가 가느다란 다리를 내 허리에 휘감았다. 다리가 감기기 무섭게 허벅지를 움켜잡고는 사나운 출납에 속도를 붙였다.

　"하으으."

　견디기 버겁다는 듯이 그녀가 손을 뻗어서 베갯잇을 움켜잡았다. 거칠게 치받을 때마다 소복한 가슴이 탐스러운 원을 그리며 흔들렸다.

　붉게 젖은 뺨, 넘칠 듯 출렁이는 가슴, 납작하게 달라붙은 배와 애액으로 진듯하게 달라붙은 비부까지, 야하지 않은 구석이 없었다.

　굵은 기둥이 속을 훑고 나올 때마다 진홍빛 살점이 딸려 나왔다. 욱여넣듯 쑤시면 그녀는 몸을 뒤치며 자지러지는 신음을 내뱉었다.

　"오빠. 아아! 오빠아……."

　가랑이 사이가 또 사정없이 떨렸다.

　"하으으. 그만……. 아아! 못 참겠어!"

　"뭘?"

　가쁜 숨을 몰아쉬며 되물었다.

　"몰라. 못 참겠어. 흐으으."

도리질을 치는 그녀의 눈꼬리를 타고 눈물이 흘러내렸다.

"아아! 오빠, 그만. 흐으응. 자기야! 으응? 아아!"

자기야?

지금 오밀희는 본인이 얼마나 위험한 말을 내뱉고 있는지도 모르는 눈치다. 호칭으로 자극해서 빨리 끝내려는 심산같았지만, 아직 그러기엔 이르다.

힘이 풀렸는지, 허리를 휘감고 있던 그녀의 오른쪽 다리가 매트리스 위로 툭 떨어졌다. 떨어진 그녀의 왼쪽 다리를 오른쪽 팔에 걸치며 자세를 바꿨다.

한쪽 다리를 들어 올리면, 묘하게 결합이 깊어진다. 이미 꽉 차서 속을 짓이길 정도의 결합이었지만, 압박 부위와 강도가 미묘하게 달라지자 그녀의 숨이 더욱 거칠어졌다.

"흐윽. 오빠……. 아윽! 아아! 이러다 정말……."

절박하게 매달리듯 그녀의 팔이 목덜미를 와락 당겨 안았다.

"으으응. 으응! 아아!"

신음이 쉴 새 없이 흘러나왔다.

"응."

나는 대꾸하듯 그녀의 앓는 소리에 응했다.

"으응. 죽을 것, 같아. 아아! 여보!"

그녀가 내뱉은 마지막 호칭에 사정감이 확 몰려왔다.

"으음."

달콤한 내음이 짙게 풍기는 목 안쪽에 얼굴을 묻은 채로 파정 했다. 평소에도 사정이 꽤 긴 편인데, 오늘은 목덜미가 저릿하고 전신에서 힘이 다 빠질 정도였다.

"하아. 진짜. 미치겠다. 밀희야. 너무 사랑해."

입술이 닿는 대로 입을 맞췄다. 목덜미, 귓불, 뺨, 눈꺼풀, 콧잔등, 입술 언저리까지 입을 맞추는 동안 등줄기에 고여 있던 땀이 천천히 식어 갔다.

"오빠."

그녀가 다 죽어 가는 목소리로 중얼거렸다.

"응."

"너무……. 무거워."

농담이 아니었다. 후희에 취해서 그녀의 몸 위에 너무 많은 무게를 싣고 있었다는 사실을 깨닫지 못했다.

"미안."

얼른 자세를 반전하며 그녀를 몸 위로 올려 안았다.

"하아아."

그녀가 상체를 바르르 떨며 한숨을 토해 냈다. 마른 등을 보드랍게 쓸어내렸다. 겨우 몇 번 어루만졌을 뿐인데, 그녀는 금세 잠이 들어 버렸다. 나 역시 말랑말랑한 몸을 끌어안은 채로 잠이 들었다.

그녀를 품에 안은 덕에 가능한, 깊고 포근한 단잠이었다.

❖　❖　❖

　내 결혼식은 그야말로 장관이었다. 신랑 입장부터 이렇게 재미있는 결혼식은 정말이지 처음이었다.

　잘생긴 공무진이 웨딩 로드를 걸어 들어가는 순간부터 대박이 터져 버렸다. 아버지의 손을 붙든 나는 웨딩 로드를 성큼성큼 걸어 들어가는 공무진의 뒷모습을 바라보며 헤벌쭉 웃고 말았다.

　공무진이 이벤트랍시고 앞구르기를 했다거나, 아이돌 춤을 추면서 신랑 입장 순서를 다채롭게 만든 것은 결코 아니었다. 그는 그냥 걷기만 했을 뿐이다.

　"어이, 딸. 결혼식이 개그 프로그램은 아닌데? 왜 그렇게 웃어? 정신 차려."

　하나밖에 없는 딸이 결혼식 입장 전에 정신을 놓은 줄 알고, 아버지가 심각하게 물었다. 좋아서 웃는 것하고는 뭔가 결이 다르다고 느꼈는지, 아버지는 '그렇게 좋으냐'고 묻지 않았다.

　"아빠, 원래 잘생긴 얼굴은 그냥 재밌는 거야."

　함박웃음을 머금으며 고개를 돌리자, 아버지가 기가 막힌다는 듯이 나를 노려보았다.

　"그래서 나는 우리 아빠가 세상에서 제일 재밌어."

　딸의 애교에 아버지의 마음이 녹아내리는 모습이 시시각

각 눈에 들어왔다. 이러다 아버지와 딸이 웨딩 로드 입구에서 멜팅 치즈처럼 녹아내려서 꾸덕꾸덕해지는 불상사가 일어나면 어쩌나 싶은 순간.

"이제 잘생긴 신랑에게서 시선을 거두어, 뒤를 돌아봐 주시기 바랍니다. 오늘의 신부, 오밀희 양이 신랑에게 다가서기 위해 아버님의 손을 붙들고 서 있습니다."

사회를 맡은 사람은 한 PD였다. 내가 한 PD에게 결혼식 사회를 부탁할 만큼 그를 아낀다고 생각한다면 크나큰 오산이다. 한 PD가 사회자 자리에 서기까지 모종의 거래가 있었다.

하느님, 저 악마 같은 한 PD가 제발 얌전히 굴도록 도와주시옵고……. 제가 결혼식 중에 한 PD의 멱살을 잡는 일이 없도록……. 시험에 들지 않게 하시고……. 다만, 한 PD에게서 우리의 결혼식을 구하소서!

나는 믿지도 않는 종교를 끌어와서 기도를 올렸다.

"수줍은 신부의 아름다운 걸음을 축복해 주십시오. 신부 입장!"

한 PD의 목소리가 결혼식장에 울려 퍼지자, 아버지가 내 손끝을 꽉 움켜잡았다.

"딸."

"네, 아빠."

벅차오른 아버지가 애틋한 말을 쏟아 낼 타이밍이었다.

"아빠 다리 풀린 것 같다. 네가 먼저 걸어."

황당한 마음을 다잡으려고 멀찍이 선 공무진을 바라보았다. 그는 세상 뿌듯한 미소를 머금은 채로 나를 바라보고 있었다. 마음 같아서는 다리가 풀렸다는 아버지를 둘러업고 웨딩 로드를 뛰어 들어가고 싶다.

나는 최대한 우아하게 발걸음을 내디뎠다. 다리에 힘이 풀렸다는 말은 거짓말이 아닌 듯 아버지는 나에게 끌려오다시피 했다.

신부 입장곡으로 고른 경건한 분위기의 그레고리안 성가와는 박자가 전혀 맞지 않는 경쾌한 등장이었다. 플래너가 디즈니 애니메이션 OST를 추천해 줬을 때, 그냥 그걸로 고를 걸 그랬나 보다.

아버지는 사위 될 공무진에게 내 손을 떠넘기듯 쥐여 주고는 서둘러 혼주석으로 걸음을 옮기셨다. 그의 막내 이모가 홀로 앉아 있는 자리로 가려고 해서 엄마가 자리에서 벌떡 일어나 아버지를 불러 세워야만 했다.

"아버님께서 귀한 딸을 내어 주시고 마음이 많이 아프셨나 봅니다. 우리 신부는 그런 아버님 마음을 아는지 모르는지……. 이렇게 힘차게 걸어 들어오는 신부는 제 평생 보질 못했네요."

주여, 사악한 한 PD가 세 치 혀로 짓는 죄를 사하여 주옵시고, 제가 신부석을 벗어나 한 PD에게 패악을 부리는 일은

182

없게 하소서.

나는 그레고리안 성가를 떠올리며 다시 한번 기도를 읊조렸다. 내가 거친 숨을 몰아쉬는 걸 느꼈는지, 다소곳이 팔짱을 끼고 있는 내 손등을 공무진이 부드럽게 토닥거렸다. 본능적으로 고개를 들어 올려서 내 남자를 올려다보았다.

아, 재미있어! 진짜 살맛 난다!

인생에 참 즐거움이 찾아온 것 같아서 새삼 눈시울이 뜨거워졌다.

"내가 장인어른께 잘할게."

그는 벅차오른 나의 눈물을 다른 의미로 해석한 눈치였다. 나는 그저 알겠다며 고개를 주억거렸다.

주례는 무려 미네르바 대표이사님이 맡아 주셨다. 주례를 부탁한 것도 아닌데, 평소 공무진의 팬이었다며 주례석을 차지하셨다.

저, 이제 이직은 못 하는 건가요? 대표이사님이 그만두셔야 저도 그만둘 수 있는 건가요?

나는 지루하디지루한 주례사를 흘려들으며 나의 커리어에 관한 치열한 고민을 했다가, 고소공포증이 있는 남편과 함께 비행기에 오르면 어떤 이벤트로 달래 줘야 할지 계획을 점검했다가, 그래도 지루하면 재미있는 남편 얼굴을 흘끗거렸다.

신랑 화장을 곱게 얹고, 프로의 손을 빌려서 머리를 정성

스레 매만진 공무진은 내 옆에 서 있다는 사실이 믿기지 않을 만큼 멋들어졌다.

세상에 이런 남자가 실제로 존재한다고? 존재하지이! 내 남편이지이!

나는 자꾸만 뺨을 타고 오르는 입꼬리를 단속하지 못하고 헤벌쭉 웃었다. 나의 뜨거운 시선을 느꼈는지, 그가 나를 흘끗 보고는 못 참겠다는 듯이 진한 미소를 머금었다.

와! 미쳤어. 이러다 성혼 선언도 하기 전에 심장마비로 죽겠네.

거칠게 날뛰는 심장을 가라앉히려고 얕은 숨을 연신 몰아쉬었다. 너무 숨을 가쁘게 쉬었더니 현기증까지 이는 듯했다.

"괜찮아?"

내 상태를 기민하게 살핀 공무진이 잘생긴 목소리로 물었다. 나직이 묻는 목소리마저 잘생겼다. 당장에 저 보타이를 끌어 내리고 탄탄한 근육에 파묻히고 싶은 충동이 일게 하는 음성이다.

"응."

나는 내적 충동을 가까스로 가라앉히며 침착하게 대답했다. 성혼 선언문을 낭독하고, 결혼식은 정해진 순서에 따라 조신하게 진행되었다.

"자, 이제 부부로서 걸음을 내딛는 신랑과 신부를 향해 힘찬 박수 부탁드립니다!"

　누군가 나의 기도를 들었는지, 한 PD도 심한 애드리브를 치지는 않았다.

　그런데 여기서 문제는, 우리의 결혼식이 1부와 2부로 나뉘어 진행되었다는 점이다. 1부에서 디즈니 공주님처럼 화려한 벨 라인의 드레스를 입었던 나는 본식 촬영을 마친 뒤, 하체 라인이 드러나는 머메이드라인의 드레스로 갈아입었다.

　"자, 부부가 되어 하객 여러분 앞에 다시 서게 된 두 사람을 환영해 주시기 바랍니다!"

　사실 2부 사회는 유명한 개그맨이 맡기로 되어 있었다. 그런데 한 PD가 그 자리까지 차지하고 만 것이다. 한 PD와 나의 거래는 그만큼 긴밀했다.

　"아, 우리 신부 너무 아름답습니다. 촬영장에서는 정말 무서운 PD님이거든요. 근데 오늘 결혼식에서는 정말이지 천사가 따로 없습니다."

　입에 발린 소리를 내뱉는 한 PD를 나는 티 나지 않게 노려보았다. 저 인간이 저렇게 밑밥을 까는 데는 꿍꿍이가 있기 때문이다.

　"자, 이제 케이크 커팅식이 있겠습니다. 아, 아직 준비가 덜 됐습니까?"

　대체 누구와 이야기를 하는 건지, 그가 허공에 묻고 허공에 대답했다.

"안타깝게도 아직 웨딩 케이크 커팅식 준비가 미흡한 관계로, 막간을 이용해 우리 신랑의 체력 테스트를 해 보도록 하겠습니다."

저놈 저럴 줄 알았다.

"신랑 한 발짝 앞으로."

나는 한 PD를 노려봤다가, 슬쩍 울상을 지으며 나의 잘생긴 남편에게 시선을 돌렸다.

"괜찮아."

그는 예상했다는 듯이 여유로운 미소를 짓고 있었다.

하긴 체력 테스트, 까짓것! 공무진이 못 할 게 뭐가 있겠는가!

나는 언제 울상을 지었느냐는 듯이 흐뭇하게 풀린 눈으로 남편의 늠름한 모습을 45도 각도에서 바라보았다.

"자, 스쿼트를 한번 해 볼까 하는데요."

이제 막 전채 요리와 샴페인이 서빙 되며 하객석에서 야유와 환호가 동시에 터져 나왔다.

"근데 맨몸으로 하는 건 재미없지 않습니까? 자, 우리 신부! 신랑 앞으로 이동!"

한 PD의 근엄한 말투에서 장난기가 잔뜩 배어났다.

"우리 수줍은 신부가 뺄수록 강도는 더 높아집니다."

나는 어금니를 사리물며 걸음을 옮겼다.

"우리 신부 오늘 공주님처럼 아름답지 않습니까? 신랑! 공주 안기 실시."

그는 망설임 없이 나를 번쩍 안아 들었다.

"자, 신랑! 앉으면서 '이러려고', 일어서면서 '자전거 탔다!'. 외쳐 주시기 바랍니다. 신랑?"

그가 웃음을 머금은 채로 눈을 내리깔며 고개를 끄덕거렸다.

"하객분들의 구령에 맞춰서 해 보겠습니다. 하나에 앉고, 둘에 일어섭니다."

한 PD의 신호에 맞춰서 하객들이 엄청난 목소리로 외쳤다.

"하나!"

그가 자세를 낮추며 늠름하게 외쳤다.

"이러려고!"

"둘!"

"자전거 탔다!"

얼굴이 화르르 타오르는 것만 같았다. 나는 그의 목덜미를 꽉 끌어안은 채로 중얼거렸다.

"신혼여행 가기 전에 내가 한 PD 죽여 버릴게."

"하나!"

"이러려고."

"둘!"

"자전거 탔다!"

그는 아랑곳하지 않고 진한 미소를 머금은 채로 구령에 맞추어 목청을 높였다.

"우리 장모님께서 제일 좋아하십니다. 장모님, 이만하면 사위가 믿음직스럽죠?"

혼주 테이블에 앉아 있던 엄마가 엄지를 치켜들며 웃었다.

어휴, 우리 엄마도 주책이야.

바닥에 발을 디디자, 핑그르르 현기증이 일었다. 그는 기민하게 나를 부축하며 웃었다.

"힘은 내가 썼는데, 왜 네가 쓰러지려고 해."

그가 귓가에 중얼거린 말에 나는 정신이 혼미해지는 것만 같았다.

이후 케이크 커팅식과 축가 등이 이어졌다. 테이블을 돌아다니며 인사를 할 때마다 친척 어른들이 한마디씩 거들었다.

"아휴, 사회 보는 이가 너무 짓궂다. 밀희 선배라고?"

"짓궂기는? 예전에는 신랑 발바닥 터질 때까지 때렸어요. 새신랑 길들이는 문화는 옛날부터 있었어. 우리 귀한 밀희 데리고 가는데, 이 정도는 약과지. 형님이 우리 밀희를 얼마나 애지중지하면서 키웠어요."

숙모가 내뱉은 말에 엄마가 인자한 음성으로 끼어들었다.

"우리 사위도 나한테는 하나밖에 없는 귀한 사위예요."

엄마는 잘난 사위 자랑은 석 달 열흘 동안 쉬지 않고 할 수 있다는 듯이 웃었다.

"그래도 우리 형님 서운해서 어떡해요. 결혼한 거랑, 안 한 거는 다르지."

결혼을 준비하는 내내, 엄마는 서운한 감정을 단 한 번도 드러낸 적이 없었다. 시집간다는 표현이 시대착오적이라는 말도 있지만, 결혼 후의 생활이 과거와 비교했을 때 크게 달라진 것은 아니었다.

결혼한 여자 선배들은 여전히 명절이면 시가에 먼저 갔고, 친정은 나중이었다. 그들에게서 엿본 결혼 생활은 바람직한 이상향이 아닌 진땀 나는 현실이었다. 그러니 엄마에게 서운하지 않냐고 묻는 말도 일리가 있기는 했다.

다만 나에게는 빡센 시가는 존재하지 않았다. 그를 돌봐 준 멋진 막내 이모님만이 존재했……. 아! 나에게는 막강한 시이모님이 존재하는 거구나?

너무 쿨한 분이셔서 막내 이모님을 시가 식구로 분리하는 것도 잊고 있었다.

"사돈어른들 다 좋으셔. 그리고 나는 아들 하나 더 생긴 것 같아서 얼마나 좋은데? 그런 아들이 인물 좋지, 능력 좋지, 성격 좋지. 내 배 아파서 낳은 아들보다 더 살갑고 예쁜데?"

엄마의 자랑에 반박할 근거가 부족해진 숙모는 그저 입술만 달싹거릴 뿐이었다.

"엄마는 진짜……. 아들 다 듣는데."

우리 엄마의 아들, 나의 혈육 오현호가 어이없다는 듯이 지껄이는 소리를 흘려들으며 시이모님들이 모여 앉아 계시는 테이블로 향했다. 유명 가수의 축가로 분위기가 희석되기는 했지만, 한 PD의 스쿼트 여파가 아직은 남아 있는 상태였다.

제발, 그때의 순간이 시이모님들의 가슴속에 앙금처럼 남아 있지 않기를 바란다.

"너는 스쿼트 자세가 왜 그래? 트레이너 바꿔야겠다."

막내 시이모님의 견지는 정말이지 남달랐다.

"왜 잘하던데, 이모. 나는 결혼식에서 신부 안고 걷다가 휘청거리는 선배도 봤어."

희수가 역성을 들고는 나를 보며 눈을 찡긋했다. 친구였던 희수는 이제 사촌 시누이의 자리에 앉아 있었다.

"우리 새언니 너무 예쁘다. 우리 오빠가 복이란 복은 전부 결혼에 몰빵했나 봐."

희수의 어머니, 큰시이모님이 내 손을 살포시 잡고는 울먹거리셨다.

"우리 무진이랑 행복하게 잘 살아요. 부족하다는 생각 들어도 이해해 주고."

"아니에요, 이모님! 무진 씨 하나도 안 부족해요. 차고 넘쳐요! 무진 씨 얼굴만 봐도 배부른데요? 이렇게 멋있는 남자가 세상에 또 어딨어요! 복은 제가 몰빵했죠."

"오밀희 진짜 주접은."

희수가 키득거리자, 테이블 위로 유쾌한 웃음기가 흘렀다.

결혼식을 마치고, 인천공항으로 향하는 웨딩 카에 오르려는 우리의 곁으로 문제의 한 PD가 다가왔다. 나는 한숨을 폭 내쉬며 오른손을 내밀었다.

"옛다."

한 PD가 정사각형 모양의 하얀 봉투를 내 손바닥 위에 살포시 올려 주었다.

"그게 뭡니까?"

공무진이 다소 날카로운 음성으로 물었다. 이따금 내 남편은 한 PD 앞에서 조금 예민해졌다.

"결혼 선물."

결혼 선물이라는 말에 공무진의 얼굴에서 온화함이 넘실거렸다.

"잘 살아라. 너 신혼여행 갔다 오면 바로 기획서 써야 하는 거 알지? 딴 데 튀지 말고 바로 한국으로 와. 어디 짱박히지도 말고."

한 PD는 진심으로 걱정하는 눈치였다.

191

"나를 뭐로 보시는 거예요? 오 PD 어디 안 갑니다."

나의 결연한 대답에 한 PD가 실소했다.

"미네르바 오 PD는 책임감 있지만, 공무진이랑 결혼한 오밀희는 지금 어디로든 도망가려고 눈이 벌게. 너는 공무진 옆에 있을 때는, 눈에 괄호를 치라니까? 애가 예전에는 눈으로 침을 흘리더니, 지금은 눈으로 세상 잡아먹으려고 들어."

정말 한 PD 눈은 속일 수가 없다.

내가 지금 공무진 잡아먹고 싶어서 혈안이 되어 있다는 것을 어떻게 알아차린 것일까.

"눈으로 침을 흘려요?"

공무진이 우스운 말을 들었다는 듯이 히죽거렸다.

"애 공무진 선수 볼 때마다 눈으로 침 흘리잖아요. 몰랐습니까?"

그는 한 PD가 앞에 있는 게 전혀 신경 쓰이지 않는다는 듯이 중얼거렸다.

"내가 먹음직스럽게 생겼나."

"어휴."

한 PD가 못 말리겠다는 듯이 한숨을 내쉬었다.

"두 사람 늦겠어요! 얼른 출발해야지!"

희수가 미적거리는 우리를 얼른 차에 태웠다. 결혼식장에서는 내내 우리 사위가 최고라고 했던 엄마는 멀찍이 서서 눈물을 훔치며 이쪽을 제대로 바라보지도 못하고 어정쩡하게 시선을 던지고 있었다.

그 모습을 보니 괜히 마음이 짠해져서 눈물이 왈칵 치솟았다.

"왜?"

그가 내 손을 부드럽게 잡으며 물었다.

"엄마가."

더는 말을 잇지 못하고 울음이 와앙, 터지고 말았다.

결혼을 준비하는 내내 가슴속 깊은 곳에 숨겨 두었던 감정이었다. 직업적 커리어도 남부럽지 않았고, 마침내 성공한 첫사랑과 재회해서 결혼한다는 행복감에 젖어서 들춰 보지 않았던 애틋함이었다.

어쩌면 아까 신부 입장 전에 아버지의 다리가 풀렸던 것도 진실이 아닐지도 모른다. 아버지는 그저 딸을 내어 주는 순간을 늦추고 싶은 거였을지도.

한번 터진 울음은 인천공항에 도착할 때까지 그치지 않았다.

"너 눈이 금세 부었어. 출입국 심사 통과 못 하면 어쩌냐?"

그는 내 눈가를 어루만지며 장난을 걸어왔다.

"그 정도는 아니거든!"

나는 그의 장난에 홀라당 넘어가서 바르르했다.

"근데 오빠 멀미약은 먹었어? 아니면 독한 감기약 같은 거 먹고, 비행기에서 잘래?"

"응?"

그는 새삼스러운 말을 들었다는 듯이 눈썹을 치떴다.

"오빠 고소공포증."

걱정스러운 눈길로 그를 올려다보았다.

"괜찮아. 인간 치료제 오밀희가 옆에 있잖아."

내뱉는 말 한 마디도 어쩌면 이렇게 어여쁜지. 하마터면 탑승장에서 그를 자빠뜨릴 뻔했다.

우리는 그를 후원하는 항공사의 스위트 클래스를 타고 신혼여행지인 파리로 향할 수 있었다. 스위트 클래스는 놀랍게도 2인용 침대를 갖춘 밀실이었다.

호텔처럼 폭신폭신한 침구 위에는 붉은 장미꽃이 흩뿌려져 있었고, 장시간 비행을 고려해 매트리스까지 추가된 상태였다.

지금 나만 나쁜 생각 해요?

나는 스위트 클래스 전용 버틀러가 가져다준 웰컴 샴페인을 홀짝거리며 침대를 내려다보았다. 샴페인 한 잔에 취할 만큼 술이 약한 것도 아닌데, 얼굴이 시시각각 달아오르는 게 느껴졌다.

"피곤하지? 가는 동안 푹 자."

그가 걱정스러운 목소리로 내 등을 쓸어내렸다. 비행기에 오르기 전, 공항 근처 호텔에서 샤워를 하고 온 탓에 몸이 노곤하기는 했다. 이륙하고 나면 고소공포증이 있는 그를 챙기지 못하고 잠들어 버리면 어쩌나 걱정이 되기도 했었다.

그런데 비행기 안에 놓인 로맨틱한 침대를 발견한 순간 잠이 싹 달아나 버렸다.

"응. 조금 피곤하네."

아직 이륙 전이어서 분주히 움직이는 승무원을 의식한 나는 점잖게 중얼거리며 침대 위에 걸터앉았다. 나와 남편이 침대에 자리를 잡은 것을 확인한 승무원이 문을 닫아 주며 사무적인 목소리로 중얼거렸다.

"편안한 비행 되시길 바랍니다."

긴장한 나는 닫힌 문에 대고 고개를 까딱거렸다.

"긴장하기는."

공무진이 어설프게 앉아 있는 나를 와락 당겨 안았다. 몸이 저절로 뒤로 넘어갔다. 그는 두꺼운 허벅지 사이에 나의 두 다리를 가두고는 상체를 빈틈없이 끌어안았다.

심장이 새삼스럽게 터질 듯이 두근거렸다. 나는 얌전한 아기 고양이라도 되는 것처럼 그의 가슴팍에 얼굴을 비볐다.

"안 무서워?"

"이렇게 하고 있으면 안 무서울 것 같아."

그가 내 이마에 부드럽게 입을 맞추었다. 콧잔등을 타고 내려온 입술을 금세 머금었다.

이륙 시에는 침대 옆에 설치된 안전띠를 착용해 달라는 안내 방송이 흘러나왔다. 나는 착실하게 안전띠를 끌어다가 몸에 묶었다. 그런 나를 물끄러미 바라보던 그도 똑같이 안전띠를 착용했다.

비행기가 서서히 상승하는 게 느껴졌다. 나는 할 수 있는 만큼 한 발짝 그에게 몸을 밀착했다. 얇은 줄 따위가 우리의 애정을 방해하지는 못했다. 나는 그의 머리를 가슴팍으로 당겨 안았다. 그는 내 허리를 꽉 끌어안은 채로 숨을 죽였다.

"오빠."

안쓰러워서 가슴이 저몄다. 가슴을 파고드는 그의 숨결이 점차로 거칠어지고 있었다.

"괜찮아? 예전에는 비행기 안에서 어떻게 버텼어."

나는 그의 이마와 머리에 연신 입을 맞추며 속삭였다.

"그냥, 버텼지."

순간 눈물이 핑 돌았다.

"오밀희 없는 삶은, 그냥 버틴 거지. 살아도 산 게 아니라."

어느새 브래지어 훅이 풀려 있었다. 티셔츠 안을 더듬거리던 그의 손길이 가슴을 와락 움켜쥐었다.

"흐으."

비행기 소음에 묻힐 정도로 여린 신음이 흘러나왔다. 그가 조용히 물었다.

"더 만져도 돼?"

탁하게 쉰 음성이 미치도록 야했다.

"응, 돼. 완전, 돼."

그에게 고소공포증에 없었어도 비행기에서 가슴을 내어 줄 수 있었을까?

나는 그가 빳빳하게 곤두선 유두를 금세 빨아 삼키는 것을 느끼며 눈을 질끈 감았다.

고소공포증 없었다면, 나라도 만들어서 안겼을지도 모르겠다!

가슴을 주무르던 그의 손이 바지 안으로 불쑥 들어갔다.

"으음."

나는 거기까지는 못하겠다는 듯이 고개를 내저었다.

"한 번만, 밀희야. 응?"

비행기가 안전 궤도에 진입했다는 안내 방송이 흘러나왔다.

"누구 오면 어떡해?"

다 죽어 가는 목소리로 흐느끼듯 물었다.

"안 와. 우리가 부르기 전에는 안 와."

나는 그래도 내키지 않는다는 듯이 재우쳐 물었다.

"콘돔은 있고?"

내 물음에 그의 얼굴이 하얗게 질렸다. 갑작스럽게 고소공포증이 발현한 사람처럼 안쓰러운 얼굴이었다.

"왜 그래? 어지러워?"

"콘돔이 없네."

그가 하늘이 무너지기라도 한 것처럼 중얼거렸다.

"파리 가서 실컷 하면 되지."

"고문이 따로 없네."

그의 말마따나 고문이 따로 없었다. 폭신한 침대에 누워서 파리로 날아가는 동안, 도착하면 서로를 가만 안 두겠다는 듯이 속으로 으르렁거렸다.

퍽 낭만적인 비행이었다.

'C'est moi qu'il l'a épouse.'

내가 열심히 연습한 프랑스어 문장이었다.

'그와 결혼한 사람이, 바로 저랍니다!'

그와 함께 프랑스를 여행하는 동안, 어디서든 내뱉게 될 말이라는 생각이 들어서 입에 찰싹 달라붙을 때까지 연습했다.

그리고 어김없이 그런 순간이 찾아왔다.

"Oh la la!"

프랑스식 감탄사로 시작된 말은 대충 결혼 축하한다는 말과 신부가 너무 아름답다는 찬사였다. 아내가 맞냐는 물음을 기가 막히게 알아들은 내가 우아하게 읊조렸다.

"C'est moi qu'il l'a épouse. Merci."

빵집 아저씨의 물음에 대한 대답이었다. 우리의 결혼식이 치러진 날 병입 했다는 와인을 사기 위해 들른 부르고뉴의 로마네 콩티에서도 똑같은 물음과 똑같은 대답이 이어졌다.

파리를 상징하는 회전목마 모양의 오르골을 사려고 들른 상점에서도, 고서적을 파는 센강 변의 서점에서도, 양파 수프가 맛있었던 레스토랑에서도.

똑같은 대화가 오고 갔다. 문법적으로 완벽하게 맞는 말인지는 모르겠으나, 번역기가 열심히 일한 결과물이었다.

"오밀희, 그거 연습해 왔어?"

듣다 못한 그가 물었다.

"응."

그는 사랑스러워 죽겠다는 눈빛으로 나를 바라보았다.

"와, 진짜 사람들이 투르 드 프랑스 다 보나 봐! 공무진 못 알아보는 사람이 없네? 나 완전 뿌듯해!"

PD로 자리 잡은 나는 신혼여행지를 고르면서도 자연스럽게 그의 커리어를 계산에 넣었다.

그는 독일을 연고지로 둔 프로팀에 속해 있었지만, 이상하게 프랑스에서 인기가 많았다. 투르 드 프랑스에서는 그를 앰버서더 비슷하게 세우고 싶어 하는 눈치였다.

향후 그의 커리어를 생각해 본다면 프랑스를 신혼여행지로 삼아서 좋은 인상을 남기는 것도 전략이라면 전략이었다.

하지만 그런 전략에만 입각해서 신혼여행지를 고른 것은 아니다. 파리는 낭만의 도시고……. 또…….

"그래서 프랑스로 신혼여행 오자고 한 거야? 그 말 하려고?"

"어. 도장을 콱 박아 놔야지. 그래야 클로이, 카트린느, 마가렛트, 레아, 줄리에트, 카밀리아 같은 것들이 감히 안 덤비지."

"뭐? 그게 다 누군데?"

"있어. 잠재적인 위험 요소라고나 할까."

이 나라 어딘가에 호시탐탐 공무진을 노리는 클로이, 카트린느, 마가렛트, 레아, 줄리에트, 카밀리아가 있기는 할 거다.

"우리 결혼한 거, 프랑스 신문에도 났어."

"신문 안 보는 사람도 있잖아."

"TV에도 나왔을걸?"

"TV 안 보는 사람도 있어."

그가 내 허리를 감싸 안으며 이마를 맞댔다.

"나는 네 사람이야. 어디 안 가. 절대."

감미로운 그의 숨결이 입술 위를 간질였다.

"알아, 내 남편."

나는 팔을 뻗어서 그의 목을 와락 끌어안았다.

"귀여워 죽겠네, 정말."

입술을 귓가에 문지르는 그의 목소리가 보드랍게 가라앉았다. 아무래도 오늘 오후에 미술관에 가려던 일정은 접어 두고 당장 호텔로 향해야 할 것 같다.

"하으읏! 아아!"

에펠탑이 하얗게 반짝거리는 모습이 바라다보이는 객실 안, 나는 그의 배 위에 올라타 있었다.

"흐으읏. 오빠. 너무 좋아……. 힘든데, 못 멈추겠어."

거대하게 발기한 성기를 품은 채로 골반을 살짝 움직일 때마다 밀려드는 흥분감이 대단했다. 심장까지 꿰뚫고 들어온 듯한 자극에 숨을 헐떡이면서도 멈출 수가 없었다.

나는 손을 뒤로 뻗어서 그의 허벅지를 짚으며 중심을 잡기 위해 애썼다.

"흐으읏."

그러면서 눈을 질끈 감은 채로 신음하는 남자를 내려다보았다. 온전히 몸을 내맡긴 남자를 오롯이 차지하고 있다는

201

만족감이 흥분을 부추겼다. 허벅지가 터질 것 같았고, 허리가 끊어질 듯했지만 골반의 움직임을 멈출 수가 없었다.

"하아, 밀희야."

그가 눈을 감은 채로 손을 뻗어서 가슴을 더듬어 댔다. 전신을 에워싼 관능에 매몰되어 절박하게 손을 뻗는 기분을 충분히 이해할 수 있었다.

하지만 간절한 그의 손길을 느끼며 묘한 희열이 차오르는 기분은 생경했다.

상대를 정복한다는 말은 표현 자체가 우습다고 생각했었다. 그런데 굴복하듯 신음하며 조급하게 가슴을 주물러 대는 남자를 내려다보고 있자니 어리석은 정복욕이 일면서 이해가 되었다.

그리고 상대적으로 힘이 센 그가 울부짖는 나를 내려다보며 얼마나 벅차올랐을지 헤아려 보자 이대로 끝까지 가 보고 싶은 생각이 들었다.

"밀희야. 흐음. 이제 그만."

자세를 바꾸자는 의도가 담긴 말이었다.

"으응."

나는 고개를 내저으며 속도를 높였다.

"내가…… 내가 해 볼래."

"아아!"

그가 두 손으로 얼굴을 가리며 앓는 소리를 냈다. 몸을 움직일 때마다 클리토리스가 거칠게 쓸렸다. 관능이 차곡차곡 쌓였다. 꼬리뼈를 타고 전율이 끼치기 시작했다.

"하아……."

한숨을 몰아쉰 그가 얼굴을 가리고 있던 손을 내려서 내 골반을 움켜잡았다.

"으음."

어금니를 꽉 다무는 그의 턱이 도드라졌다. 그는 내 몸을 으스러뜨리기라도 할 것처럼 붙잡고는 허리를 깊이 쳐올렸다.

"아아!"

고개가 저절로 뒤로 넘어갔다. 시야가 마구잡이로 흔들려서 눈을 질끈 감아 버렸다. 눈초리를 타고 눈물이 쪼르륵 흘러내린 순간, 가슴 끝이 그의 입안으로 빨려 들어갔다.

"아흑. 오빠……."

두 팔로 그의 머리를 감싸 안았다. 두꺼운 팔뚝이 등허리를 포박하듯 감겼다.

"흐음."

그는 게걸스럽게 가슴을 빨아 삼키며 신음을 흘렸다. 풀린 눈동자로 올려다보는 모습은 숨이 턱 막힐 만큼 야했다.

"흐으응."

신음을 흘려 대며 그의 턱을 잡아 올렸다. 자연스럽게 서로의 입술이 먹혔다. 입안에서 달콤한 타액이 거칠게 뒤섞였다. 아래고 위고 가차 없는 자극 때문에 얼얼했다.

"으음."

"흐응."

서로가 내뱉는 신음을 나눠 먹으며 절정을 맞았다. 누가 먼저고, 나중일 것도 없는 완벽한 타이밍이었다.

우리는 젖은 몸을 안은 채 침대 위로 고꾸라졌다. 달뜬 숨결이 사방으로 퍼져 나갔다.

기다란 손가락이 뺨에 붙은 머리카락을 조심스럽게 쓸어 넘기는 것을 느끼며 눈을 떴다. 잠시 정신을 잃었던 것도 같고, 지상이 아닌 다른 곳에서 그와 몸을 섞은 듯한 착각도 일었다.

후희에 젖은 그의 얼굴에 찬란한 미소가 떠올랐다. 나는 그의 얼굴을 바라보며 헤벌쭉 웃었다.

"우리 오밀희는 뭐가 이렇게 재밌을까."

콧잔등에 쪽 소리가 나도록 입을 맞춘 그가 등허리를 살근살근 간질였다.

"오빠 얼굴."

"응?"

그가 눈썹을 치뜨며 웃었다.

"나는 오빠 얼굴이 세상에서 제일 재미있어."

"칭찬인지, 욕인지 모르겠네."

"칭찬이지. 오빠 얼굴만 보면 웃음이 나는데? 오빠가 우리 집 원수였어도, 이 얼굴이면 용서 가능.”

그가 유쾌한 웃음을 포르르 터뜨렸다. 공기 중에 그의 웃음을 담은 오로라 빛 비눗방울이 동동 떠다니는 듯하다. 그가 웃을 때마다 비눗방울이 톡톡 터지듯 간지러웠다.

“사랑해.”

“내가 더 많이 사랑해.”

사랑한다고 고백할 때마다, 그는 항상 ‘내가 더’라고 대답해 주었다. 누가 더 많이 사랑하는지, 그 크기는 알 수 없다.

하지만 더 많이 사랑한다는 그의 말 한마디로 인해, 넘치도록 사랑받고 있다는 생각이 들어서 가슴이 시시때때로 찰랑거렸다.

사르륵 눈이 감겼다. 그의 달콤한 숨결이 이마 위로 흘러내리는 것을 느끼며 신혼의 단잠에 빠져들었다.

신혼여행 마지막 날, 우리는 오르골 전문 매장에 다시 들렀다. 사진을 끼울 수 있는 액자형 오르골을 주문했었는데, 때마침 물건이 도착했다는 연락이 왔다. 입고가 늦으면 국제 우편으로 받기로 한 물건이었다.

“여기 대체 무슨 사진을 끼우려고?”

반드시 대관람차가 빙글빙글 돌아가며 소리를 내는 오르골이어야만 했다. 거기에 사진을 끼울 수 있는 액자까지 붙어 있는 디자인이라니, 이보다 더 좋을 수는 없었다. 오르골

가게에 비치된 오래된 카탈로그에서 해당 제품을 발견하고는 꼭 구해 달라고 사정까지 했었다.

도빌의 소품 가게 창고에 몇 년 동안 처박혀 있었다는 물건의 상태는 매우 양호했다.

"여기에 꼭 끼우고 싶은 사진이 있거든."

의기양양한 미소를 지으며 호텔로 돌아온 나는 결혼식이 끝나고 한 PD에게 전달받은 흰 봉투를 꺼내 들었다.

"한 PD가 준 결혼 선물? 축의금 들어 있는 거 아니었어?"

하얀 봉투에는 으레 결혼 축하금이 들어 있을 거라고 짐작하기 마련이다. 하지만 무심한 듯 빳빳한 종이봉투 안에 담긴 것은 사진 한 장이었다.

"아니야. 내가 설마 돈을 액자에 꽂으려고 하겠어?"

나는 봉투를 열어서 화질이 그리 좋지 않은 사진을 꺼내 들었다.

"우왓! 이게 뭐야?"

사진을 들여다본 그의 얼굴이 충격에 휩싸였다.

"그때 속초에서 대관람차 탔을 때, 오빠가 고소공포증 때문에 카메라 껐었잖아. 근데 대관람차 안에 기념사진 찍는 카메라가 있었대."

"대박……."

그는 어떤 말을 더 해야 할지 모르겠다는 얼굴로 사진을 샅샅이 들여다보았다.

"화질이 좀 떨어지는 게 아쉽기는 한데, 뒤에 풍경이랑…….
너무 멋있다."

사진 속에서 우리는 서로를 부둥켜안은 채로 열렬히 입을
맞추고 있었다.

"근데 왜 이 사진을 한 PD가 갖고 있었어?"

그가 예민한 촉각을 곤두세우며 물었다.

"그때 갑자기 카메라랑 마이크가 꺼져서. 한 PD가 상황
확인하려고, 기념사진 찍는 카메라가 있다는 기념품샵으로
갔었대. 그런데 거기 매장 안에 걸려 있는 대따 큰 모니터에
이 사진이 딱! 걸려 있더래."

"그런 기념사진 돈 주고 사야 하는 거 아냐? 그걸 또 한
PD는 돈 주고 샀대? 사람, 새삼 음흉하네."

나는 동의하듯 고개를 세차게 끄덕거렸다.

"그치? 그것도 나한테 바로 확인 안 하고 모른 체하다가,
나랑 오빠랑 고깃집 마당에서 싸웠었잖아? 그때 촬영한 영
상 편집하려고 편집실에 앉아 있는데 이 사진을 내미는 거
야. 나 진짜 그때 심장 떨어지는 줄 알았어!"

그는 마치 당시의 내 상황에 몰입한 듯이 미간을 잔뜩 찡
그렸다.

"그때 촬영본에서 업힐 구간 인터뷰 있었잖아. 오빠가 그
러더라고. 내 바람이 젖은 방향은 항상 한 사람을 향해 있었
다고. 한 PD가 대뜸 '너지?' 이러는 거야!"

"그랬어?"

놀림당한 내가 가엾다는 생각이 들었는지, 그가 자상한 음성으로 물었다.

"나 진짜 당황스러운데, 또 한 PD가 오빠 집으로 사과하러 가라고 해서 사과하러 간 거잖아."

"그랬구나."

그는 고개를 끄덕거리며 진한 미소를 머금었다.

"그래서 이 사진을 그때 못 챙겨서 결혼 선물로 받았어?"

"어! 근데 한 PD 그 인간이 순순히 못 주겠다잖아! 그래서 결혼식 사회 한 PD가 한 거야. 이 사진 돌려받는 조건으로."

어이가 없는지 그가 허, 하고 실소했다.

"그냥 결혼식 끝나고 나한테 죽이라고 시키지 그랬어."

"내가 죽이려고 했는데, 오빠가 안 그래도 된다고 말렸잖아. 나 안고 스쿼트까지 해 놓고선. 진짜, 내가 한국 가면 한 PD 가만 안 둬."

결연한 표정을 머금고 씩씩거리는 나를 그가 사랑스럽다는 듯이 바라보았다. 요즘 나를 바라보는 그의 눈에서는 달콤한 하트가 쏟아져 내리는 것처럼 느껴졌다.

"고맙다는 인사 제대로 해야겠네. 한 PD 덕에 추억이 더 많아졌잖아."

갑자기 그렇게 대인배처럼 나오시면 쉰네는 밴댕이 같잖아요!

"한 PD 얘기만 나오면 예민해지면서?"

"그건 그거고. 너는 어디 존재하는지도 모르는 카트린느, 마가렛트, 카밀리아까지 질투하면서, 나는 네 옆에 종일 붙어 있는 한 PD 좀 질투하면 안 돼?"

쉰네는 밴댕이가 맞습니다요!

순간 민망해진 나는 그의 입술에 쪽 소리가 나도록 입을 맞췄다.

"어? 대답하기 불리해지면 몸으로 때우려고 하네?"

그가 눈살을 잔뜩 찌푸렸지만, 진한 미소를 감추지 못했다.

"그래서 싫어?"

"아니, 바람직해. 계속 그렇게 몸으로 때우는 일에 매진하도록."

"으악!"

몸이 벌러덩 뒤로 넘어갔다. 커다란 손이 다가와 내 손에 들린 사진과 오르골 액자를 잽싸게 빼앗아 갔다.

"깨져! 조심해!"

"안 깨지게 잘 놓지."

그는 별걱정을 다 한다는 듯이 중얼거리며 입술을 머금었다.

"으응."

한 PD 때문에 파르르 달아올랐던 기분이 다른 의미로 야릇하게 달아오르기 시작했다. 순식간에 옷이 벗겨졌다. 살갛에 입을 맞추는 그의 눈빛은 언제나처럼 경건한 열기를 품고 있었다. 사람을 어찌나 귀하게 보면서 잡아먹을 듯이 구는지, 모순의 결정체가 그의 눈동자 속에 있었다.

"오늘 저녁은 그냥 룸서비스 시켜 먹을까?"

나는 그의 뒷머리를 부드럽게 쓸어 올리며 물었다. 어느새 가슴 끝을 입에 문 그가 "응" 하고 짧게 대꾸했다.

2주간의 신혼여행이 끝나 가고 있었다. 이제 한국으로 돌아가면 우리는 부부로서 새 삶을 시작하게 된다. 매일 함께 잠들고, 함께 일어나고.

"오빠."

"응."

"나한테 질리면 안 돼."

그가 별걱정을 다 한다는 듯이 웃었다.

"진짜로. 나랑 매일 같이 잠들고, 매일 같이 일어나고, 매일 같은 밥 먹고. 그래도 질리면 안 돼. 응?"

"아우, 진짜."

나를 품으로 와락 당겨 안은 그가 중얼거렸다.

"이렇게 작고 귀여운 오밀희가 종알종알 애교 부려서 내 심장 터뜨리면 어떡하지? 내가 질리는 것보다, 내 심장부터 걱정해 줘."

심각하게 앓는 소리에 나는 와르르 웃음을 터뜨렸다. 그의 시선에서는 또다시 하트가 쏟아져 내렸고, 나는 몽글몽글한 하트 속에 파묻혀서 허우적거렸다.

질리지 않게, 매일 더 새롭게 사랑해야지.

단단하고도 포근한 품을 파고들며 다짐했다.

감히 나는 그가 버텨 온 외로운 세월을 사랑으로 보상해 주겠노라고, 굳게 맹세했다.

"도착하자마자 전화해."

"프랑크푸르트 도착하면 여긴 새벽일 텐데?"

"그래도."

폴짝 뛰어오른 그녀가 내 목덜미를 와락 끌어안았다.

"내 남편, 보고 싶어서 어떡하지?"

화목한 가정에서 다정한 부모님께 사랑을 듬뿍 받고 자란 그녀는 애교가 많은 편이다. 물론 다른 사람에게는 보여 주지 않는 모습이지만, 남편인 나에게는 차고 넘치도록 귀염을 부렸다.

나는 그녀의 가느다란 몸을 꼭 끌어안은 채로 살랑살랑 움직였다. 뒤꿈치를 들어 올리고 내가 움직이는 방향에 따라서 흔들리는 그녀는 말도 못 하게 사랑스럽다.

"통화 자주 하자."

"응, 영상 통화로. 꼭!"

그녀가 애써 눈물을 참고 있는 듯 억눌린 목소리로 작게 대꾸했다.

우리가 미숙했던 시절의 헤어짐과는 사뭇 달랐다. 어렸던 나와 그녀는 어른스러운 척하려고 애썼었다. 서로의 앞날을 건설적으로 응원해 주는 척, 헤어짐 앞에서 서늘하게 굴며 괜찮은 척했었다.

예부터 결혼을 해야 어른이 된다고 했다. 하지만 부부가 된 우리는 어린아이처럼 서로를 부둥켜안고 감정을 토해 냈다.

어린아이는 어른보다 감정 표현에 솔직하다. 사랑을 표현할 때만큼은 서로에게 어리광을 부렸다. 사랑하면 애가 된다는 말이 이런 뜻인가 보다.

"잘하고 와. 알았지? 내가 한국에서 매일매일 응원할게!"

그녀는 단단한 목덜미를 더욱 힘주어 안으며 속살거렸다. 듣기 좋은 목소리에서는 울음기가 뚝뚝 흘렀다.

나는 그녀의 옆구리를 감싸 잡으며 거리를 벌렸다.

"예쁜 얼굴이 이게 뭐야."

말간 얼굴이 눈물로 범벅이 되어 있었다.

"그냥 막 눈물이 나네."

엄지로 광대 언저리를 닦아 주자, 그녀가 애써 입꼬리를 당겨 올리며 미소를 머금었다. 나 역시 뺨을 감싼 그녀의 손길을 느끼며 애틋하게 웃어 보였다.

"못 봐 주겠네, 진짜! 누구 죽으러 가냐?"

기가 막힌다는 듯이 소리친 사람은 그녀의 오빠, 현호였다.

"네 신랑 한 달 반이면 와! 누가 보면 어디 전쟁터에 파병이라도 가는 줄 알겠다? 그리고 매제도 그래. 얘 내일부터 촬영 들어가면 머리 감을 새도 없이 바빠서 매제가 거는 영상 통화 다 씹을 거다. 두고 봐라!"

"오빠!"

그녀가 제 오빠를 향해 버럭 소리를 질렀다.

"너는 오빠가 같이 배웅 나와 준 것만으로도 고맙게 생각해야지. 안 그래?"

"엄마가 시켜서 온 거잖아! 다 알거든?"

남매가 또다시 눈에 불을 켜며 으르렁거렸다.

"공 서방 그만 들여보내. 저녁은 가다가 곱창구이나 먹고 가자. 이 근처에 맛집 있더라"

그녀의 눈동자에서 분노가 사르륵 옅어진다. 서로 눈에 불을 켜고 싸우다가도 금세 돌아서서 오빠와 함께 맛집을 찾아 나설 그녀를 생각하니 절로 웃음이 난다.

이렇게 귀여운 오밀희를 두고 내가 지금 비행기를 타야 한다니!

마음 같아서는 대회고 나발이고 다 때려치우고, 남매 사이에 껴서 사이좋게 손잡고 곱창구이나 먹으러 가면 좋겠다.

"곱창구이 맛있게 먹어."

그녀가 입술을 삐죽거리며 고개를 끄덕거린다.

"오빠 잘 하고 와. 이제 대회도 1년에 한 번밖에 안 나가는데, 선수로서 커리어 잘 관리해야지."

서른다섯이 되는 해에 은퇴하겠다는 계획은 오래전부터 세워 둔 것이었다. 홀로 한국으로 돌아와 조금은 평안한 삶을 살고 싶었다. 조용하고, 지루한 삶이었을 것이다.

그런데 삶의 한가운데 오밀희가 끼어들었다.

평지에서만 자전거를 타면 재미가 없다. 오르막과 내리막, 매끈한 도로와 자갈길이 적당히 섞여 있어야 자전거도 탈 맛이 난다. 나에게 오밀희는 삶의 길을 다채롭게 만드는 존재다.

"근데 오빠."

"응."

"진짜 나 때문에 빨리 은퇴하는 거 아니지? 오빠가 후회 없는 선택을 하면 좋겠어."

"후회 안 해."

어느 종목이든 운동선수로서의 생명은 그리 길지 않다. 로드 사이클리스트는 비교적 선수 생명이 긴 종목이기는 하지만, 이제는 전 세계 곳곳을 돌아다니며 이방인처럼 지내는 삶을 살고 싶지는 않다.

그녀가 손등으로 뺨을 닦아 내고는 숨을 크게 들이마셨다.

　"앞으로 선수 생활 충분히 이어 갈 수 있는데, 오빠가 대회 나갈 수 있는 시간이 얼마 남지 않았다고 생각하니까 아쉬울 것 같아서……. 나는 앞으로 방송사 일 계속할 거고."

　남편의 이른 은퇴가 새삼 미안한 모양이다.

　"조금 전까지 엉엉 울던 오밀희는 어디 갔나?"

　나는 그녀의 뺨을 보드랍게 어루만지며 너스레를 떨었다. 그러자 그녀가 가슴팍에 와락 안기며 중얼거렸다.

　"그냥 내가 왜 미안한지 모르겠어. 그래서 더 눈물 나고."

　또다시 울먹거리는 그녀의 등을 가만히 쓸어내렸다.

　"네가 미안할 게 뭐 있어? 내가 억지로 은퇴하는 것도 아닌데……. 나 대회 마치고 오면, 엄청 바빠질 거야. 한 PD랑 같이 자전거 서바이벌 오디션 프로그램도 준비해야 하고. 한국 엘리트 선수 자문도 해야 하고."

　"그치, 오빠가 나보다 더 바빠지겠지. 근데 로드 사이클은 오빠의 첫 번째 삶이었잖아."

　그녀의 말마따나 로드 사이클은 내 인생에 있어서 가장 중요한 가치였었다.

　"나보다 더 내 일을 걱정해 주는 네가 있는 것만으로도 남은 삶은 충분히 가치 있어."

　그녀의 귀에 대고 조용히 속삭였다.

"어, 엄마! 밀희 지금 공항에서 공 서방이랑 영화 찍어. 쟤 성격 알잖아. 뭐 하나에 꽂히면 오만 걱정 늘어지는 거."

장모님과 통화하는지, 오현호가 들으라는 듯 떠들어 댔다.

"어, 공 서방 바꾸라고? 어, 잠깐만 기다리셔."

현호가 내민 휴대전화를 얼른 받아 들었다.

"네, 장모님."

– 공항에는 잘 도착했다고?

"네."

– 그래, 몸 건강히 잘 다녀와. 내가 오늘 공항에 나가 보려고 했는데, 못 나가서 미안해. 이해해 줘.

장모님과 장인어른은 지금 울릉도에 계셨다. 동네 친구분들과 몇 해 전부터 계획한 여행이어서 빠질 수가 없었다며, 공항까지 배웅하지 못해 미안하다는 말을 벌써 몇 번이나 들었는지 모른다.

"아닙니다, 어머님. 여행 즐거우시죠? 도착해서 전화드릴게요."

– 그래, 잘 하고 와. 우리 밀희 좀 바꿔 봐요. 걔 또 울고 난리라며?

"네, 예전에는 안 그러더니. 좀 우네요. 죄송합니다."

– 자네가 죄송하긴 뭐가 죄송해. 걔가 아직 덜 영글었어. 공 서방이 이해해.

"밀희 바꿔 드릴게요."

그녀는 휴대전화를 귀에 대자마자 눈살을 찌푸렸다. 아무래도 장모님의 잔소리가 쏟아지는 모양이다.

"응, 알았어요."

풀이 죽은 목소리로 알았다고 대답하는 모습이 귀여워서 나는 또다시 웃고 말았다. 통화가 끝났는지, 그녀가 휴대전화를 오현호에게 내밀며 부루퉁하게 쏘아붙였다.

"오빠는 애도 아니고. 내가 막 울고 그랬다고 엄마한테 이르냐?"

그러자 현호가 어이없다는 듯이 실소했다.

"누가 누구보고 애라는 거야? 너네 둘, 좀 작작 해라. 공항에서까지 아주 염병 첨병!"

질린다는 듯이 몸을 부르르 떠는 현호를 그녀가 쏘아보았다.

"형님도 결혼해 보세요. 저희처럼 안 되나."

나의 대꾸에 이제는 기막힌 웃음조차 나오지 않는다는 듯이 그가 얼굴을 한껏 구겼다.

"나 이제 들어가야 해. 이러다 비행기 놓치겠다."

"비행기 놓치면 우리 다음 비행기로 같이 갈까? 아님, 지금이라도 캐리어 하나 사서 나 거기 넣어 갈래?"

속절없이 웃음이 터지고 말았다. 그러자 그녀도 나와 닮은 웃음을 머금었다.

"잘하고 와. 도착하면 꼭꼭 전화해!"

돌아서는 발걸음에서 미련과 애정이 뚝뚝 떨어졌다.

대회를 치르러 한국을 떠날 때마다, 공항은 그저 비행기를 타기 위해 잠시 들르는 장소에 불과했다. 사랑하는 이의 배웅과 애정 어린 응원 전화는 나의 것이 아니던 시절이었다.

기자단과 팬들은 있었지만 속을 터놓고 기댈 수 있는 사람은 없었다. 오늘은 에이전시에서 출국 날짜를 공개하지 않은 덕분에 사랑하는 이의 다정한 배웅을 받을 수 있었다.

나는 출국장 가림막 안으로 들어가기 전, 아내를 돌아보았다. 내가 돌아보자 그녀가 손을 번쩍 들고 흔들어 대며 웃었다.

나의 바람이 향한 단 한 사람, 내 삶의 공허는 그녀의 바람으로만 채워진다.

"어디야?"

– 응, 나 촬영장. 지금 잠깐 쉬는 시간이야. 좀 이따 정리하러 가봐야 해!

"아이돌 예능 다큐 찍는 중이라고?"

– 응, 리얼 예능 다큐. 정신이 하나도 없네. 멤버가 되게 많아. 15명이나 된다? 그래서 할 일이 너무 많아.

휴대전화 화면 너머에서 울상을 짓는 모습조차도 너무 귀엽다.

너는 왜 영상 통화 속에서도 사랑스럽고 난리냐?

– 근데 있잖아.

"응."

– 왜 오빠는 영상 통화 속에서도 잘생기고 난리야?

그녀가 간이 테이블로 보이는 곳에 팔을 올리고 그 위에 턱을 괴며 꿈꾸는 듯한 표정을 지었다.

"우리 오밀희는 왜 영상 통화 속에서도 귀엽고 난리야?"

– 너무 보고 싶어.

"나도 보고 싶어. 만지고 싶고, 안고 싶고, 키스하고 싶고."

– 거기까지만?

화면 속에서 얼굴을 붉히는 모습을 마주했을 뿐인데 가랑이 사이가 반쯤 서 버렸다.

"촬영 언제 끝나?"

통화하면서 야한 농담을 툭툭 주고받기는 했지만, 충동이 일 때마다 점잖게 가라앉혔었다. 한국을 떠나온 지 2주, 이제는 한계에 다다른 것 같다.

– 오늘 촬영은 거의 다 끝났어. 정리되는 거 확인하고, 바로 집으로 갈 거야.

"그럼 거기 시간으로 오후 2시쯤 다시 통화할까?"

– 오빠 훈련 안 가?

"오늘 1시간 늦게 나가려고."

– 알았어! 내가 얼른 집에 가서 전화할게!

영상 통화를 마치려는 그녀의 곁으로 웬 허여멀건 놈이 나타났다.

– PD님, 점심 드시고 가실 거죠?

남자의 목소리가 들린 순간, 통화가 끊겼다.

저 새끼 뭐지?

나는 침대 위에 똑바로 누운 채로 천장을 올려다보았다. 꼭 대학 때 내 모습을 보는 것처럼 검은색 트레이닝 복을 입은 남자의 목소리는 어디서 많이 들어 본 것처럼 익숙했다.

누구지? 내가 아는 놈인가?

하지만 내가 아는 놈 중에 저렇게 어리고 잘생긴 놈은 없었다. 휴대전화로 요즘 그녀가 담당하고 있는 프로그램을 검색해 보았다.

"이놈이구나?"

제작 발표회에서 존경하는 PD님과 일하게 되어서 기쁘다고 말했던 놈, 요즘 잘나가는 아이돌 그룹의 메인 보컬이었다.

트레이드 마크라도 되는 것처럼 사복 패션은 전부 검은색 트레이닝 복이었고, 패션에는 무심하지만 향수에는 관심이 많다는 인터뷰가 여기저기 널려 있었다.

들어는 봤는가? 동족 혐오라고?

아이돌 메인 보컬이라는 놈은 이상하게도 나의 대학 시절을 연상케 했다. 그러니까 오밀희 스타일이라는 뜻이다.

"잘나가는 아이돌이 왜 PD 점심까지 챙기고 난리지?"

나는 마치 적장의 정보를 살피는 것처럼 인터넷으로 문제의 아이돌에 관한 검색을 이어 나갔다.

"취미가……."

실소가 터졌다.

"자전거야?"

나는 급기야 '아이돌 직캠'의 영역까지 진입했다. 흰색 드레스 셔츠 단추를 네 개나 풀어 헤친 놈이 골반을 흐느적거릴 때마다 환호성이 터져 나왔다.

인터넷 동영상 사이트의 알고리즘에는 조물주라도 숨어 있는 것인지, 여심을 저격하는 인터뷰를 내 눈앞에 끊임없이 갖다 바쳤다.

라이벌 선수의 경기 영상을 분석할 때도 이런 기분이었던 적은 없었다. 하긴 나한테 라이벌이라 불릴 만한 상대가 없기는 하지만.

그런데 이놈은 묘한 경쟁의식을 불러일으키는 재주가 있었다.

-휴식기에는 주로 연극을 보러 다닙니다. 무대에 서는 사람으로서

연극 무대를 이끌어 나가는 배우님들께 배울 점이 많다고 생각합니다.

　오밀희도 쉴 때 연극 보는 걸 좋아한다.

　-이상형이요? 어렵네요. 자기 일에 최선을 다하는 사람이요.

　오밀희는 항상 자기 일에 최선을 다한다.
　"어우, 짜증 나!"
　신경질을 확 쏟아 낸 순간 시계가 눈에 들어왔다. 벌써 한국은 2시 반쯤 되었을 시각이었다.
　"오밀희 설마 그놈이랑 점심 먹느라 늦는 거야?"

　-음식은 가리지 않는데요. 요즘 곱창에 꽂혀서.

　유쾌한 웃음소리가 스산하게 울렸다. 곱창에 꽂힌 누군가의 얼굴이 떠올랐기 때문이다. 벌떡 일어나서 그녀에게 전화를 걸었다.
　안 받는다……. 뭐 하느라?
　속이 바짝 타들어 갔다. 문득 고개를 돌린 곳에 놓인 거울에 비친 얼굴이 사납기 그지없다. 누구 하나 죽였다고 해도 믿길 만큼 험악한 눈빛에 나조차도 흠칫 놀라고 말았다.

아, 뭐 하는데!

속으로 비명을 내지르며 침대에 몸을 던진 순간, 휴대전화가 울리기 시작했다. 오밀희다. 잘 알지도 못하는 놈을 향한 분노 탓인지 빙글빙글 돌기까지 하는 천장을 올려다보며 전화를 받았다.

"왜 이렇게 늦었어? 뭐 했어?"

최대한 자상한 목소리를 내려고 애썼다. 약속한 시각보다 늦은 전화 때문에 걱정했다는 듯이.

– 응. 씻느라.

화면에 그녀의 얼굴이 잡히자마자, 얼굴이 화끈 달아올라 버렸다. 그녀는 젖은 머리를 하얀 수건으로 말아 올린 채, 샤워 가운을 입고 있었다.

– 오늘 날씨가 더워서, 땀을 많이 흘렸거든. 어제까지는 비가 엄청나게 오더니, 오늘은 폭염이래. 더워 죽어.

"흐음."

나는 갑작스레 솟구치는 열기를 애써 가라앉혀 보려고 목을 한번 가다듬었다. 뭐, 목을 가다듬는다고 해서 발기한 물건이 고개를 숙일 리는 없지만.

"걱정했어. 무슨 일 있는 줄 알고. 점심은?"

– 아침을 늦게 먹었더니 생각이 없어서. 오빠랑 통화하고 먹으려고 했지. 어후, 너무 덥다! 잠시만 에어컨 좀 켜고.

그녀가 샤워 가운 깃을 펄럭거리고는 손부채질을 해 댔다.

마치 금단의 영상에 손을 댔던 시절로 돌아간 것 같은 착각
이 인다.

수건을 돌돌 말아 올린 머리는 마치 한여름의 크리스마스
트리를 연상케 했고, 질끈 묶어 입은 샤워 가운은 크리스마
스 선물 포장처럼 보였다.

이제 겨우 7월, 크리스마스 선물을 뜯어 보려면 아직 멀었
다. 나는 뜯지 못할 선물을 바라만 보는 안타까운 심정으로
화면 속 아내를 멍하니 들여다보았다.

"밀희야."

– 응?

에어컨 리모콘을 테이블 위에 내려놓은 그녀가 머리를 감
싸고 있던 수건을 잡아 내렸다. 촉촉하게 젖은 머리카락이
물 흐르듯 흘러내렸다.

– 왜 불러 놓고 말을 안 해? 근데 오빠 여태 누워 있었어?

"응."

샤워 가운 깃 좀 젖혀 보라는 미친 소리가 목구멍에서 흘
러나올락 말락 했다.

– 섹시해.

누가 할 말을 하고 있는 건지.

그녀가 휴대전화를 든 채로 침대에 털썩 누웠다. 마치 그
녀를 품 안에 가둔 채 내려다보고 있는 것 같은 기분이 든
다. 독일 현지 시각 아침 7시 반, 나는 시공간을 초월해 지금

한국의 신혼집 침실에 누워 있는 듯했다.

－ 어제 늦게 잤잖아. 근데 오늘 일찍 일어났거든. 그래서 너무 노곤해.

잠기운이 가득한 그녀의 목소리 때문에 나도 덩달아 노곤해지기 시작했다.

"좀 자."

－ 응, 근데 오빠랑 더 통화하고 싶어.

그녀가 베개에 옆얼굴을 묻으며 웃었다.

－ 오빠 지금 뭐 입고 있어? 안 보여.

얘 지금 뭐 하자는 거야?

"나 지금 티셔츠랑."

자연스레 휴대전화를 아래로 내렸다. 하얀 면 티셔츠에 속옷 차림이었다. 속옷 위로 흉흉하게 발기한 페니스가 도드라졌다. 그녀의 킥킥거리는 웃음소리가 심장을 간지럽혔다.

－ 걔는 왜 그렇게 커졌어?

"왜겠어? 너 때문이지. 누가 샤워 가운 입고 전화하래?"

이 말이 화근이 될 줄은 몰랐다.

－ 그럼 벗고 할 걸 그랬나 보다.

그녀가 샤워 가운 깃을 슬쩍 젖히며 하얀 어깨를 드러냈다. 소복하게 솟아오른 젖무덤이 화면 안에서 아른거렸다. 휴대전화 안으로 손을 뻗어서 주무르고 싶을 만큼 탐스러운 모양새로 흘러내리는 가슴을 나는 홀린 듯 바라보았다.

"오밀희. 너 뭐 해?"

— 오빠가 먼저 보여 줬잖아.

"네가 샤워 가운 입고 전화했잖아."

— 오빠가 내 전화 기다릴까 봐. 씻고 나오자마자 전화한 거지.

말끝을 길게 늘이며 애교를 부리는 목소리가 사랑스러워서 미칠 지경이다. 대회고 나발이고 당장 한국행 비행기에 몸을 싣고 싶어진다. 그리고 아까 내 머릿속을 어지럽혔던 아이돌 나부랭이 따위는 이제 이름조차 기억나질 않는다.

"만지고 싶어."

— 어디?

"가슴."

그녀가 눈을 지그시 감았다가 뜨며 작은 손으로 가슴을 살짝 움켜잡았다. 그녀의 손으로 잡기에는 너무 컸다.

"아래부터 쓸어 올려서 빈틈없이 전부."

시키는 대로 하겠다는 듯이 그녀가 손을 움직이기 시작했다. 화면에 가슴 전부가 잡히지는 않아서 움직이는 모습을 상상할 수 있다는 점이 더 큰 자극이 되었다.

가슴 밑동을 보드랍게 쓸어 올려서 한 손으로 다 잡아 보려고 애를 쓰는 모습을 나는 입을 헤벌린 채로 바라보았다.

— 다 안 잡혀.

앓는 소리를 내듯 들뜬 목소리를 들으며 나는 속옷 안으로 손을 집어넣었다. 불끈불끈 솟아오른 페니스를 손바닥으로 가볍게 어루만지는데, 그녀가 속삭였다.

— 나도 만지고 싶어.

"뭘?"

— 아까 커진 애.

"어떻게?"

마른침이 꿀꺽 넘어갔다.

— 뿌리부터 천천히 쓸어 올릴 거야. 아프지 않을 만큼만 세게 쥐고 아래위로 쓰다듬어 줘야지.

그녀의 목소리에 따라 움직였다.

"엄지랑 검지로 가슴 끝을 살짝 꼬집어 봐."

— 으응.

신음하는 그녀의 얼굴이 발갛게 물들기 시작했다.

"손가락으로 살살 비벼 줄게. 벌써 딱딱해졌네."

— 흐으응.

갈증이 나는지 혀로 아랫입술을 축이는 모습이 사랑스럽다.

"목말라?"

— 아니, 키스하고 싶어.

수줍은 듯 얼굴을 붉히면서도 원하는 것을 가감 없이 내뱉는 그녀를 당장 품에 안고 싶었다.

"가슴 만지던 손으로 배를 쓸어내릴 거야. 가슴은 입으로

227

빨아 줄게. 손바닥을 넓게 펼쳐서 가랑이 사이를 덮었어. 손
가락 사이에 애액이 축축하게 묻어나네."

ー 하아.

눈을 지그시 감은 그녀는 남편이 읊조리는 대로 움직이는
듯 보였다.

"어때?"

ー 좋아. 으응.

"손가락 하나만 집어넣을게."

ー 으으응.

그녀가 미간을 살짝 찌푸렸다. 남편의 목소리에 귀를 기
울이며 가랑이 사이에 손가락을 묻고 있을 아내의 모습을 상
상하는 것만으로 사정감이 밀려들었다.

ー 나도 조금 더 빨리 만져 줄게.

그녀의 황홀한 목소리를 들으며 기둥을 훑는 손을 빠르게
움직였다.

"밀희야. 너 너무 예쁘다."

작은 휴대전화 화면 안에서 그녀는 가쁜 숨을 헐떡거리며
신음하고 있었다.

ー 오빠, 흐으응. 빨리 와서 안아 줘.

"하아, 밀희야. 얼른 갈게. 응?"

ー 흐으읏. 으응.

여리게 앓는 소리가 연신 울려 퍼졌다. 그녀가 본능적으

로 지껄이는 말은 흥분을 잔뜩 부추겼다.

ㅡ 허전해. 오빠가 들어오면 좋겠어.

"나도, 허전해. 우리 밀희 안고 싶어."

ㅡ 으으응. 아아!

그녀의 속눈썹이 파르르 떨리는 것을 바라보며 뽀얀 정액이 흩뿌려졌다.

"하아."

만족과 허무가 묘하게 공존하는 절정이었다. 그녀가 손등으로 입가를 가리며 천천히 눈을 떴다. 손가락 끝이 젖어서 반짝거리는 모습은 어김없이 자극적이다.

ㅡ 나 졸려.

"쉬어. 이따 훈련 중에 잠깐 짬 내서 전화할게."

그녀가 예쁘게 웃으며 고개를 끄덕거렸다.

ㅡ 베개에서 오빠 냄새난다. 베개 끌어안고 조금만 자야지.

평소 내가 베고 자는 베개를 끌어안은 그녀의 눈은 나른하게 풀려 있었다.

"잘 자."

ㅡ 응. 훈련 잘 해.

여느 때보다 더 야릇하고 애틋했던 영상 통화를 마치고 훈련장으로 향하기 위해 침대에서 몸을 일으켰다. 생경한 원동력이 몸과 마음을 이끌고 있었다.

우리는 틈이 날 때마다 야릇하고 애틋한 영상 통화를 즐겼다. 내가 오후 4시쯤 팀 훈련을 마치고 전화를 걸면, 그녀는 한국에서 밤 11시쯤 침대에 누워서 전화를 받았다. 훈련을 빨리 끝내야 하는 이유였다.

경기가 시작되고 나서도 마찬가지였다. 3주 동안 진행되는 경기에서 나는 매일같이 더욱 빨리 달리기 위해 애썼다. 그녀가 내 전화를 기다리고 있었기 때문이다.

내가 늦게 전화를 걸수록 그녀의 취침 시간이 늦어진다. PD로 일하는 그녀는 늘 잠이 부족한 사람이었다. 일이 많으면, 일이 많아서. 일이 없으면, 생각이 많아서. 잠에 쉬이 빠지지 못했다.

'결혼하고 나서 잠이 잘 와.'

그녀가 수줍게 웃으며 한 말이었다. 침대 위에서 기진맥진하게 만드는 남편이 있으니, 불면증 따위는 생길 새가 없었다. 그런 아내를 한국에 혼자 두고 왔다는 사실이 내내 신경이 쓰였다.

그러니 전화 통화가 늦어지는 것은 그녀의 수면 질 향상을 위해서 절대로 피해야 하는 일이었다. 잠을 충분히 자지 못하고 출근하면 일을 그르치기 마련이다.

나는 그녀가 수면 부족으로 인해 겪게 될 온갖 상황들을 떠올리며 걱정했다.

길에서 넘어지지는 않을까, 밥 먹고 소화가 잘되지 않으면 어쩌나, 잠에서 깨기 위해 커피를 달고 사는 건 아닌가, 물건을 떨어뜨려서 다치면 어쩌나, 종이에 손가락을 베면 아플 텐데……. 물가에 애를 내놓은 심정이라는 말이 딱 어울렸다.

– 오빠 이번에 신기록 세웠다고 난리더라!

작은 화면 속에서 작고 소중한 오밀희가 예쁘게 웃었다.

"어."

나는 오밀희 걱정을 달고 산 덕분에 매일 더 빠르게 페달을 밟았다. 그 결과 나는 예상치 못한 신기록을 수립해 나가고 있었다. 명실상부, 올 라운드 스프린터라는 말이 매스컴을 도배했다.

– 어쩜 그렇게 잘해? 누구 남편이야?

호들갑을 떠는 모습도 사랑스러워서 미칠 것 같다. 내일 샹젤리제 거리로 들어서면서 이상한 실수만 하지 않는다면 이변 없이 통합 우승 트로피를 거머쥘 것이다.

"오밀희 남편이지. 오늘 촬영 잘 했어?"

– 잘 했지. 근데 촬영장에서 아주 난리야. 계속 오빠 얘기만 해서 내가 민망해 죽겠다니까? 오죽하면 공무진 언급 금지를 내렸겠어. 내가?

"실망이네. 남편 얘기를 못 하게 한단 말이야?"

231

－ 다들 오빠 경기 영상 찾아보고 난린데, 나는 지금 쓰레기 상태여서 오빠 경기가 눈에 안 들어온단 말이야.

"쓰레기 상태?"

시무룩한 표정을 짓고 있는 아내의 볼이 발갛게 물들기 시작한다.

－ 오빠가 페달 밟을 때마다……. 막, 허벅지랑 장딴지가 막! 나 번쩍 안고 결혼식에서 '이러려고, 자전거 탔다!' 그랬던 것도 생각나고……. 또…….

"또 뭐?"

－ 머릿속이 한창때 남자애들 윈도우 휴지통이 된 것 같아. 온갖 야한 게 막…….

어쩜 이렇게 가감 없이 솔직하면서 예쁠 수가 있는 건지, 웃음이 실실 새어 나왔다.

－ 그래서 너무 보고 싶다고. 오빠 언제 오지? 내가 공항으로 마중 갈게.

"촬영은 어쩌고?"

－ 그 정도 시간은 뺄 수 있어.

"나도 얼른 보고 싶다. 내일 경기 마무리하고, 사흘 뒤에 출발할 거야. 주요 스폰서 참석하는 갈라(gala: 대연회)는 가야 해서."

그녀가 눈이 다 접히도록 싱긋 웃었다.

－ 이제 며칠만 있으면 볼 수 있는 거네? 끝까지 마무리 잘 하고

232

와. 다치지 않게 조심하고.

"응."

내가 그녀의 일상을 걱정하는 것처럼 그녀는 나의 부상을 염려했다. 요란하게 걱정하는 티를 내지는 않았다. 부상 상황을 아예 떠올리고 싶지도 않은 눈치이기도 했다. 부정 탈까 봐 말을 아끼는 모습은 더욱 간절해 보여서 애틋하게 다가왔다.

– 내년에는 경기 마무리할 때쯤 내가 꼭 같이 있어 줄게.

보통 선수들은 시상식, 갈라 등의 행사에 가족이나 연인과 함께한다. 그런 장소에서 그녀와 함께하고 싶은 것은 나도 마찬가지다.

하지만 나는 트로피처럼 내 옆에 서서 웃고 있는 여자보다, 자신의 인생을 위해서 최선을 다하는 오밀희가 더 간절하고, 소중하고, 존경스럽다.

자전거는 균형을 잃으면 넘어지기에 십상이다. 혼자만의 삶도 그러하지만, 평생의 관계를 맺은 부부 사이에서는 그 균형이 더욱 중요하다. 그녀가 나를 위해 자신의 삶 일부를 희생하는 것을 원치 않는다.

로드 사이클리스트로서 그리고 프로 선수 은퇴 후의 삶을 그려 나가는 나처럼 PD로서의 삶을 살아가는 그녀의 삶도 존중받아야 마땅하다.

그런데······.

존중은 존중이고. 이건 또 뭐지?

우승 트로피를 거머쥐고 내려와서 그녀와 전화 통화를 위해 대기 중이었다.

그녀는 촬영 중 중요한 일이 생겨서 긴급회의 중이라며, 30분 후에 통화하자는 메시지를 보내왔다. 우승을 축하한다는 짤막한 인사도 함께였다.

바쁘네, 오밀희.

샹젤리제 거리가 내려다보이는 숙소였다. 과거 프랑스 왕실에 향수를 납품했다는 집안에서 소유했었다는 건물의 1층에는 향수 전문 매장이 있었고, 2층과 3층에는 고급 주거 공간이 자리했다. 파리를 방문하는 브랜드 앰버서더에게 제공되는 특별한 숙소였다.

업체에서는 우승을 축하한다며, 나와 아내를 위한 특별 향수를 제작해 주었다. 귤꽃에 스치는 바닷바람을 연상케 하는 향이라고 했다. 부부가 귤 향을 좋아한다는 기사를 보고 프랑스 최고의 조향사가 블렌딩 한 향수라고.

실내에 풍기는 풋풋한 향기를 맡으며 그녀의 전화를 기다렸다. 만인의 환호를 받으며 트로피를 거머쥔 후에 이곳 숙소로 이동했다.

인파를 벗어난 나는 오롯이 혼자였다. 오직 아내의 목소리를 듣기 위해 기다리는 남편일 뿐이었다.

회의가 길어지는 건지, 40분이 지나도록 그녀에게선 연락이 없었다. 한국에서는 무슨 일이 일어나고 있나, 궁금해서 포털에 접속했다. 당연히 투르 드 프랑스와 관련한 기사도 올라와 있을 것이다.

실시간 검색어 1위에 '공무진 우승'과 '아이돌 K 열애'가 번갈아 오르고 있었다. 내 기사는 어차피 예상되는 내용이다. 나는 홀린 듯 아이돌 K 열애 기사를 클릭했다.

『아이돌 K가 열애설에 휩싸였다. 본보에서는 내일 저녁 아이돌 K의 열애 상대에 관한 특집 기사를 내보낼 예정이다. 그녀는 모 방송사 직원으로 현재 아이돌 K와 함께 프로그램을 촬영 중이다. 연예인뿐만 아니라 운동선수, 탐험가 등의 유명 인사를 주인공으로 찍은 버라이어티 프로그램으로 유명한 그녀의 정체를 확인한 기자는 충격에 휩싸였다. 그녀는 아이돌 K 군보다 연상으로 국내 최고의 대학을 졸업한 뒤 공중파 방송사에서 근무하다가…….』

나는 느른하게 앉아 있던 소파에서 벌떡 몸을 일으켰다.
갈라고 나발이고, 당장 한국행 비행기에 올라야 한다!

오밀희는 갑자기 수습해야 할 일이 생겼다며 연달아 메시지를 보내왔다.

[오빠, 진짜 진짜 미안해. 내가 얼른 수습하고 전화할게.]

[오빠 왜 답이 없어?]

[갈라 갔어? 우승 진짜 축하해! 한국 오면 우리 둘이 파티 하자!]

나는 갈라 끝나고 연락하겠다는 메시지를 남기고는 샤를 드골발 인천행 비행기에 탑승했다. 사상 최고 기록으로 통합 우승 자리에 올랐으니, 선수로서 책임은 다한 것이다.

주요 스폰서가 참석하는 갈라에 가면 좋은 거고, 안 간다고 해서 욕할 사람은 에이전트뿐이다. 그마저도 막내 이모 한테 '저 새끼 진짜 성격하고는!' 하는 잔소리 한번 들으면 그만이다.

나에게 지금은 오밀희를 사수하는 일이 더 중요하다.

인천에 착륙하자마자 제일 먼저 비행기에서 내렸다. 공항에서의 기자 회견 따위 없었다. 왜냐하면, 나의 귀국 소식을 아는 기자가 없을 테니까.

한국에 도착하자마자 휴대전화 전원을 켰더니, 문자메시지가 여러 개 들어와 있다.

[오빠, 갈라 잘 끝났어? 바쁜가 보다. 나도 정신이 하나도 없네. 집에 와서 잠깐 눈 붙이고, 다시 출근해. 전화할 수 있을 때 해 줘. 이제 내일이면 한국 오는 건가? 너무 보고 싶다.]

내일은 무슨? 오늘 왔다!

[어디야?]

그녀에게조차 귀국 소식을 알리지 않았다. 그럴 정신머리
도 없었다.

[나 지금 청담동 스튜디오. 포스터 촬영 중.]

청담동 스튜디오를 이 잡듯이 뒤질 수는 없으니, 한 PD에
게 전화를 걸었다. 두 눈으로 확인하고 싶은 욕구가 용솟음
쳤다. 오밀희는 절대 그럴 리 없다. 나는 내 아내를 무한히
신뢰한다. 그러니까 현장에서 내가 족치고 싶은 놈은 오로
지 아이돌 K라는 새끼다.

오늘 저녁이면 언론사에서 아이돌 K와 그녀의 열애 특집
기사가 실릴 예정이다.

대체 어떤 기자 새끼가 겁도 없이?

나는 인맥을 총동원해서 해당 기자를 수소문해 보았다.
연예계의 온갖 가십은 다 쫓고 다니는 질 나쁜 부류였다. 전
형적인 황색 언론의 쓰레기 기자였다.

이가 바드득 갈렸다. 감히 내 아내를 도마 위에 올렸다는
사실 하나만으로 그 기자 놈을 아스팔트 위에 깔아 놓고 모

가지를 자전거 바퀴로 골백번 뭉개고 싶었다.

　─ 여어, 공무진 선수!

　한 PD가 반가운 목소리로 전화를 받았다.

　"오밀희 PD 지금 어딨습니까?"

　살기등등한 목소리가 흘러나왔다.

　─ 어딥니까? 목소리가 왜 그래?

　"오 PD 지금 어딨냐고요."

　내 목소리가 심상치 않다고 느꼈는지 한 PD는 순순히 오밀희가 촬영에 임하고 있다는 청담동 스튜디오 주소를 알려주었다.

　─ 한국이야? 내일 귀국이라고 들었는데?

　"오 PD한테는 말하지 마세요."

　눈치 빠른 한 PD가 이상한 낌새를 알아차렸는지 스산하게 웃는다.

　─ 지금 스튜디오로 가려고?

　누구 하나 죽이러 가냐는 물음처럼 들렸다.

　"네."

　나는 딱 한 놈만 죽이겠다고 대답했다.

　─ 살살해라. 이미지를 생각해야지.

　한 PD가 싱그럽게 웃으며 나를 타이르고는 전화를 끊었다.

　인천공항에서 올라탄 모범택시는 딱 50분 만에 나를 청담동 스튜디오 앞에 내려 주었다. 1층 필로티 주차장에는 철수 중인 스태프들이 삼삼오오 모여 있었다.

나는 몇몇 낯익은 스태프들에게 묵례하며 안으로 들어섰다.

"어? 공무진 선수? 오 PD님 보러 오셨어요?"

"네, 제 아내는 어디 있습니까?"

나는 최대한 다정한 남편의 목소리를 내며 물었다.

"아직 스튜디오 안에 있어요. 들어가 보세요."

나와 함께 버라이어티 프로그램을 촬영했던 스태프들은 하나같이 친절한 얼굴로 나에게 인사를 건네주었다. 그렇기에 스튜디오 입성을 어려운 일이 아니었다.

나는 마치 공성전을 하는 기사라도 된 심정으로 비장하게 스튜디오 안으로 들어섰다.

"PD님, 제발요. 부탁드릴게요! 네? 저녁 식사 한 번만 같이해요. 네?"

어디선가 애원하는 목소리가 들려왔다. 나는 스산한 눈빛으로 목소리가 들려온 쪽을 응시했다.

"지금 당장 확답을 줄 수는 없어요. 미안해요. 내가 봐서……."

거절이 아니었다. 오밀희는 문제의 아이돌 K 놈에게 '봐서'라고 말하고 있었다. 순간 현기증이 이는 듯했다.

"어? 공무진 선수다! 내일 귀국한다고 기사 났던데? 오

PD 보려고 왔어요?"

손뼉을 착착 치며 호들갑을 떠는 사람은 박 작가였다. 나
는 자상한 미소를 머금으며 박 작가에게 인사했다.

"안녕하셨어요, 작가님! 오랜만에 뵙네요. 결혼식 후로 처
음이죠. 잘 지내셨어요? 제가 좀 일찍 왔어요."

"뭐야? 서프라이즈야?"

박 작가의 오홍홍홍, 하는 가벼운 웃음소리가 스튜디오를
왕왕 울리는 순간, 그녀와 눈이 마주쳤다.

왜 얼굴이 하얗게 질리는 겁니까, 오밀희 양?

나는 턱 끝을 살짝 들어 올린 채로 근사한 미소를 머금으
며 아내를 향해 걸었다. 얼어붙은 아내의 시선과 아이돌 K
의 놀란 눈이 나를 향해 있었다.

"어, 어떻게⋯⋯."

아내가 말끝을 흐리며 물었다.

"보고 싶어서⋯⋯."

"먼저 연락하지 그랬어요."

그녀가 난데없이 말끝을 올린다. 주변에 보는 눈이 많아
서 긴장한 모양이다.

"아! 안녕하세요, 공무진 선수님!"

내내 지켜보기만 하던 아이돌 K, 활동명이 가진이었나,
가준이었나⋯⋯. 하는 놈팡이가 감히 오밀희의 앞을 가로막
고 서서 나에게 악수를 청했다.

이 새끼는 인간이 아니라 고양이인가? 목숨이 아홉 개쯤 되나 봐?

오냐, 아홉 번 죽여 주마!

나는 허여멀건 놈이 내민 손을 꽉 움켜잡았다.

첫 번째는 손을 으스러뜨려서 죽여 버려야지!

"너무 뵙고 싶었어요. 어떤 분인지 정말 궁금했는데…… 이렇게 뵙게 되어서 영광입니다."

그런데 놈은 내 손을 두 손으로 움켜잡은 채 아래위로 흔들며 호들갑을 떨어 댔다.

왜? 오밀희 남편이 어떤 남자인지 궁금했냐?

"네, 저도 기사로 많이 봤습니다. 반갑습니다."

열애설까지 날 정도로 수작을 부린 너의 행태를 다 지켜봤다는 의미였다.

"저 안 그래도 공무진 선수님께 긴히 드릴 말씀이 있……."

나는 어금니가 바드득 갈리는 것을 느끼며 평정을 유지하기 위해 애썼다.

"오빠, 얼른 집에 가자. 나 피곤해. 지금 이틀 동안 잠도 거의 못 잤어. 응?"

그런데 오밀희가 어서 집에 가자며 가진인지 가준인지 하는 놈의 말을 막아섰다.

그녀에게 시선을 돌리자, 퀭한 얼굴이 눈에 들어온다. 한숨이 훅 불거져 나왔다. 스캔들이고 나발이고, 오밀희의 건

241

강이 나에게는 최우선이다.

"그래, 집에 가자."

나는 놈의 앞에서 아내의 어깨를 보란 듯이 당겨 안았다.

"기준 씨도 조심히 가요."

아, 놈의 이름은 가진도, 가준도 아닌 기준이었다. 기준은 시무룩해진 눈으로 나와 그녀를 번갈아 보았다.

"저희 촬영 다 끝난 건데…… 다시 뵐 수 있는 거죠?"

겁도 없는 질문이 흘러나왔다.

"그건 내가 봐서……."

그리고 그녀에게선 이해할 수 없는 대답이 이어졌다.

"피곤하다며? 얼른 갈까?"

"응. 오빠 근데 어떻게 왔어? 경기 끝나자마자 바로 출발한 거야? 갈라는?"

"보고 싶어서 빨리 왔어."

보통 아는 사람이 많은 곳에서의 스킨십은 자제하려고 노력했었다. 지난번 공항에서의 '염병 첨병'은 특수한 상황이었고……. 또 따지고 보면 지금도 특수하기는 마찬가지다. 나는 그녀의 동그란 이마와 앞머리에 연이어 입을 맞추었다.

"어휴, 우리 오 PD 녹겠다, 녹겠어! 얼른 퇴근해!"

지나가던 박 작가가 까르륵 까르륵 웃어 댔다.

"갈까?"

"응."

나는 아이돌 기준을 병풍으로 만들어 버린 후에 돌아섰다. 마음 같아서는 죽방을 한 대 날려 주고 싶었지만, 일단 사회적 명예와 지위를 가진 교양인으로서 사실관계 파악이 우선이다.

그녀와 함께 일하는 조연출이 불러 준 모범택시를 타고 집으로 향했다. 한 달 반 전에 집을 떠날 때와 달라진 거라고는 현관 앞을 장식한 꽃이 바뀌었다는 것뿐이었다.

"오빠 밥은? 나는 촬영장에서 점심을 늦게 먹어서 밥 생각은 아직 없는데. 오늘 아주머니 안 오시는 날이라, 먹을 거면 뭐 시켜 먹는 게. 꺄악!"

부엌으로 향하려는 아내의 몸을 와락 당겨 안았다.

"밥은 안 먹고 싶어. 다른 게 먹고 싶지."

아내가 금세 내 목덜미에 가느다란 팔을 두르고는 예쁘게 웃는다.

그 아이돌 새끼는 대체 뭐냐고 묻고 싶었는데, 집에 들어서고 나니 사나운 욕구가 무섭게 일어났다. 무려 한 달 반이다.

한창 서로에게 미쳐 있어야 할 신혼부부가 한 달 반을 떨어져 지냈으니, 물불 못 가릴 만도 하지 않은가?

나는 서슴없이 그녀의 반팔 셔츠 단추를 풀어 내렸다.

"스튜디오에서어, 땀을 많이 흘려서어."

그녀가 어깨를 움츠리고 상체를 비비 꼬며 피하려고 애썼지만, 이미 독 안에 든 쥐나 다름없었다. 짭조름한 목 안쪽 살에 입술을 묻었다. 혀로 살짝 핥았을 뿐인데, 머릿속이 하얗게 세는 것처럼 짜릿한 기분이 든다.

"흐으응."

그녀도 오랜만이라서 그런지 평소보다 훨씬 흥분한 상태였다.

"잠깐만. 일단 씻고."

"응. 씻을 거야."

셔츠를 다 벗긴 뒤에 마른 등을 한쪽 팔로 감싸 안고는 내 티셔츠도 벗어 던졌다. 마른 어깨를 자꾸만 움츠리는 탓에 오동통한 가슴이 하얀색 브래지어 위로 먹음직스럽게 솟아올랐다. 부드러운 생크림 위에 입술을 파묻듯이 가슴 위에 얼굴을 묻었다.

"흐음."

깊게 숨을 들이마시자 정신이 아득해진다. 세상이 오롯이 오밀희로 취하는 듯한 기분은 언제나처럼 황홀하다. 내가 한 발짝 걸음을 떼며 밀어붙일 때마다, 그녀는 한 발짝 뒤로 물러섰다. 그렇게 부부 욕실에 다다른 우리는 옷을 채 다 벗을 새도 없이 샤워기 아래에 섰다.

"앗! 차가워!"

차가운 물이 머리 위에서 떨어지자 그녀가 몸을 바르르 떨며 단단한 가슴팍에 뺨을 묻었다. 품을 파고드는 아내의 몸짓이 좋아서 미쳐 버릴 것만 같다.

"오밀희. 나 얼마만큼 보고 싶었어?"

"많이. 죽을 만큼. 나 사실 밤마다 찔끔찔끔 울었다? 전화 끊고 나서?"

그녀와 나의 전화 통화는 언젠가부터 야릇한 분위기를 탔었다. 우리는 서로의 몸을 탐하지 못해서 미친 인간들처럼 눈을 벌겋게 물들이고 영상 통화에 임했었다. 야하디야한 신혼부부의 폰 섹스를 마치고, 남편인 나는 곧장 저녁 훈련 혹은 근육 마사지를 받았다.

그런데 그녀는 홀로 침대에 누워서 눈물을 찍어 냈단다.

어휴, 안쓰럽고, 사랑스럽고, 사람 미치게 하는 오밀희.

"아이구. 왜 울고 그랬어."

서러운 기억이 되살아나는지 아내의 눈초리가 붉어지기 시작했다. 나는 눈물을 머금고 있는 어여쁜 눈가에 입을 맞추며 그녀의 옷을 마저 벗겨 버렸다.

"나는 오빠 진짜 응원하는데, 내 일도 열심히 하는데. 혼자서 침대 위에 오빠 베개 끌어안고 있으면, 뭔가 너무 서럽고, 괜히 내가 처량하고…… 그 와중에 너무 보고 싶고 애틋한데…… 막 또 하고 싶고. 내가 진짜 외로운 변태처럼 느껴졌어."

울음을 터뜨리는 그녀를 내려다보며 나는 박장대소하지 않으려고 어금니를 꽉 깨물어야만 했다.

"그랬구나."

나는 어금니를 사리문 채로 중얼거렸다. 웃음을 참는 목소리로 중얼거렸는데, 그녀는 내가 울고 있다고 생각했는지 흠칫 놀라서 고개를 쳐들었다.

"오빠도 울어? 나랑 많이 하고 싶었구나!"

나의 사랑스러운 아내 오밀희는 그렇게 섹스를 하고 싶었냐며 오열했다. 나는 웃음이 와르륵 터져 나올 것만 같아서 그녀의 입술을 얼른 머금었다. 진득하게 젖은 입안을 달콤하게 흡입하는 것만으로 그간의 불안이 사라지고, 허기가 채워지며, 사랑이 충만해졌다.

말랑말랑한 속살을 혀로 훑고, 입술을 쭉 빨아 당기기도 하고, 혀를 얽고 거칠게 비볐다. 그녀는 어떻게든 남편의 입안을 제 혀로 헤집으려고 안간힘을 써 댔다.

"으응."

서로의 입술을 점령한 채로 대충 샴푸 칠을 하고, 비누 칠을 해 댔다. 거품기가 사라지기 무섭게 대형 배스 타월로 뒤엉킨 몸을 휘감고는 침실로 향했다.

"하아!"

침대 위로 두 사람의 몸이 쓰러지자마자, 그녀가 탄성을 내질렀다. 가지런히 정리되어 있던 연회색 면 이불이 물기에 젖어서 얼룩덜룩해지기 시작했다.

"오빠, 흐으웃."

젖은 가슴을 손으로 움켜잡았을 뿐인데 그녀는 절정에라
도 오른 것처럼 신음했다.

"아아, 밀희야."

서슴없이 손을 뻗은 그녀가 단단하게 올라붙은 페니스를
부드럽게 움켜잡고는 그녀의 가랑이 사이로 이끌었다. 습관
처럼 침대 옆 협탁 서랍으로 손을 뻗었다. 서랍 안이 텅 비
어 있었다.

"오빠 오기 전에 주문하려고 했는데, 깜빡했다!"

그녀가 망연한 눈으로 텅 빈 서랍을 바라보았다. 콘돔이
하나도 없었다.

"집에 하나도 없나? 욕실이랑 거실도 찾아볼게. 잠깐만."

한계까지 부풀어 오른 물건 때문에 가랑이가 당겨서 걸음
걸이가 이상할 정도였다. 거실 테이블 아래 놓인 라탄 바구
니, 욕실장 안에도 콘돔은 남아 있지 않았다. 나는 빠른 걸
음으로 침실로 향했다.

"내가 나가서 사 올게."

드레스룸으로 들어가려는 나를 그녀가 붙들어 세웠다. 작
은 손이 팔뚝을 살짝 움켜잡고 있었다.

"그냥, 하자."

뺨을 붉힌 채로 올려다보는 그녀의 눈동자 안에서 오로라
빛 바람이 부는 듯했다.

"응?"

나는 그녀의 아름다움에 매료되어서 멍하니 내려다보며
물었다.

"그냥, 하자고……. 우리 그래도 되잖아."

그녀를 향해 돌아서서, 잘게 떨리는 어깨를 부드럽게 잡
았다.

"밀희야. 너 그게 무슨 뜻인지 알아?"

고개를 끄덕거리는 그녀는 이제 목덜미까지 붉다. 소복하
게 솟아오른 가슴도 붉기는 마찬가지였다. 온몸을 붉게 물
들이며 유혹적인 눈빛을 빛내는 아내는 한입에 집어삼키고
싶은 충동이 일 정도로 사랑스럽다.

"우리 둘만 살기엔 집이 너무 넓잖아."

수줍게 덧붙이는 아내의 목소리를 들으며 부드러운 몸을
끌어안았다.

침대에 아내를 눕히고 그 위에 몸을 천천히 겹쳤다.

"흐으읏."

젖은 살점 사이로 뻣뻣하게 일어선 물건이 빨려들어 갔
다. 콘돔 없는 관계는 이제껏 느껴 보지 못한 감각을 선사했
다. 그녀의 내밀한 공간을 오롯이 꿰뚫고 들어가 있다는 것
만으로 머릿속에서 무수한 별이 쏟아지는 것만 같았다.

"하아."

한숨을 몰아쉬며 몸을 끝까지 밀어 넣었다.

"흐으으."

그녀가 억눌린 신음을 내뱉으며 너른 어깨를 작은 손으로 연신 어루만졌다.

"밀희야."

아내의 이름을 읊조리는 목소리가 산산이 부서질 것처럼 위태롭게 흘러나왔다.

"으응."

대답하는 그녀의 속살이 갑자기 왈칵 조여들었다. 흥분을 감추지 못하고 시시각각 달아오르는 아내의 모습은 사람을 미치게 만들기 딱 좋았다.

"오빠 미치겠다."

그녀의 목덜미에 더운 숨이 올올이 박힌 말을 쏟아 내며 허리를 움직였다. 몸을 쭉 잡아 빼자 맨살 위로 그녀의 내벽이 빈틈없이 달라붙었다. 슬슬 잡아 뺐을 뿐인데 생생한 압박감에 호흡이 마구잡이로 흐트러졌다.

"하아."

숨을 깊게 몰아쉬며 단숨에 딸려 나온 살점을 밀어 넣듯이 몸을 박았다.

"아흐읏."

목을 젖히며 신음하는 아내의 모습을 단 한 순간도 놓치고 싶지 않았다. 젖은 이마와 발그레한 두 뺨, 땀이 송골송골 맺힌 콧잔등과 입술 언저리에 쉴 새 없이 입을 맞추며, 몸을 들락거렸다.

"하으윽. 오빠. 으응. 아아! 너무 좋아!"

결혼하고 나서 이렇게 오래 떨어져 있던 적이 없었다. 아니, 다시 만난 후로 떨어져 지낸 적이 없었다는 게 맞는 말이다.

그녀가 지방 촬영을 나가기라도 하면, 내가 촬영지까지 따라가서 만났고, 훈련이 늦게 끝나더라도 아내가 살던 오피스텔로 찾아가 작은 몸을 부둥켜안고 잠이 들었었다.

"오빠아⋯⋯."

말끝을 늘어뜨리며, 신음 섞인 목소리로 부르짖는 목소리에 머릿속에 녹아내렸다. 어떤 생각을 떠올리려는 노력조차 사치였다.

품에 안은 여자의 살냄새, 말랑말랑하게 젖은 피부의 감각, 작은 손으로 절박하게 어루만지는 느낌, 여린 듯 날카로운 흥분이 담긴 목소리와 거대하게 부푼 물건을 조이며 꼼짝 못 하게 만드는 압박감까지. 이 세상의 것이 아닌 듯 황홀하고 아름다웠다.

허리 아래가 저릿저릿했다. 이미 깊숙이 몸을 묻고 있는데도 더 깊게 파고들고 싶어서 조바심이 났다. 작은 몸을 완전히 헤집고 싶은 열망에 상체를 일으키고 앉아서 새하얀 허벅지 아래를 밀어 올렸다.

"흐으으. 아아!"

흐느적거리는 다리를 어깨에 걸치고는 사납게 치받았다.

가슴이 둥그런 원을 그리며 출렁거리는 모습을 내려다보며, 무릎을 끌어안았다. 치받을 때마다 밀려 올라가는 몸을 결박하자, 몽롱한 눈빛을 한 그녀가 상체를 한껏 비틀었다.

열기를 감당하지 못하고 버둥거리면서도 안을 왈칵왈칵 조이는 그녀 때문에 심장이 터질 듯이 뛰어 댔다.

"밀희야……."

세상에서 가장 달콤한 언어를 배운 사람처럼 그녀의 이름을 읊조렸다.

"으응, 자기야."

침대 위에서만 여러 애칭으로 남편을 부르는 아내는 말로다 할 수 없을 정도로 사랑스러웠다.

"으응, 얼른 줘. 으응. 얼른……."

골반을 들썩거리며 아내가 애원하기 시작했다.

"으응, 뭘."

다정하게 되묻자 아내가 쾌락으로 달뜬 눈으로 올려다보았다.

"죽을 것, 같아. 얼른……. 응?"

섹스 중에 힘이 부칠 때면 자극적인 말로 사정을 유도하는 그녀였다.

"안에, 줘. 응?"

내내 콘돔을 사용해 왔기에 아내의 몸 안쪽에 정액을 흩뿌렸던 적은 없었다. 그걸 노리고 아내가 야릇하게 속삭이고 있었다.

오밀희, 여우 짓이 계속 늘지.

꼭 끌어안고 있던 다리를 불시에 확 벌리며 상체를 숙였다.

"아으윽."

신음과 함께 단단한 몸을 끌어안는 그녀의 전신이 바들바들 떨렸다. 안이 왈칵왈칵 조이는 속도가 조금씩 빨라지기 시작했다.

"아직, 아니야."

"흐으윽. 오빠. 아아!"

가느다란 몸을 꽉 끌어안았다. 단단한 몸에 눌려서 뭉그러지는 가슴이 선연하게 느껴졌다. 가랑이 사이가 더없이 뜨거웠다. 몸피를 끊어 낼 듯이 조였다가 풀어지는 감각에 언어조차 잃은 듯했다.

입에서 연신 흘러나오는 말이라고는 그녀의 이름뿐이었다.

"하아, 밀희야……. 밀희야."

아내의 이름을 부르짖으며 길고 긴 파정을 맞았다.

"으읏. 오빠……. 사랑해."

밀어를 속삭이는 아내의 목소리에는 다정한 울음기가 가득했다.

"나도 사랑해."

부드럽고 따뜻한 아내의 몸을 끌어안은 채 눈을 감았다. 집을 떠나 있는 동안 나름 잘 잤다고 생각했었는데, 그게 아니었는지 금세 수마가 밀려들었다. 아주 오랜만에 곤히 잠들려는 순간, 내가 있어야 할 곳은 그녀의 곁이라는 사실이 새삼 상기되었다.

"자면서 웃네."

그녀가 작은 손으로 뺨을 어루만지며 중얼거렸다. 입술 위로 마른 입술이 스치듯 닿았다가 야속하게 떨어져 나갔다. 가만히 입술만 내밀자, 품에 안긴 몸이 경쾌하게 떨린다.

웃음기를 머금은 아내를 더욱 꼭 끌어안았다.

"이제 촬영은 다 끝난 거야?"

"응, 이제 그 프로그램은 완전히 끝났어."

듣던 중 반가운 소리다. 거실 좌탁에 나란히 앉은 우리는 그녀가 지난 시즌에 마무리한 프로그램을 보는 중이었다. 좌탁 위에는 막 배달된 떡볶이와 순대, 어묵탕과 모듬튀김이 자리했다.

오후 3시쯤 집에 들어왔는데, 밤 9시가 넘어서야 침대를 벗어날 수 있었다. 섹스 하다가 잠들었다가 다시 섹스 하다

가. 배고파서 죽겠다는 아내의 울부짖음에 배달 어플로 분식을 주문하고는 또 몸을 섞었다.

아내의 앞 접시 위에 삶은 달걀을 올리고 포크로 꾹꾹 눌러서 부순 뒤 떡볶이 국물을 잔뜩 부어 주었다.

"겨우 먹고 싶은 게 떡볶이야?"

배가 고파 죽겠다던 그녀가 먹고 싶다고 노래를 부른 것은 떡볶이였다. 그것도 삶은 달걀을 떡볶이 국물에 잔뜩 적셔서 먹고 싶었단다.

"오빠가 외국 갔다 오면 한국 떡볶이 먹고 싶다고 했었다며?"

"내가? 언제?"

그런 인터뷰를 언제 했었는지 기억조차 나지 않았다.

"먹고 싶은 건 나한테 물어봐야지. 살아 있는 남편을 옆에 두고, 또 인터뷰 보고 덕질 하는 거야?"

내 질문에 아내가 어이없다는 듯이 웃는다.

"아까 뭐 먹고 싶냐고 물어봤더니, 오빠 계속 아무거나라고 대답하면서 뽀뽀만 했잖아."

"사실 먹고 싶은 거 있었어."

"뭐?"

"오밀희."

못 말린다며 팔뚝을 아프지 않게 때리는 아내의 눈동자에 장난기가 가득하다.

"근데 떡볶이 인터뷰는 기억 안 나나 봐?"

"응. 그때는 떡볶이가 되게 먹고 싶었나 보지. 사람이 어떻게 매번 같은 음식이 먹고 싶겠어? 그때그때 먹고 싶은 게 달라지지. 그래도 오밀희는 맨날 먹고 싶어."

"어우, 진짜!"

이번엔 팔뚝을 좀 아프게 때려서 죽는시늉을 해 보았다.

"안 아픈 거 다 알아. 그리고 오빠가 맨날 떡볶이만 먹고 싶다고 했다던데? 인터뷰마다? 그래서 그게 무슨 신호인 줄 알았대. 여자 친구한테 떡볶이집에서 만나자는 건가, 하는 신호일지도 모른다고 생각한 사람이 있더라? 나는 모르는 얘기라고 했지."

"누가 그런 개소리를 해? 나한테 여자 친구가 너 말고 누가 있었다고?"

감히 오밀희를 혼란케 하는 소리를 지껄인 사람이 누군지 궁금해진다.

"기준이가."

"누가?"

나는 대번에 알아듣지 못하고 되물었다.

"아까 오빠 스튜디오에 왔을 때, 내 앞에 서 있던 아이돌."

갑자기 떡볶이 맛이 확 달아난다. 나는 탁 소리가 나도록 젓가락을 내려놓고는 그녀의 옆얼굴을 바라보았다. TV에서는 아이돌 무리가 헤드폰을 쓰고 퀴즈를 맞히느라 소리를 고래고래 지르고 있었다.

"그 새끼는 무슨 의도로 너한테 그런 말을 하는데? 그리고 걔 왜 자꾸 너한테 밥 먹자고 해?"

"나한테 밥 먹자고 하는 거 아니야."

그녀가 떡볶이 국물에 적신 삶은 달걀을 숟가락으로 퍼서 입에 한가득 넣고는 '으음' 하며 만족스러운 소리를 낸다.

나는 그 소리에 또다시 반쯤 고개를 든 페니스를 내려다보았다.

너는 좀 가만히 있어라.

맛있다고 앓는 소리에도 발기하는 걸 보니, 신혼은 신혼이다.

"너한테 밥 먹자고 한 게 아니면, 누구한테 한 소린데?"

"오빠한테."

"뭐?"

나는 외계어라도 들은 것처럼 되물었다.

"오빠 찐팬이었대. 어릴 때부터 로드 사이클리스트가 되고 싶었다나 봐. 그래서 오빠 경기 영상도 외울 정도로 보고. 어디서 오빠가 검은색 트레이닝 복만 입고 다녔다는 소리를 들었나 보지? 옷이 다 검은색 트레이닝 복이야. 웃기지? 오빠가 향수 좋아한다는 인터뷰도 했었어? 걔 오빠가 가지고 있다는 향수는 다 사 모았대. 오빠가 앰버서더로 있는 향수 회사, 거기 화보 찍고 싶어서 맨날 매니저 들들 볶는다고 하더라?"

갑자기 마음이 확 풀어지는 모습을 보이면, 내가 너무 우습겠지?

"그랬어?"

우습거나, 말거나. 웃음기 가득한 되물음이 흘러나왔다.

"응. 걔가 오빠랑 밥 한 끼만 먹게 해 달라고. 약속 좀 잡아 달라고 계속 조르는 거야. 근데 오빠 그런 거 안 좋아하잖아. 그리고 이런 부탁 있을 때마다, 자리를 마련하는 것도 말도 안 되고. 그래서 내가 계속 거절했거든. 근데 얘가 꽤 집요하더라고. 그 근성으로 아이돌 연습 기간 버틴 건가 봐."

"로드 사이클리스트 되고 싶다던 놈이 왜 아이돌이 됐대?"

"결정적으로 자전거를 못 탄대."

"기준이가? 걔 자전거가 취미라던데."

나는 어느새 '기준'이라는 이름을 가진 아이돌과 내적 친밀감을 쌓고 있었다. 그 아이의 관심 대상이 오밀희가 아니라는 사실 하나로 선량한 인간의 카테고리에 집어넣어 주기까지 했다.

"오빠가 그걸 어떻게 알아? 오빠도 기준이 팬이야?"

"아니. 네가 담당하는 프로그램에 출연하는 아이돌이니까, 나도 찾아봤지."

입은 비뚤어져도 말은 바로 해야 한다. 오밀희한테 찝쩍거리는 것 같아서 뒷조사를 해 본 거지.

그녀는 감동했다는 눈빛으로 나를 바라보았다. 그러고는 오빠가 너무 좋다며 내 몸을 끌어안고 부르르 떤다.

아, 떡볶이 먹지 말고, 그냥 여기서 오밀희 잡아먹을까?

"자전거를 타기는 하는데, 선수가 될 실력은 아니었대. 그러다 학교 앞에서 캐스팅당했는데, 아이돌로 유명해지면 공무진 선수 만날 수 있을 것 같아서 열심히 했대."

그녀는 조잘거리며 아이돌 기준에 관한 정보를 늘어놓았다.

"애가 참 착실하기는 해."

"그럼, 밥 한번 먹자고 해."

"근데 오빠한테 약간 광적인 느낌이랄까?"

"광적인 느낌?"

"그냥 공무진한테 미친 사람을 보는 것 같아."

그렇게 말하고는 그녀가 기분이 별로 좋지 않다는 듯이 미간을 찡그렸다.

"자꾸 나하고 경쟁하려고 한다? 자기가 나보다 오빠에 대해 잘 안다고 떠들어. 그게 말이 되냐? 마누라보다 잘 아는 사람이 어디 있냐?"

그녀는 내 팬이라는 아이돌에게 묘한 경쟁심을 느끼는 듯했다. 그러니까 우리는 같은 놈을 두고 질투를 하는 이상한 상황에 놓여 있었다.

"그렇지. 당연히 나랑 결혼한 네가 나에 대해서 잘 알지."

"오빠가 가지고 다니는 부적이 처음 썼던 장갑이라고 자꾸 우기는 거야. 아니지? 오빠 부적은 콘돔이잖아. 내가 차마 콘돔이라고 정정해 주지는 못했어."

처음 대회에 나갈 때 착용했던 장갑을 부적처럼 캐리어에 넣고 다니기는 했다. 그런데 그녀는 콘돔이 부적 아니냐며 눈을 부릅떴다.

"그렇지. 내 부적은 콘돔이지."

그러자 그녀가 의기양양한 미소를 지으며 콧김을 내뿜었다.

"맞지? 차마 인터뷰에서 '부적으로 지갑 속에 콘돔 넣고 다녀요!' 하지는 못했을 거 아냐. 안 그래?"

사실 돈이 붙는다며 콘돔을 지갑 속에 넣고 다니던 것은 아주 철없던 시절의 이야기였다. 그리고 그녀와 다시 만나면서 비상용으로 들고 다녔을 뿐이다.

하지만 나는 아내를 위한 남편의 미덕을 발휘해 선의의 거짓말을 잘도 내뱉었다.

"그치. 어떻게 부적이 콘돔이라는 말을 해."

아내는 이번에도 자기 말이 맞았다며 고개를 끄덕거렸다.

"그리고 오빠는 공포증 같은 거 없다고 자꾸 우기는 거야. 오빠 고소공포증 있는 거, 나는 아는데. 이건 또 오빠가 한 번도 밝힌 적 없어서 내가 말을 못 하잖아?"

사실 공포증 같은 건 없다. 두려움에는 별로 감흥을 느끼지 못했다. 앞뒤 관계를 파악하고 나면, 괴담도 무서울 게 하나 없는 시시한 이야기일 뿐이다. 고소공포증은, 앞서 언급했다시피 나는 고소공포증이 없다.

"그랬어? 비밀 지켜 줘서 고맙네."

남편의 대답이 꽤 만족스럽다는 듯이 그녀가 예쁘게 웃었다.

"내 남편인데, 지가 더 잘 안다고 자꾸 까불어."

"까부는 애 놀려 주려고 밥 한 끼 먹는 자리도 안 된다고 거절한 거야?"

"솔직히 너무 얄밉잖아. 근데 또 오빠 팬 카페 활동도 오래 했다고 하고, 오빠랑 걔랑 친하게 지낸다고 하면 화제성도 있을 것 같아서……. 오빠가 앞으로 방송 활동 할 거면 얼굴 익혀 놓는 것도 나쁘지는 않을 것 같기도 해."

공과 사를 오가는 그녀의 어조는 사랑스럽기 그지없었다.

"그럼 공적인 일을 위해서 만나 주기는 하되, 사적으로 너무 친해지는 건 싫다?"

아내의 의중을 정확히 파악한 물음이었는지, 그녀가 만족스러운 미소를 머금었다.

"나한테 안 해 준 이야기, 걔한테 해 주고 그러면 안 돼! 오빠가 그러면, 나 너무 약 오를 것 같아."

"그런 이야기는 안 하지."

"걔가 막 오빠 인터뷰란 인터뷰는 다 외우고 있어서, 온갖 걸 다 물어봐도?"

"응, 온갖 걸 다 물어봐도."

남편을 독차지하고 싶어서 안달하는 아내의 모습이 어떻게 어여쁘지 않을 수 있을까?

아내의 이마에 쪽 소리가 나도록 입을 맞췄다.

"얼른 먹어. 다 먹고 나면 꼭 끌어안고 안 놓아줄 거야."

으름장을 놓듯이 근엄하게 읊조리자, 그녀가 까르륵 웃음을 터뜨렸다. 아내를 독점하고 싶은 마음이 드는 것은 남편인 나도 마찬가지였다.

아일랜드 식탁 앞에 선 나는 이모님이 알려 주는 대로 열심히 칼을 움직였다.

"어유, 이 고운 손으로 왜 굳이 돕겠다고. 내가 혼자 하면 후딱 끝낼 것을."

그러니까 고운 손으로 주방 일을 돕겠다고 나선 걸 칭찬하는 게 아니라, 부엌일이 서툰 나 때문에 일이 방해된다는 말씀인 거다. 하지만 나는 이대로 물러설 수 없다며 온 힘을 다해서 무를 썰었다.

"지우 아가씨가 소고기뭇국을 좋아한다면서요? 제가 직접 끓여 주고 싶어요."

결혼식 직전에는 너무 정신이 없어서 밖에서 저녁 한 끼 같이 먹은 게 전부였다. 결혼식이 끝나고 난 뒤, 그의 이부 여동생인 지우는 곧바로 독일로 향했다. 멀리 떨어져 사는 탓에 친해질 기회도 없었다.

그는 나의 오빠와도 허물없이 지냈고, 우리 부모님께도 무척 잘했다. 장모님, 장인어른이 아니라, 어머님, 아버님이라고 부르며 살갑게 굴었다.

엄마도 오빠와 나만큼 남편을 아껴 주었고, 아버지도 든든한 아들 하나가 더 생긴 것 같다며 좋아하셨다. 한 달에 한 번은 꼭 사위와 함께 한강 라이딩을 즐기며, 만나는 사람마다 사위 자랑을 하느라 즐거워 보이셨다.

나도 그의 혈육인 지우에게 잘해 주고 싶었다. 가끔 여동생과 영상 통화를 하는 무뚝뚝한 듯 자상한 그의 모습을 볼 때마다, 둘 사이에 끼고 싶은 묘한 기분에 휩싸이기도 했다.

"어휴, 이게 다 뭐야? 언제 일어났어?"

"어? 오빠 일어났어?"

"어, 일어났는데 옆에 없어서 깜짝 놀랐네."

언제나 잠에서 먼저 깨어나는 건 남편이었다.

"아주 깨가 쏟아져요. 마누라 잠깐 안 보였다고, 얼굴이 해쓱해진 것 좀 봐."

이모님께서 그를 놀리며 깔깔 웃으셨다. 내 옆에 계신 이모님은 그의 친이모님이 아니다. 내가 이 집에 왔을 때 처음으로 나를 맞아 주셨던 이모님이시다. 결혼 후에도 이모님은 집안 살림을 도와주고 계셨다.

"아가씨 언제 데리러 가?"

"1시간 후에 출발하려고. 같이 안 가?"

"응, 나는 여기서 식사 준비해야지."

나는 아일랜드 식탁 위에 늘어놓은 식재료를 가리키며 비장하게 굴었다.

"그냥 나가서 사 먹자니까."

"한국에 오랜만에 오는 건데, 첫 끼니는 집밥으로 차려야지. 어떻게 바깥 음식을 먹게 하냐?"

아내가 고생스러운 건 싫은데, 여동생을 챙겨 주는 건 고마운 눈치다.

"얼른 준비하고 다녀와. 아가씨 공항에서 기다리게 하지 말고."

남편이 알겠다고 고개를 끄덕이며 부엌을 떠나자, 이모님이 흐뭇하게 웃으시며 입을 떼셨다.

"이 집에 사람 사는 냄새 나는 날이 올 줄 누가 알았겠어?"

"이모님, 다 제 덕분이죠? 저 되게 기특하죠?"

나는 이런 공치사에는 절대 빠지지 않는 막내딸 특유의

애교 섞인 목소리로 물었다.

"집주인이 제대로 찾아 들어왔지, 그럼."

"집주인이요?"

이모님의 단어 선택이 다소 의문스러웠다.

"밀해원. 향나무 밀 자에 웃을 해 자 써서 밀해원이잖아. 내가 우리 밀희 처음 봤을 때, 딱 알아봤지. 아, 이 아가씨구나……. 하고."

가지런히 무를 썰던 나는 해사한 미소를 짓고 있는 이모님을 바라보았다.

"무진이 침대 옆에 액자 하나 있잖아. 둘이 찍었는데, 얼굴 안 보이는 사진."

결혼 전 그의 침대 곁을 지키고 있던 사진은 우리가 놀이동산에서 찍은 사진이었다. 아련한 추억 속에 갇힌 듯, 우리는 초점이 나간 사진 속에서 서로를 부둥켜안고 있었다.

"그 사진 속의 아가씨가 대학 때 만났던 아가씨라고는 했거든. 생김새가 흐릿해서 긴가민가했는데, 이름 들으니까 딱 알겠더라고. 여기가 향나무가 웃길 바라던 집이겠어? 자네가 웃길 바라던 집이지."

밀해원, 저택이 지닌 이름의 뜻을 그에게 물어보지는 않았다. 그런데 이모님의 해석을 듣고 나니, 새삼 그의 마음이 느껴져서 눈물이 핑 돌았다.

"웃으라니까, 왜 울고 그래."

"우리 밀희 울어요? 왜요?"

어느새 나갈 채비를 마친 남편이 화들짝 놀라서 부엌으로 뛰어 들어왔다.

"몰라, 나는."

이모님은 자리를 피해 줘야겠다는 생각을 하셨는지 부엌 밖으로 나가 버리셨다.

"왜 울어? 무슨 일 있었어?"

잔뜩 걱정스러운 눈빛으로 나를 바라보며 다가오는 남자에게 와락 안겨 버렸다.

"왜 그래? 응?"

"오빠, 이 집 이름 말이야. 여기서 내가 웃었으면, 했어?"

나는 그의 가슴팍에 턱을 기댄 채 올려다보며 물었다.

"난 또 뭐라고."

그가 내 이마에 입을 맞추며 멋쩍게 웃었다.

"왜 말 안 해 줬어? 이 집이 무슨 뜻인지?"

"네가 안 물어봤잖아. 아는 줄 알았지."

"나는 향나무가 많아서 그런 줄 알았지."

막연하게 내 이름을 따서 지었을지도 모른다는 생각을 하기도 했었다. 또 예전부터 향나무가 많았던 집이어서, 그가 이사 오기 전에 누군가 지어 놓은 이름일지도 모른다는 생각도 했었다.

"향나무는 내가 이사 오면서 심은 거야."

"정말? 원래 많았던 건 줄 알았어. 오빠 조경 취향이 중후하구나?"

나는 남편의 새로운 취향을 알게 된 것처럼 중얼거렸다. 그러자 그가 유쾌한 웃음을 터뜨렸다. 턱을 기댄 단단한 가슴이 간지럽게 흔들렸다.

"무슨 소리야. 내 취향은 한결같이 오밀희지. 내가 향나무가 좋아서 심었겠어? 아니면 네 이름 때문에 심었겠어?"

"이 집 샀을 때는, 우리 다시 만났을 때도 아닌데?"

어쩜 이렇게 날마다 사람을 설레게 할 수 있는 건지, 내 남편이 가진 재주는 참으로 가상하다.

"응, 그래도."

그가 크게 숨을 몰아쉬고는 웃었다.

"좋아. 오밀희가 여기 있어서."

"나도 좋다. 이 집에서는 우리 웃을 일만 있을 것 같아서."

향나무가 웃는 집이라는 뜻의 신혼집, 우리가 서로 떨어져 있던 순간에도 그의 인생에 내가 가득 들어차 있었다고 생각하니 새삼 가슴이 뭉클해졌다.

다시는 이 남자를 외롭게 하지 말아야지, 정말 행복하게 해 줘야지, 다짐하고 또 다짐했다.

"정말 집에 있을 거야? 나 혼자 공항 가?"

"응. 내가 밥 맛있게 차려 놓을게. 얼른 갔다 와."

남편을 배웅하고 부엌 조리대 앞에 선 나는 이모님을 도와서 음식 준비에 열을 올렸다.

"와, 미쳤다! 이 집은 더 예뻐졌네! 정원에 동글동글한 나무만 있더니, 이제는 꽃도 심었어?"

대문을 들어서던 지우가 잘 가꿔진 정원을 발견하고는 눈을 휘둥그렇게 뜨고 감탄의 손뼉을 쳐 댔다.

"왔어요, 아가씨!"

두 사람이 도착하는 시간에 맞춰서 현관 앞을 서성이던 나는 얼른 달려가 그의 여동생에게 인사를 건넸다.

"꺅! 언니! 반가워요!"

오빠와는 성격이 정반대인 여동생 지우가 내 목을 와락 끌어안고 폴짝폴짝 뛰어 댔다.

"결혼식 때 보고 못 봤으니까! 이게 얼마 만이에요?"

"한 6개월 지난 것 같네요."

"우리 되게 오래된 가족 같다! 그쵸?"

나는 지우에게 이끌려 집 안으로 들어갔다. 분명 이곳에 사는 사람은 난데, 지우가 더 집주인처럼 보일 정도로 그녀는 스스럼없이 행동했다.

"와! 맛있는 냄새! 우리 점심 진짜 집에서 먹어요?"

"그럼요. 소고기뭇국 좋아한다면서요? 맛있는 거 많이 해 놨어요."

지우가 눈물을 글썽거리는가 싶더니, 박장대소하며 내 등을 퍽퍽 내리쳤다.

"웬일이야! 오빠가 그래요? 내가 소고기뭇국 좋아한다고? 그게 언제 적 얘긴데? 내가 아기 때 밥투정하면 엄마가 뭇국에 밥 말아 주고 그랬거든요! 그걸 기억했나 보다!"

친근감의 표현인지 웃으면서 등을 내리치는 손이 꽤 매웠다. 나는 약간은 혼이 나간 듯한 기분이 되어서 시누이의 매질을 견뎌 내고 있었다.

"야, 너 손 맵거든? 누굴 쳐, 감히?"

그가 지우의 손목을 잡아 올리며 눈을 부릅떴다.

"아⋯⋯!"

지우가 잠시 멍해진 눈빛으로 나와 그를 번갈아 보았다. 그는 미간을 잔뜩 구긴 채 무서운 눈으로 지우를 쏘아보고 있었다.

"언니, 미안해요! 내가 손이 맵기는 해요. 나는 친하다고 생각하면 웃으면서 때리는 버릇이 있어서요. 이게 잘 안 고쳐지네요. 근데 오빠⋯⋯?"

나에게 상냥한 사과의 말을 건넨 지우가 그를 올려다보며 스산하게 덧붙였다.

"오빠 손도 장난 아니게 맵거든? 아! 아! 나 지금 손목 끊어진 것 같아! 미쳤어! 완전 아파!"

호들갑을 떠는 여동생에게 그가 엄살 부리지 말라며 소리를 빽 질렀다. 나이 차가 많이 나는 여동생에게 속절없이 당하는 그의 모습은 꽤 신선했다.

"어휴, 왜 이렇게 시끄러운가 했더니, 지우 왔구나."

잠시 화장실에 가셨던 이모님이 반가운 목소리를 내며 나타나셨다.

"이모! 오빠가요. 내 손목을 잡고요, 막 비틀었어요. 여동생 6개월 만에 보는데, 내가 막 웃으면서 언니 등 좀 쳤다고, 나 막 구박하는 거 있죠?"

이게 말로만 듣던 시누이 짓인가?

아프게 맞은 건 난데, 나는 울지도 못하고, 웃지도 못하고 어색한 표정을 지었다.

"아이고. 지우 네가 손이 좀 매워야지. 우리 밀희가 때릴 때가 어딨다고. 너 웃으면서 사람 치는 버릇 고쳐."

"우리 마커스는 하나도 안 아프다고 하는데요? 맨날 간지럽다는데?"

"곰 같은 놈하고 우리 밀희하고 같냐?"

그가 대뜸 끼어들었다. 마커스는 지우와 동거 중인 남자친구라고 했다. 우리 지우 양, 동생이지만 언니라고 부르고 싶은 여자다. 외국에서 눈동자 색이 다른 남자와의 동거라니! 나로서는 감히 상상도 못 할 라이프 스타일이다.

그걸 또 그는 넉넉한 마음으로 받아 주고 있다. 만약 내가 외국에서 눈동자 색이 다른 남자와 동거하겠다고 했다면, 우리 오현호 선생님께서는 갓끈 고쳐 매고 달려와서 내 발목을 부러뜨렸을지도 모른다.

"아무튼, 나 한국에서 집밥 진짜 오랜만에 먹는다."

"무슨 소리야? 내가 자주 차려 줬잖아."

이모님이 서운하다는 듯이 눈을 흘기셨다.

"내 가족이 차려 주는 밥이요."

지우는 성격답게 솔직한 대답을 내놓았다.

"으이구, 저건 진짜 거둬 먹인 보람도 없어."

나무라는 말을 늘어놓는 이모님의 눈시울이 붉어지고 있었다. 눈물기가 고인 것은 지우도 마찬가지였다.

"밖에서 밥 먹어도 되는데……. 정말 고마워요, 언니. 나 새언니 말고……. 그냥 언니라고 불러도 되죠?"

나는 덩달아 눈물이 고여서 목소리를 내지 못하고 고개만 끄덕거렸다.

"너 왜 우리 밀희 울리고 그래? 얼른 손부터 씻고 와."

"와, 오빠는 진짜 그 성격 한번 유구하다! 감동 파괴자!"

으르렁거리듯 내뱉은 지우가 화장실로 향했다.

"감동 파괴자?"

나는 눈썹을 치뜨며 그를 향해 물었다.

"있어, 그런 거."

어느새 손을 씻고 나온 지우가 그의 성의 없는 대답을 대신했다.

"오빠는요. 감동적인 거 못 참아요. 막 감동 알레르기 있어요."

"진짜요? 아니던데."

"언니 한정 아닌가 보죠. 아니면 여동생 한정 감동 금지거
나."

오빠와 여동생의 미묘한 관계성에 대해서 모르는 바가 아
니었다. 나는 무슨 말인지 알겠다는 듯이 고개를 끄덕거렸
다.

이모님까지 포함해서 네 사람이 식탁 앞에 둘러앉았다.
지우는 비행기 안에서 기내식을 든든히 먹었는데도, 밥이
너무 맛있어서 잘 들어간다며 두 그릇이나 비웠다.

오후 내내 지우가 가져온 캐리어에 있는 선물을 정리하
고, 쉴 새 없이 수다를 떨었다. 저녁을 먹고 난 뒤, 디저트를
먹는 자리에서 지우가 조심스러운 웃음을 머금으며 물었다.

"언니, 나 오늘 언니랑 자도 돼요?"

"그게 무슨 개소리야."

이모님이 퇴근하신 뒤라, 여동생을 대하는 남편의 말투가
다소 거칠어졌다.

"여동생한테 개소리라니! 내가 개야?"

"왈왈왈왈, 왈왈."

그는 강아지 소리를 내며 지우에게 유치하게 굴었다.

"나 언니랑 자고 싶어. 오늘만요. 응?"

두 사람이 한국에서 만나는 경우는 드물다고 했었다. 그

는 늘 경기 때문에 전 세계를 돌아다녔고, 한국에 집을 구하고 나서도 이곳은 그저 숙소에 불과했다고.

"그래요. 오늘은 나랑 자요."

심통을 부리려는 남편의 손을 꼭 잡으며 눈짓을 보냈다. 지우에게서 예전의 그와 비슷한 외로움이 느껴졌다. 남매가 결이 같은 외로움을 품고 있는 것처럼 보였다.

"알았어. 오늘만이야."

"앗싸아! 언니, 우리 이제 잘까요? 나 비행 때문에 너무 힘든데. 언니도 아침부터 일어나서 요리하느라 힘들었죠?"

힘들기는 했지만, 아직 저녁 8시밖에 되지 않았다.

"잠자리에 들기엔 조금 이르지 싶다."

그가 불퉁스러운 목소리로 끼어들었다.

"언니가 새벽부터 일어나서 음식 장만했다며? 오빠는 어쩜 그러냐? 언니 빨리 쉬게 해 줘야지. 안 그래요, 언니?"

그는 누가 할 말을 하는 건지 모르겠다는 듯이 실소했다.

"너는 결혼한 지 6개월밖에 안 된 사람들을 밤에 갈라놓는 건 정상이라고 생각하나?"

그러자 지우가 두 손으로 입을 막으며 비명을 질러 댔다.

"미쳤나 봐! 우리 오빠가 막 닭살 돋는 얘기 해!"

그렇다. 혈육의 연애를 상상하는 것만큼이나 끔찍한 게 혈육의 신혼을 떠올리는 것인지도 모른다. 혈육의 연애가 끔찍하다고 했던 건, 오현호 선생님의 말씀이시다.

"오빠, 오늘만. 응? 나도 피곤해서 일찍 자고 싶네."

어색한 상황을 빨리 수습할 수 있는 사람은 나밖에 없어 보였다.

"알았어. 오늘만."

그가 순순히 대꾸하자, 이번에는 지우가 거실 바닥을 데구루루 구르며 웃어 젖혔다.

"와, 우리 오빠 엄청 순해. 미쳤나 봐! 누가 보면 순둥인 줄 알겠다! 세상 못돼 처먹었는데!"

"야, 너 쫓아낸다!"

그가 버럭 소리를 지르자, 지우가 자리에서 벌떡 일어나 손을 흔들어 댔다.

"오빠, 잘 자! 내일 봐!"

나는 그를 달래 주고는 얼른 지우의 뒤를 따랐다. 여기서 남매의 승강이를 더 겪었다가는 진이 다 빠져 버릴 것만 같았다.

씻고 나서 잠옷으로 갈아입은 우리는 손님방에 놓인 커다란 침대 위에 나란히 누웠다.

가족이라는 테두리로 묶이기는 했지만, 피 한 방울 섞이지 않은 상대가 편할 리 없었다. 그런데도 지우는 내 팔뚝을 꼭 끌어안은 채로 스스럼없이 굴었다.

"나 어릴 때요. 엄마랑 같이 자는 게 너무 좋았어요. 가끔 아빠가 출장 가면 엄마랑 같이 잤거든요. 평소에는 혼자 자고. 그때가 자꾸 생각나요."

"그때가 몇 살 때예요?"

"아마 네 살? 다섯 살?"

나는 열두 살이 될 때까지 엄마 품을 파고들며 잠을 청했었다. 너덧 살밖에 되지 않았던 나이에 혼자 잤다고 하니 괜히 마음 한구석이 짠해졌다.

"아빠가 의처증이 심했어요. 딸인 나랑 자는 것도 불안했나 봐요. 아시죠? 우리 아빠 되게 나빴던 거."

나는 팔뚝을 꼭 붙들고 있는 지우의 손등을 가만히 토닥거려 주었다.

"근데도 나는 가끔 아빠가 보고 싶었거든요. 큰오빠도 뭐 하고 사는지 궁금하기도 했고요."

"지금은 궁금하지 않고요?"

지우의 말은 과거형이었다.

"하나도 안 궁금해요. 그냥 막연히 어떻게 사나, 생각했던 거예요. 내가 괜히 연락하고, 수소문하면……. 오빠 찾아와서 해코지할까 봐 걱정되더라고요."

어쩐지 숨기는 구석이 있는 것처럼 느껴졌다. 나는 아무런 대꾸도 하지 않고 잠자코 있었다.

"나 거짓말 잘 못 하는 거 들킨 거죠?"

"그런 것 같네요."

지우가 한숨을 몰아쉬고는 말을 이었다.

"지난번에 결혼식 때문에 한국 왔을 때, 큰오빠를 만났어요. 아빠는 돌아가셨다고 하더라고요. 워낙 술을 좋아하셨는데, 간 질환으로 돌아가셨대요."

마음이 아팠다. 그에게는 마냥 미운 사람이겠지만, 지우에게는 친부였다.

"다행히 큰오빠는 정신을 좀 차린 것 같더라고요. 저한테 미안하다고도 하고. 아빠 돌아가셨을 때는 염치없는 짓 같아서 연락 못 했대요. 큰오빠 진짜 못됐었거든요? 갑자기 변해서 웃기죠?"

지우가 과거를 상기하듯 잠시 숨을 골랐다.

"결혼했다고 하더라고요. 애도 둘이나 있고. 결혼하면 사람 바뀔 수도 있다더니, 그 말이 맞나 봐요. 큰오빠나, 무진 오빠나 바뀐 걸 보면."

"무진 씨가 많이 변했어요?"

내 질문에 지우가 지금까지와는 조금 다른 목소리로 키득거렸다. 웃음소리가 가벼워진 것을 보니, 기분이 조금 풀린 모양이다.

"무진 오빠 엄청 재미없게 살았거든요? 자전거, 집, 자전거, 집. 이거 말고는 별로 하는 게 없었어요. 여자도 안 만나고, 연애도 안 해서 내가 얼마나 걱정을 했는데요. 나 남자친구랑 산다고 했을 때는 뭐라고 했는지 아세요?"

"뭐라고 했는데요?"

"이래서 머리 검은 짐승은 거두는 거 아니라고요."

지우가 키득거리며 중늙은이 같다고 웃어 댔다.

"그런데 지금은 오빠가 그 나이답게 보여요. 아니, 좀 철없게 보이기도 하고. 아까도 생각해 보세요. 신혼인데, 언니 뺏어 간다고 막 화내는 거."

"오빠 철없지 않아요. 얼마나 속이 깊은데요."

나는 괜히 남편을 두둔하고 나섰다.

"알아요. 그래서 언니한테 고맙다고요."

지우가 내 팔뚝에 이마를 가져다 대며 말을 이었다.

"나도 이제 한국에 비빌 언덕이 생긴 것 같아요. 나 여기 비벼도 되죠?"

눈물이 핑 돌았다. 이제껏 오빠 말고는 세상에 믿을 사람이 하나도 없었다는 지우의 말에 목이 콱 막혔다.

"안 돼요?"

"돼요. 얼마든지. 비벼요. 누가 우리 아가씨 괴롭히면, 나한테 다 일러요. 내가 혼내 줄게."

"그냥 지우라고 부르면 안 돼요? 말도 편하게 하고요. 내가 무슨 귀족도 아니고, 아가씨라고 부르는 거 너무 이상해요."

나는 지우의 손을 꼭 잡으며 웃었다.

"그래, 지우야."

지우가 뺨으로 흘러내린 단발머리를 귀 뒤로 넘기고는 배

시시 웃었다. 사랑스러운 밤이 따스하게 깊어 갔다.

"그래서 우리 밀희가 사돈아가씨 밥도 차려 줬다고?"

어머님이 세상 기특하다는 표정으로 당신 딸을 바라보시며 물으셨다.

"네, 너무 고맙더라고요. 그리고 미안하고요."

"다음에 사돈아가씨 오면 우리 집에도 한번 데리고 와. 내가 밀희보다 더 맛있는 거 많이 해 줄게. 응?"

"말씀만으로도 감사해요, 어머님."

나는 거실 한복판에서 아버님이 타시는 로드 사이클을 점검 중이었다.

"어우, 아빠! 이런 건 자전거 가게에 맡겨. 사위를 왜 이렇게 부려 먹어?"

나는 그러지 말라며 아내에게 눈짓을 보냈다. 오늘따라 그녀가 예민하게 심통을 부려 댔다.

"가족끼리 이런 것쯤 할 수 있는 거지. 너는 공 서방 여동생 밥상도 차려 줬다며?"

아버님이 서운하다는 듯이 되물었다.

"공 서방 여동생이면 내 여동생이나 마찬가진데, 당연히 차려 줘야지!"

그녀가 한 마디도 지지 않고 받아쳤다.

"그럼, 나는 네 아빤데! 공 서방한테도 부모나 마찬가지지!"

아버님도 물러설 기색 없이 맞서셨다.

"거실에 자전거 기름 냄새가 너무 심하잖아. 우욱!"

소파에 앉아 있던 그녀가 속이 좋지 않다며 화장실로 달려갔다. 세 사람의 시선이 허공에서 마주쳤다.

"기름 냄새가 그렇게 심해?"

아버님이 고개를 갸웃하며 물으셨고.

"쟤가 아까부터 하도 난리 쳐서, 창문이란 창문은 다 열어 놓고. 현관문도 열어 놨어! 냄새는 무슨, 추워 죽겠는데."

어머님이 어깨에 두른 숄을 여미며 대답하셨고.

"밀희가 위염이 계속 있었잖아요. 또 위염이 도졌나. 그러면 저렇게 예민해지더라고요."

내가 마무리하듯 대답했다.

"어휴, 하나같이 답답하다."

그러자 소파 끝에 앉아서 리모컨으로 TV 채널을 돌리던 오현호가 고개를 절레절레 내저으며 혀를 끌끌 찼다.

"뭐, 왜? 너는 왜 갑자기 답답하다고 난리야?"

어머님이 큰아들에게 눈을 흘기며 물으셨다.

"쟤 입덧하는 거 아냐?"

"아야!"

체인에 손가락이 씹힌 나는 크게 소리를 내지르고 말았다.

"오빠 왜 그래?"

화장실에서 나온 그녀가 눈을 불을 켜고 달려왔다. 검지 끝에서 피가 뚝뚝 떨어졌다. 그녀는 내 손가락을 붙든 채로 있는 대로 신경질을 부렸다.

"그러니까! 이런 거 이제 자전거 가게에 맡기라니까요? 피 나는 것 좀 봐! 어우, 기름 냄새!"

그녀가 왼손으로는 코와 입을 막고, 오른손으로는 내 손을 붙든 채로 미간을 잔뜩 구겼다.

"공 서방, 일단 병원부터 가세."

아버님이 갑자기 자전거 헬멧을 쓰고 난동이라도 부릴 것처럼 부산스럽게 외쳤다.

"병원 가는데, 아빠가 헬멧을 왜 써요?"

그녀가 어이없다는 듯이 물었다.

"아, 그래 헬멧 말고. 내 코트 어딨지? 일단 옷부터 갈아입고. 병원부터 가."

"약 바르면 돼. 병원은 무슨. 왜 갑자기 그래요?"

약상자를 찾아와야겠다며 그녀가 자리에서 일어섰을 때였다.

"산부인과부터 가 봐야지!"

그러자 그녀가 사색이 되어서 아버님을 응시했다. 당황한

279

그녀의 눈가가 촉촉하게 젖어 들기 시작했다. 그제야 그녀도 깨달은 건가 싶었다. 그런데.

"아빠, 왜 그래? 공 서방이 손가락을 다쳤는데, 왜 산부인과를 가? 응? 아빠 정신 차려. 병원 가자고 하면서 헬멧은 왜 써, 어? 엄마! 아빠, 언제부터 이랬어? 아빠 건강검진 언제 하셨어?"

그녀가 횡설수설 눈물을 쏟으려는 순간, 오현호가 어이없다는 듯이 웃었다.

"공 서방 말고, 너 말이야. 너! 너 지금 입덧하는 거 아냐? 집에 기름 냄새 하나도 안 나! 근데 너 혼자 자전거 냄새 난다고 난리잖아."

"아?"

그녀가 고개를 갸웃하며 허공을 응시했다. 마치 걸음이 꼬여서 멈춰 버린 태엽 인형처럼 뚝뚝거렸다.

나는 어머님이 건네주신 밴드를 손가락에 감고는 자리에서 일어났다. 멍하니 허공을 바라보고 있는 아내의 곁으로 다가서자, 그녀가 웃기 시작한다.

아버님의 성화에 우리는 다 같이 편의점으로 향했다. 그녀의 오빠 오현호까지 따라 나왔다.

다섯 사람이 나란히 편의점에 들어가서 산 물건은 임신테스트기였다. 편의점 알바생으로 보이는 남자가 우리를 얼마나 이상하게 쳐다보는지 머리가 쭈뼛 설 정도였다.

다시 그녀의 본가로 돌아온 우리는 화장실로 향한 그녀를 잠자코 기다렸다.

"내가 살다 살다 동생 오줌 싸는 걸 기다리고 앉았…….
아!"

어머님이 큰아들의 등을 크게 내리치셨다. 5분쯤 지났을까, 그녀가 시무룩한 얼굴로 화장실에서 나왔다.

"아닌가 보다."

성격이 가장 급한 아버님이 먼저 입을 떼셨다. 한숨을 삼키려던 나는 그녀의 입꼬리가 실룩거리는 것을 발견했다. 하여간 장난기 많은 귀여운 오밀희가 또 방송사 PD의 본능을 숨기지 못하고 쇼를 준비하는 듯했다.

"맞는 것 같은데요, 아버님."

나는 환히 웃으며 아버님 말씀을 번복했다. 그 순간 그녀가 소리쳤다.

"맞아!"

그녀가 임신 테스트기를 머리 위로 번쩍 들어 올리며 웃었다. 투르 드 프랑스의 우승컵을 들어 올리는 것보다 더 벅찬 순간이었다.

"더 먹고 싶은 건 없고?"

그녀는 먹는 입덧이란 것을 했다. 그래서 항상 먹을 것을 입에 달고 있어야 했다. 조금이라도 허기가 느껴지면 미친 듯이 헛구역질을 해 댔다. 그런데 또 먹는 양은 많지 않았다. 조금씩 계속해서 다른 음식을 먹었다.

"우유 크림이 잔뜩 들어간 도넛이 먹고 싶어."

"알았어. 얼른 사 올게."

"오는 길에 핫초코도 사다 줘. 그거랑 같이 먹고 싶다."

아침부터 줄을 서야 살 수 있다는 도넛을 어렵게 사 와도 그녀는 두 입 베어 무는 게 전부였다. 그래도 나는 그녀의 두 입을 위해 끊임없이 구하기 어렵다는 음식들을 사다 바쳤다.

먹는 입덧을 시작하고 나서부터 그녀는 유연 근무를 시작했다. 방송사에는 한 달에 한 번만 출근했고, 기획안을 살피는 등의 재택근무가 가능한 업무만을 처리했다.

그리고 나는 5분 대기조처럼 그녀의 옆에 붙어 지냈다. 나의 모든 시간은 오밀희를 위해서만 할애되었다.

오밀희가 여태 모르던 나의 자세한 재산 현황도 공개했다. 평생 일하지 않아도 먹고살 수 있을 정도의 재산을 모아 두었고, 성수동 똘똘한 꼬마 빌딩에서 매달 월세가 들어왔으며, 일시금을 내고 가입해 놓은 개인연금도 있었고, 하와이 빅 아일랜드에 아파트가 한 채, 파리 15구에 빌라가 한 동, 미리 사 두고 사립 미술관에 대여해 준 작품이 대략 서른 점, 틈날 때마다 돌아다니면서 산 땅이 전국에…….

"이게 다 오빠 거라고?"

그녀가 눈을 휘둥그렇게 뜨며 물었다.

"응."

"근데 나 회사 왜 다녀?"

고개를 갸웃거리며 묻는 말에 나는 어떤 대답을 해 줘야 할지 몰라서 잠시 머뭇거렸다.

"이 정도면 나 평생 먹고 놀아도 될 것 같은데?"

그녀가 그렇지 않냐며 재우쳐 물었다.

"너 평생 먹고 놀고 싶으면 그래도 돼."

"혹시 이거 뭐 그런 거야? 애를 셋은 낳아야 날개옷 주는 것처럼……. 이거 왜 여태 안 보여 주고 내가 임신하니까 보여 줘?"

"네가 딱히 물어보질 않더라고. 각자 수입은 각자 관리하자며, 네가."

"그랬었지."

그녀는 반박할 여지가 없다는 듯이 고개를 끄덕거렸다.

"이제 아이가 생기니까, 우리 둘이 살 때하고는 다르잖아."

결혼은 삶이다. 각기 다른 두 사람이 만나서 조율해야 하는 문제가 한둘이 아니다.

"그리고 재산 상황은 당연히 공유해야 하는 건데. 그동안 이런 거 터놓고 말할 여유가 없기도 했고."

결혼하고 나서부터 그녀는 프로그램으로 바빴고, 그녀가 조금 한가해지면 내가 대회 준비로 바빠졌고, 또다시 그녀가 다른 프로그램에 투입되고, 지우가 다녀가고, 결혼 후 열 달이 눈코 뜰 새 없이 바쁘게 흘러갔다.

가장 가까이하는 사람일수록 현실적인 이야기를 나누는 게 어려울 때가 있다. 재산과 얽힌 사항은 특히 더 예민하게 받아들일 수 있는 문제였다.

"이제 와서 보여 줘서 미안해. 너 임신하고 그래서 보여 준 거 아냐. 얼른 정리해서 보여 줘야지 했는데, 정신이 없었어."

"미안하긴. 꼭 임신 선물 받은 기분이야. 왜 그런 거 있잖아! 임신했더니, 남편이 건물을 증여해 줬어요! 임신했더니, 남편이 땅문서를 줬어요! 막 이런 거."

그녀가 까르륵 웃으며 내 목을 와락 끌어안았다.

"미안한 일 맞지. 진작 정리해서 말해 줬어야 했는데."

"오빠 내 통장에 얼마 들어 있는지 알아?"

"아니."

"그럼 내 주식 계좌는? 내가 어떤 보험에 가입했는지 알아? 내가 개인 연금으로 한 달에 얼마 넣는지 알아? 모르기는 피차 마찬가지였잖아. 이거 언제 날 잡고 정리 한번 해야겠다."

나는 그녀의 이마에 입을 맞추며 중얼거렸다.

"이제 재산 관리는 부인께서 해 주시는 겁니까?"

"아니요. 재산 관리는 같이해야지요."

부부가 되어 가는 과정에 정답은 없다. 서로를 향한 성실한 마음과 충실한 태도가 방향을 제시해 줄 뿐이다.

"오빠."

"응?"

어두운 밤, 아내가 부르는 소리에 화들짝 놀란 나는 얼른 몸을 일으켜 앉았다.

"응, 왜?"

"배가 좀 뭉치는 것 같아."

어리광이 많다고 해서 엄살까지 심하게 부리는 성격은 아니었다. 그녀가 아프다고 하면 진짜로 아픈 거다.

협탁 등을 켜자, 그녀가 식은땀을 줄줄 흘리고 있다.

"좀 더 일찍 깨우지 그랬어! 땀 좀 봐!"

"아니, 초산은 늦게 나온다고도 하고. 가진통 같기도 해서. 근데⋯⋯. 지금 너무 아파."

그녀의 입술이 하얗게 질려 있었다. 아내가 혼자서 끙끙 앓고 있을 동안 세상모르고 잤다는 사실에 자괴감이 밀려들었다.

"얼른 병원 가자. 응?"

"응."

미리 싸 둔 출산 가방을 들고, 다니던 여성 병원으로 향했다. 산과에 도착하자, 당직 의사가 그녀의 상태를 체크했다. 의사는 딱 좋을 때 병원을 찾았다며 웃었다.

"미안해. 너 아픈 줄도 모르고 자서."

"아니야. 의사도 딱 좋을 때 왔다잖아."

그녀는 진통이 없을 때는 웃었다가, 진통이 있을 때는 미간을 잔뜩 구긴 채로 숨을 골랐다. 무통 주사를 맞게 하고 싶었지만, 마취 주사에 알레르기 반응을 보인 적 있어서 그럴 수도 없었다.

진통 간격이 줄어들수록 아내는 극한의 고통에 시달리는 것처럼 보였다.

"많이 아프지. 미안해, 밀희야."

그녀는 진통을 겪으면서도 고개를 절레절레 내저었다. 내가 해 줄 수 있는 거라고는 고통에 몸부림치는 그녀를 안은 채로 침대에 기대앉아 있는 것뿐이었다. 임신 7개월부터 부부가 함께 나갈 수 있는 출산 교실에 나갔다. 일주일에 두 번은 부부 요가도 함께 다녔다.

그녀는 내 가슴에 등을 기댄 채 길게 숨을 골랐다. 다리를 벌리고 앉아서 그녀가 내 다리에 팔을 기댈 수 있도록 했다.

출산 교실에서 배운 자세였다. 이따 출산 시에는 아내의 허벅지를 잡아 올리며 도울 예정이었다.

홀로 차가운 병원 침대에 다리를 벌리고 누워서 출산하도록 두고 싶지는 않았다. 부부가 함께 분만할 수 있는 병원을 찾은 것도 서로 합의한 사항이었다.

"오빠, 나 너무 아파."

그녀가 눈물을 훌쩍이며 목 안쪽에 얼굴을 묻었다.

"응, 아프지. 미안해. 오빠가 아프게 해서 미안해."

나는 아내의 젖은 뺨을 어루만지며 속삭였다.

"흐으읏!"

다시 진통이 다가오는지 그녀의 몸이 파르르 떨렸다. 먹는 입덧을 했는데도 그녀의 팔뚝은 세게 쥐면 톡 부러질 것처럼 얇았다.

나는 비틀리는 아내의 몸을 받쳐 안으며 그녀가 호흡을 잊지 않도록 도왔다.

"밀희야, 천천히 들이마시고, 내쉬고."

산모가 호흡을 제대로 하지 않으면 태아에게 산소가 공급되지 않는다. 산모와 태아 모두에게 위험할 수 있어서 고른 호흡을 할 수 있도록 상기하는 일은 꽤 중요했다.

"으응, 스읍, 후우."

그녀는 신음을 내지르면서도 내가 내뱉는 박자에 따라 심호흡을 해 댔다.

"이제 아가가 나올 준비가 된 것 같네요. 태명이 뭐죠?"

의사가 아내의 가랑이 사이에 자리를 잡으며 물었다.

"체인이요!"

내가 대답하기 전에 아내가 흐트러진 목소리로 대꾸했다. 자전거 체인에 내 손가락이 낀 순간 발견한 새 생명이라고 해서 태명은 체인이 되었다.

우리를 연결해 주는 견고한 고리가 되어 줄 아이라는 의미에서 체인이기도 했다. 또 체인은 두 바퀴를 연결해서 자전거를 달릴 수 있게 만드는 부품이기도 했다. 두 바퀴로 세상을 누비는 자전거처럼 무엇이든 할 수 있는 아이로 자라라는 뜻에서 지은 태명이었다. 그러니까 좋은 뜻은 다 갖다 붙였다는 말이다.

"아빠가 자전거 선수라서, 아이 태명이 체인인가 보다. 우리 체인이! 아빠 닮아서 단숨에 쭉 나와 버리자!"

의사의 응원에 힘입어 체인이는 초산치고는 비교적 순조롭게 세상 밖으로 나왔다.

"예쁜 딸이네요. 오뚝한 코가 아빠 닮은 것 같기도 하고."

탯줄이 끊어지지 않은 아이를 아내가 받아 안았다. 나는 아이를 감싸 안는 아내를 더욱 포근히 끌어안았다.

"예쁘다. 너무 작고 예쁘다."

아내는 아이의 얼굴을 가만히 들여다보며 중얼거렸다. 가슴이 한도 끝도 없이 벅차올랐다. 품에 안은 아내와 아내의 품에 안긴 아이까지. 무엇 하나 사랑스럽지 않은 구석이 없었다.

"고생했어. 고마워. 사랑해."

아내의 관자놀이에 부드럽게 입을 맞추자, 아이가 한쪽 눈을 조심스럽게 떴다. 까만 눈동자에 부모가 된 두 사람이 말갛게 비쳤다.

또 다른 세상이 열린 기분이 들었다.

아내가 입원실로 올라오자마자, 어머님과 아버님이 들이닥쳤다.

"아구, 우리 딸 고생 많았다."

어머님을 마주한 그녀는 서러움이 밀려드는지 왈칵 울음을 터뜨렸다.

"왜 울어? 애 낳고 울고 그러는 거 아니야. 눈 짓물러."

"엄마도 나 낳을 때 이렇게 힘들었어?"

"아니, 엄마는 하나도 안 힘들었어. 우리 밀희는 엄마 고생 하나도 안 시키고 나왔어."

어머님은 딸이 안쓰러운지 당신은 하나도 힘들지 않았다며 고개를 내저으셨다.

"하나도 안 힘들기는. 둘째인데도 터울이 져서 그랬는지, 네 엄마 고생 많이 했다."

"이이는 눈치 없이."

아버님에게 눈치를 주는 어머님을 보며 그녀가 작게 웃었다.

"체인이는 누구 닮았니?"

"오빠랑 똑같이 생겼어. 코 모양이 완전 똑같아. 근데 눈은 또 나 닮은 것 같기도 하고."

입원실 안이 북적거리는 느낌이 따스했다. 그녀는 장모님이 집에서 직접 끓여 오신 미역국에 밥을 한 공기 말아 먹고는 더욱 기운을 차린 듯 보였다.

"원래 애 낳고 나면 잠이 잘 안 와. 몇 시간 지나야 잠이 쏟아질 거야."

"아드레날린 때문에 그렇대요, 어머님."

내 대답에 어머님은 어떻게 그런 걸 다 알고 있냐며 기특하다는 듯이 웃으셨다.

"요즘은 워낙 인터넷도 있고 하니까."

아버님이 당신 때는 그런 게 없어서 몰랐다며 목을 큼, 가다듬으셨다.

"아버님, 우리 체인이 이름 지어 주세요."

내 부탁에 아버님이 눈을 휘둥그렇게 뜨셨다. 뜻밖이라는 듯이 당황한 듯 보였지만, 눈동자에는 기쁨이 가득했다.

"내가?"

"아버님이 밀희 이름도 예쁘게 지어 주셨잖아요. 손녀딸 이름도 지어 주세요."

아버님이 고심하듯 미간을 찌푸렸다.

"아이고, 밀희 아버지. 오늘 밤에 잠은 다 잤네. 고민돼서 어떡해."

"아니야. 내가 안 그래도 생각해 놓은 게 있어."

내심 이름에 관한 고민을 하셨던 눈치였다.

"아유, 이 양반도 주책이야. 애 이름은 부모가 알아서 하는 거지."

그러자 아버님이 고개를 끄덕끄덕하며 대꾸하셨다.

"그렇지. 애 이름은 부모 뜻이 중요하지. 그래서 애들이 이름 지으면, 나는 아명(兒名)으로라도 부르려고 했던 이름이 있어."

"그게 뭔데, 아빠?"

그녀가 부드러운 목소리로 물었다.

"모랑, 공모랑."

발음이 예쁜 이름이었다. 나와 아내는 모랑, 모랑하며 이름을 발음해 보았다.

"모두의 사랑. 모랑."

뜻마저도 예쁜 이름이었다.

"예쁘다. 나는 마음에 들어."

나도 그녀를 따라 고개를 끄덕거리며 말했다.

"모랑으로 지을게요, 아버님."

그러자 아버님이 얼굴을 와그작 구기며 울음을 토하셨다.

"아유, 이 양반이 애들 앞에서 왜 이래."

"고마워, 공 서방. 아니, 우리 둘째 아들! 잘난 사위가 장인 무시하지 않냐고 다들 한 소리 하는데, 우리 공 서방이 이런 사람이야! 이렇게 나를 위해 줘!"

나는 아버지에 대한 정을 느낄 새 없이 자랐다. 친부는 나를 여태 찾지 않았고, 계부는 나를 못마땅해했다. 아버지가 둘이었지만, 없느니만 못했다.

그녀로 인해 얻은 아버지는 달랐다. 대학 시절, 그녀의 집에서 오현호의 후배라는 거짓말을 해 가며 저녁을 먹었던 날, 그는 내 꿈을 응원한다며 나를 토닥여 주었었다. 아버지 연배의 어른에게서 들은 첫 응원의 말이었다.

"제가 감사하죠, 아버님."

"어이구, 착하다. 어쩜 이렇게 듬직할까."

아버님이 내 어깨를 두드리며 웃으셨다. 그녀는 아버님과 나를 바라보며 흐뭇한 미소를 머금었다.

모랑이를 얻은 날, 나는 진짜 가족을 얻은 듯했다. 모랑이 엄마, 모랑이 아빠, 모랑이 할머니, 모랑이 할아버지, 모랑이 외삼촌까지……. 아이의 이름으로 묶이는 가족의 이름은 이전보다 훨씬 더 돈독하게 느껴졌다.

그리고 이 모든 것을 가능하게 해 준 오밀희는, 나에게 위대함 그 자체였다.

❖　❖　❖

"모랑아, 헬멧도 써야 해! 무릎 보호대도 하고."

"시러! 헬멧 답답해!"

모랑이가 목에 맨 헬멧 끈을 잡아당기며 미간을 잔뜩 찌푸렸다.

"안 돼! 자전거 타려면 헬멧은 꼭 써야 해. 법에도 그렇게 나와 있어. 법은 뭐지?"

"꼭 지켜야 하는 거!"

모랑이의 성격은 엄마인 나를 닮았다. 정해진 규칙을 지키지 않으면 큰일 나는 줄 아는 다소 겁많은 성격과 어리광을 잔뜩 부리는 성격의 미칠 듯한 조화가 그러했다. 그 조화는 사람을 가끔 돌아 버리게 했다.

"그래도 헬멧은 답답해! 여기 할아버지 집 마당이잖아! 여긴 법 안 지켜도 경찰이 모르잖아! 나 헬멧 안 쓸래!"

또 이렇게 똘똘한 면까지 나를 쏙 빼닮았다.

"안전을 위해서 써야 해!"

이제 막 다섯 살 된 모랑이의 별명은 공호랑이었다. 떼를 부리기 시작하면 어찌나 사나워지는지, 모두의 사랑이 아니라 모두를 기함하게 만드는 호랑이였다.

"싫어. 안 써!"

"그럼 자전거 못 타!"

다섯 살 생일 선물로 외할아버지가 사 주신 자전거였다.

"모랑아, 엄마 말씀 들어야지. 그래야 아빠가 모랑이 자전거 타는 법 알려 주지."

어느새, 남편이 둘째를 안고 나와서 나에게 안겨 주었다.

"방금 기저귀 갈았어. 이유식은 120mL 먹었고."

남편은 아이를 보는 데 있어서 나보다 더 능숙했다. 둘째는 제 아빠를 쏙 빼닮은 아들이었다. 이름은 공모경, 모두의 존경을 받는 훌륭한 사람이 되라는 뜻에서 아버지가 지어 주신 이름이다.

"헬멧 안 쓰면 안 돼?"

모랑이 또 고집을 피웠다.

"모랑아. 아빠가 경기에서 헬멧 안 쓰고 자전거 타는 거 본 적 있어? 멋있는 선수들은 다 헬멧 쓰고 자전거 타."

그는 풀타임 대회를 출전하지는 않았지만, 구간 대회에는 출전했다. 아이들에게 아빠가 선수로 활동하는 모습을 보여 주자는 뜻에서 부부가 합의한 사항이었다.

결혼 후, 우리는 무슨 일이든 혼자 정하는 법이 없었다. 모든 결정에는 서로의 의견과 뜻이 담겨 있었다.

그는 현명하게 내 뜻을 조율했고, 나는 너그럽게 그의 의견을 받아들였다. 이제 제법 성숙한 부부의 모습이 된 것 같아서 뿌듯했던 순간이 한두 번이 아니다.

"알았어. 헬멧 쓸게."

고집을 피우던 다섯 살 딸내미가 입술을 삐죽 내밀고는 헬멧 착용에 응했다.

"이야, 우리 모랑이 헬멧 쓰니까 자전거 선수 같다! 진짜 멋있는데?"

멀찍이 나무 그늘에 놓인 테이블 앞에 앉아서 우리를 지켜보시던 아버지가 큰 소리로 외치셨다. 외할아버지의 응원에 모랑이 의기양양하게 웃었다.

부모님은 은퇴와 동시에 서울 집을 정리하시곤 경기도 외곽으로 이사를 하셨다. 아이들이 뛰어놀 수 있는 넓은 마당이 있는 집이었다.

"자, 아빠가 뒤에서 잡고 천천히 밀어 줄 거야. 페달을 있는 힘껏 밟아야 해. 알았지? 핸들을 세게 잡을 필요는 없어. 동생 모경이 손잡아 주듯이 잡으면 돼."

"응!"

모랑이 절치부심한 듯 심각하게 고개를 끄덕거렸다. 헬멧 고정 끈에 볼이 눌려서 오동통한 입술이 도드라졌다. 그 모습이 사랑스러워서 미칠 지경이었다. 모랑은 여러모로 부모를 미치게 하는 아이였다. 거친 성격으로 미치게 하고, 사랑스러운 모습으로 미치게 하고.

어느새 곁으로 다가온 아버지가 휴대전화를 들고 두 사람의 모습을 동영상으로 담고 있었다. 나는 모경을 품에 안은 채로 다정한 남편과 사랑스러운 딸을 지켜보았다.

"자, 간다!"

딸이 올라탄 민트색 자전거를 남편이 슬근슬근 밀어 주기 시작했다.

"와! 아빠 바퀴 굴러간다! 신기해!"

모랑이 괴성을 지르며 즐거워했다. 두발자전거에는 보조 바퀴가 달려 있었다. 남편이 손을 놓는다고 해도 주행이 어렵지 않은 자전거였다.

"아빠, 잡고 있지?"

"응."

그가 자전거에서 손을 천천히 뗐다.

"정말 잡고 있지?"

"응, 잘하고 있어. 더 멀리 봐, 모랑아!"

남편이 나에게 자전거 타는 법을 알려 주던 순간이 자연스럽게 떠올랐다.

"나 계속 붙잡고 있는 거지?"

"응, 아빠 놓은 적 없어."

목소리에서 거리감이 느껴졌는지, 모랑이 왼발을 땅에 디디며 우뚝 멈춰 섰다. 그러곤 뒤를 돌아보며 멀찍이 서 있는 남편을 향해 소리친다.

"거짓말! 아빠 손 놨잖아! 으앙!"

모랑이 와락 울음을 터뜨렸다. 그러자 남편이 유쾌한 웃음을 터뜨리며 달려가서는 딸내미를 번쩍 안아 들었다.

"아빠가 손을 놔도 모랑이가 잘 탈 거라고 믿었어. 우리 모랑이 진짜 잘한다!"

커다란 손으로 통통한 뺨을 타고 흐르는 눈물을 닦아 주자, 아이가 슬슬 울음을 그치기 시작한다. 하지만 딸애의 눈동자에는 배신감이 역력했다.

"진짜?"

"응, 진짜. 우리 모랑이 진짜 잘 타."

모랑이 웃음을 숨기지 못하고 헤벌쭉했다.

"할아버지가 우리 모랑이 혼자 잘 타는 거 다 찍었다. 우리 모랑이 진짜 멋지던데?"

외할아버지에게는 더욱 진하게 웃어 보인 모랑이 내려 달라며 발버둥 쳤다. 곧장 자전거를 향해 달려간 아이는 안장에 올라타서 스스로 페달을 밟으며 마당을 질주했다.

"모랑아, 천천히! 다친다!"

"응, 천천히!"

말로만 '천천히'라고 답한 아이는 지칠 때까지 자전거에서 내려오지 않았다.

늦은 밤, 모랑과 모경은 외할아버지와 외할머니의 품에 안겨서 잠이 들었다. 나와 아내는 홀가분한 몸으로 잠자리에 들었다. 요즘 서래마을의 집보다 이곳에서 보내는 밤이 더 많은 이유다.

마른 등허리를 바짝 당겨 안았다. 그녀는 남편의 단단한 가슴팍에 얼굴을 묻으며 고단한 목소리로 물었다.

"오늘 피곤했지?"

"아니, 전혀."

동그란 이마에 입을 맞췄다. 그녀에게서 싱그러운 바람 냄새가 났다.

"아까 모랑이 자전거 가르쳐 주는 거 보는데, 옛날 생각 나더라."

"나도."

나와 아내는 서로를 닮은 톤으로 웃었다.

"그때 우리 진짜 풋풋했는데."

둘째를 낳고 난 뒤, 아내는 종종 옛날을 그리워하는 것처럼 보였다. 출산 후 몸 선이 예전 같지 않아서 속상해하는 눈치였지만, 내 눈에는 여전히 예쁘고 사랑스럽기만 하다.

시간이 지날수록 그녀는 우아한 모성애를 갖추었고, 가정을 건실하게 돌보는 믿음직한 아내의 모습까지 두루 보여 주었다.

이보다 더 완벽할 수 없는 아내다.

"지금도 풋풋해, 우리 오밀희는."

보드라운 뺨에 입을 맞추자, 그녀가 조용히 미소 지었다.

"여전히 예쁘고."

뺨을 따라 입술을 미끄러뜨렸다. 숨결이 섞이는 거리에서 속삭였다.

"너무 사랑스럽고."

웃음을 흘리는 입가를 부드럽게 머금었다. 입술을 맞댄 채로 그녀가 물었다.

"내일 애들 데리고 놀이동산 가자고 하시는데, 당신 괜찮겠어? 나는 모경이 봐야 해서, 당신이 모랑이랑 같이 놀이기구 타야 하는데. 애들 놀이기구라는데도 높이 올라가더라."

아내의 목소리에서 남편 걱정이 뚝뚝 흘렀다.

"응? 놀이기구가 높이 올라가는데, 왜?"

"당신 고소공포증 있잖아!"

잠시 잊고 있었다. 내가 고소공포증이 있어야 하는 남자라는 사실을 말이다. 그동안 고소공포증을 굳이 언급할 만한 일이 없었기에 깜빡하고 만 것이다. 애 둘 낳고 육아에 치이다 보면 이런 일도 생기고, 저런 일도 생긴다.

아내가 의심스럽다는 듯이 나를 응시한다.

"아, 맞다……. 내가 깜빡했다. 요즘 애들 쫓아다니느라, 내가 어떻게 살았는지도 잊었네."

거짓말은 아니었다. 다만 내가 그녀에게 고소공포증이 있다고 거짓말한 사실을 잊었을 뿐이다.

"어떻게 그런 걸 잊어버리냐?"

그녀가 어이없다는 듯이 웃었다.

"내일 나 모랑이 데리고 놀려면 진짜 고생 많겠다. 그치?"

나는 이때다 싶어서 아내의 파자마 단추를 풀기 시작했다. 아내가 안쓰럽다는 듯이 내 입술에 쪽 소리가 나도록 입을 맞췄다. 나는 파자마 속으로 손을 집어넣어서 말랑말랑한 가슴을 부드럽게 움켜쥐었다.

"흐음."

아내가 만족감 어린 한숨을 내쉬며 지그시 눈을 감았다. 나는 아내의 입술 새를 혀로 가르며 파고들었다.

또다시 말하지만, 나는 고소공포증이 없다.

다만 죽을 때까지 그녀의 곁에서는 상냥한 미소를 얻고 싶은 남자일 뿐이다.

특별 외전 1.
노을보다 더 붉게

누가 침대에 몸을 꽁꽁 묶어 놓기라도 한 듯 몸이 묵직했다. 어설프게 닫아 놓은 암막 커튼 사이로 아침 햇살이 무자비하게 새어 들어오고 있었다.

대체 몇 시냐.

침대 머리맡으로 손을 뻗어서 더듬거렸다. 분명 잠들기 전에 휴대전화를 여기쯤 놓은 것 같은데 없다.

"아, 씨."

욕지거리를 집어삼키며 몸을 반쯤 일으켰다. 기말고사 기간이어서 잠이 부족한 탓에 머리가 묵직했다.

죽겠네, 진짜.

누가 우리나라 대학생은 공부 안 한다고 한 거야?

고등학교 때까지는 열심히 공부하다가, 대학교만 가면 논다고 하는 말이 나로서는 참 억울했다. 고3 때와 비슷한 수준은 아니어도 대학교에서도 일정 성적을 유지하려면 피 터지게 공부해야 하는 것은 마찬가지였다.

잡았다!

방바닥을 더듬거리던 나는 휴대전화가 20kg 덤벨이라도 되는 것처럼 힘겹게 들어 올렸다. 그런데 휴대전화가 불길하게 진동하고 있었다.

발신인은 내가 많이 좋아하는, 혈육 아닌 유일한 오빠 공무진이었다.

"여보세요?"

ㅡ 하아…….

휴대전화 너머에서 대뜸 그의 한숨 소리가 들려온다. 공무진은 정말이지 존재감이 미쳤다. 한숨 소리마저 잘생길 수 있다니, 세상에 존재하는 공감각적 심상을 온몸으로 표현하는 남자다.

ㅡ 너 전화해서 깨워 달라며……?

그랬었다. 새벽에 전공서를 보다가 잠이 들기 전, 그에게 아침 일찍 깨워 달라는 메시지를 보냈었다.

그에게 차이고 나서 정신을 차리지 못했던 봄날, 나는 2주 동안이나 수업을 무단으로 빼먹었었다. 그걸 만회하려면 기말고사를 기똥차게 잘 봐야 하는 상황이었다.

"지금 몇 시죠?"

얼이 나간 물음이 흘러나왔다. 내 시선은 이미 벽에 걸린 시계를 더듬고 있었다.

– 10시 반.

내가 그에게 꼭 깨워 줘야 한다고 신신당부했던 시간은 아침 8시였다. 그러니까 원래 일어나려고 계획했던 때로부터 2시간 반이 흐른 거다.

"너무 피곤해서 전화 오는 소리도 못 들었나 봐요."

조금 전 분명 휴대전화가 진동하는 것을 느꼈다. 그에게 깨워 달라고 메시지를 보내 놓고선 휴대전화를 진동으로 해 놓고 잠든 거였다.

"미안해요."

대역죄를 지은 것처럼 목소리가 기어들어 갔다. 차마 휴대전화를 진동으로 해 놓았었다는 말은 덧붙이지 못했다. 그가 연신 땅이 꺼져라, 한숨을 쉬어 댔기 때문이다.

"몸살 기운이 좀 있었는데, 잠을 못 자서 그랬는지……. 머리가 좀 무거워서."

– 아프다고? 학교는 올 수 있는 거야?

촉촉한 그의 목소리가 듣기 좋게 한 톤 치솟았다. 시험 기간이어서 잠이 부족한 탓에 체력이 떨어진 것도 사실이기는 했다. 거기에 엄살을 조금 보탰다.

"그냥 좀 몸살 기운이 있는 거예요. 학교 못 갈 정도는 아니고요."

　－ 그럼, 집에서 쉬다가 오후 수업 때 나와.

"공부는 학교가 더 잘 돼요."

　사실 그의 강의가 빈 시간에 맞춰서 얼굴을 보고 싶은 마음이 더 컸다.

　－ 알았어. 학교 도착하면 전화해.

　그는 안타깝다는 목소리로 인사를 건네고는 전화를 끊었다. 그와의 통화를 마친 나는 부재중 전화 목록을 보고 기겁했다.

[부재중 전화 103통]

　숫자가 잘못된 줄 알고 눈을 질끈 감았다가 다시 부릅떴다. 다시 봐도 숫자 '103'에는 변화가 없었다. 아무래도 그는 8시부터 내가 일어나기 직전까지 전화를 건 모양이었다.

　이 정도 집념은 되어야 공무진만큼 될 수 있는 건가 보다.

　학교에 도착한 나는 약간은 졸아서 그에게 전화를 걸었다.

　－ 어, 학교 왔어?

　그는 신호가 두 번도 울리기 전에 전화를 받았다. 그런데 그의 목소리가 평소와는 다르게 조용조용했다. 체육관의 땀 냄새 나는 소음과는 다른 분위기다.

"네, 이제 막 버스에서 내렸어요. 오빠는?"

'오빠'라는 부름에 그가 작게 웃는 소리가 들려왔다. '오빠' 소리가 저렇게 좋을까, 싶다.

– 나 중도야. 앞에 와서 전화해.

그는 지금 체육관에 있을 시간이었다. 그런데 그가 중앙 도서관에 있다니 좀 의외였다.

초여름의 싱그러운 녹음이 우거진 학내를 빠르게 걸었다. 빠르게 걷고 나면 신진대사가 활발해져서 집중력이 높아져서 공부하기 좋고 또……. 무엇보다 공무진이 너무너무 보고 싶었다.

중앙 도서관 앞에 도착한 나는 숨을 헐떡거리며 그에게 전화를 걸었다. 그는 '지금, 나가!' 하고는 얼른 전화를 끊었다.

이윽고 그가 근사한 미소를 머금으며 도서관 로비에 나타났다. 누구 남자 친구인지 정말 기막히게 잘생겼다. 오늘도 검은색 트레이닝 복을 입은 그의 얼굴이 매끄럽게 빛났다.

그는 긴 다리로 성큼성큼 다가와서는 대뜸 커다란 손을 들어 올려서 내 이마를 덮었다.

"미열이 조금 있나? 약은 먹었어?"

"약은 안 먹었어요."

그가 미간을 살짝 찡그리며 내 얼굴을 샅샅이 살펴보았다. 그의 시선이 닿는 살갗 위마다 열기가 치솟는 게 느껴졌다. 빤히 보는 시선이 조금 부끄러웠다.

"얼굴이 빨간데……. 열나는 것 같아. 약 먹어야 하는 거 아냐? 밥은 먹었어?"

걱정을 해 주는 것은 기꺼웠지만, 어쩐지 어린애를 대하는 것 같아서 기분이 조금 묘했다.

"그런 거 아녜요. 오빠가 그렇게 빤히 쳐다보니까……."

나는 하마터면 수줍다는 표시로 몸을 비비 꼬며, 꼴사납게 살랑살랑 어깨를 흔들 뻔했다. 시선까지 45도 각도로 내리깔고 말이다. 그의 눈빛에 몸이 녹아내릴 것 같으면서도, 연애는 처음인지라 간질거리는 상황이 못 견디게 어색했다.

"밥은 먹었냐고."

그가 웃음기 섞인 목소리로 물었다.

"먹었어요……."

"그럼 편의점 가서 해열제라도 사 먹자."

"열나는 거 아니라니까요."

나는 발끈해서는 그를 올려다보았다. 순간 나의 시야에 그의 붉고 탐스러운 입술이 가득 찼다.

"약이 아니라, 다른 걸 먹어야 할 것 같기는 해요."

내가 지금 무슨 소리를 지껄인 거지?

음란한 의도가 득실거리는 말을 내뱉어 놓고, 수줍게 시선을 피해 버렸다.

"뭐 먹고 싶은데?"

선배 입술이요.

대놓고 말하지는 못하고 우물쭈물했다. 나는 시간만 나면 그와 손잡고 싶고, 끌어안고 싶고, 입 맞추고 싶어서 요즘 미쳐 버릴 것만 같았다. 그런데 그는 속세를 떠나 상아탑을 지키는 현자(賢者)처럼 서늘한 눈빛으로 나를 내려다보고 있었다.

그래. 나만 음란한 거지, 또?

나는 괜히 억울한 기분이 되어서 그의 서늘하고도 이지적인 시선을 피해 버렸다.

"가자, 나도 뭐 좀 먹어야겠다."

커다랗고 뜨거운 손이 내 손을 덥석 잡았다. 여름이 다가오고 있는데도 내 손은 조금 차가웠고, 손끝에 물든 냉기를 빨아들이듯 그는 뜨겁게 손바닥을 맞댔다.

손바닥부터 시작해서, 손목, 팔꿈치, 팔뚝, 어깨, 심장까지 차례대로 녹아내리는 것 같은 기분이었다. 그가 전해 주는 열기는 금세 아랫배까지 도달했고, 여름날의 태양을 가랑이 사이에 대고 있는 것처럼 뜨끈뜨끈했다.

내 몸이 이토록 음탕했단 말인가?

남녀 간의 은밀한 육체적 행위에 의한 신열을 제대로 알지도 못하면서 나는 밑도 끝도 없이 달아올랐고, 그 때문에 그가 나를 으슥한 계단 밑으로 이끈 것도 알아차리지 못했다.

음탕한 마음만 앞선 나는 그런 행동과 눈치에는 굼뜨고 어리숙했다.

"오밀희?"

그가 사뭇 어두운 목소리로 내 이름을 부르고 나서야, 나는 인적이 드문 계단 밑에 다다랐다는 것을 깨달았다.

"여긴 왜? 여기서 뭐 먹게요?"

계단에서 먹을 것을 찾는 내가 참으로 멍청하게 느껴졌다. 마른침이 꿀꺽 넘어간 순간이었다.

그가 커다란 손으로 내 뺨과 옆얼굴을 감쌌다. 그의 얼굴이 순식간에 다가왔다. 나는 눈을 감아야 할 타이밍에 부릅 뜨고 말았다.

그가 습윤한 호흡이 느껴지는 거리에서 물었다.

"먹어도 돼?"

아무렇지 않은 얼굴로 이토록 야한 말을 쏟아 낼 거라고는 예상하지 못했다. 그리고 그도 대범하게 묻기는 했지만, 부끄러운 것은 마찬가지인지 귓불이 새빨갛게 물들어 있었다.

나는 그에게 얼굴을 붙들린 채로 재빠르게 고개를 끄덕거렸다.

그의 마른 입술이 내 입술을 순식간에 집어삼켰다.

"으음!"

목울대를 울리는 여린 신음이 새어 나왔다. 놀란 탓이었다. 그의 갑작스러운 키스에 놀라고, 그게 또 너무 선정적이어서 놀랐다.

입안으로 그의 두툼하고 뜨거운 혀가 왈칵 밀려들었다. 우둘투둘한 혓바닥이 무자비하게 비벼졌다. 그가 밀어붙이는 힘이 너무 강한 탓에 나는 조금씩 뒷걸음질 쳤다. 그러다 보니 등 뒤로 차가운 벽이 맞닿았다.

딱딱하고 차가운 기운에 깜짝 놀라서 어깨가 흠칫 떨렸다. 그러자 옆얼굴과 뒤통수를 감싸고 있던 그의 양손이 목덜미를 타고 등허리로 내려갔다. 자연스럽게 그의 목에 팔을 두르고 매달리듯 끌어안았다.

등 뒤에서는 냉습한 기운이 침범했고, 몸 앞쪽에는 딱딱하고 뜨거운 그의 흉근과 복근이 빈틈없이 맞닿았다.

그는 하체를 이상하게 뒤로 빼고 있었다. 내가 몸을 더욱 가까이 붙이려고 하자, 반 발자국 뒤로 물러나기까지 했다.

입술을 슬쩍 뗀 그가 조용히 속삭였다.

"가만히."

어쩐지 괴롭게 느껴지는 한숨이 묻어나는 목소리였다.

그는 짧게 속삭이고는 반대로 고개를 비틀며 입안을 깊게 파고들었다. 한쪽 팔로는 내 등허리를 휘감고, 다른 한쪽 팔로는 무언가를 억누르듯 벽을 짚은 자세였다.

그가 무엇을 억누르고 있는 것인지 본능적으로 느껴졌다. 아직 이런 경험이 부족한 나는 그대로 굳어 버렸다.

입술과 입술이 맞부딪치는 질척한 소음이 무척이나 야하

게 들렸다. 입안이 그의 타액으로 흠뻑 젖었고, 그의 혀끝이 혀뿌리까지 훑는 듯했다. 숨을 들이쉬는 게 힘겨웠고, 내뱉는 것도 어렵기는 마찬가지였다.

그에게 더욱 가까이 달라붙어서 몸을 비비고 싶은 충동이 머리끝까지 치솟았지만, 꼼짝도 할 수가 없었다. 입안에 꽉 들어찬 그의 혀를 빨며, 넘쳐흐를 것 같은 키스를 받아 내는 것만으로도 벅찼다.

"흐으."

간신히 입술이 떨어진 틈을 타서 달아오른 호흡을 내뱉었다. 그는 그 숨결마저 앗아 갈 것처럼 다시금 입술을 집어삼켰다. 입안이 열기로 타오르는 것만 같았다. 그가 내뱉는 가쁜 호흡이 목구멍을 타고 내려가서 내장까지 태워 버리는 듯했다.

그의 목덜미를 어설프게 주물럭거렸다. 손끝이 저릿할 정도로 뻗쳐 나가는 열기를 제어하지 못하고 온몸을 바들바들 떨었다. 가랑이 사이를 타고 주르륵 흘러내린 무언가가 팬티를 흠씬 적시는 느낌도 생생했다.

그의 혀가 입안으로 드나드는 깊이가 점차 얕아졌다. 키스가 끝나 가고 있었다. 나는 아쉬운 마음에 그의 목을 더욱 바짝 끌어안았지만, 그는 고개를 비틀어서 입술을 떼고 말았다.

젖은 입술에 가볍게 몇 번 입을 맞춘 그가 중얼거렸다.

"도서관 자리 맡아 놨어."

야한 키스 끝에 내뱉는 말치고는 지나치게 단정했다.

"네?"

나는 무슨 뜻인지 대번에 알아듣지 못하고 되물었다.

"네가 매일 앉는 도서관 창가 자리. 내가 맡아 놨다고. 여태 내가 앉아 있었어. 이제 네가 가서 앉아."

시험 기간에 도서관 자리를 맡는 것은 전쟁이나 다름없었다. 그런데 내가 앉는 자리를 기억해 놨다가 맡아 놓았다는 그의 말에 가슴이 또 다른 의미로 벅차올랐다.

시험 전에 이렇게 야한 키스를 건네는 남자가 내 도서관 자리를 맡아 놓았다는 거다. 도서관 자리에 책이나 펜만 올려 두고 장시간 자리를 비우면, 관리자가 자리를 싹 비워 버린다. 그러니 여태 내가 올 때까지 자리를 지키고 있었다는 뜻이다.

이러고 공부가 되겠어?

"내가 새벽부터 지킨 자리야. 공부 열심히 해. 딴생각하지 말고."

그는 마치 내 머릿속을 들여다보는 것처럼 말했다.

"딴생각 안 해."

새침하게 대답하며 고개까지 가로저었다.

"기특하네. 나는 거기 앉아서 내내 딴생각했는데."

나는 그의 젖은 입술을 홀린 듯 바라보고 있던 시선을 슬쩍 들어 올렸다. 그의 눈동자도 젖어 있기는 마찬가지였다. 정말이지 사람을 여러 방면으로 홀린다.

"무슨 생각 했는데⋯⋯요?"

그가 여기서 더 야한 말을 하면 졸도해 버릴지도 모른다는 생각이 들었다. 머릿속에는 이미 임계치의 음탕함이 담겨 있었고, 새벽까지 공부했던 내용이 전부 붉은 잉크에 젖어 버린 듯 몽롱했다.

"매일 오밀희가 앉던 자리에 내가 앉았구나, 하는 생각⋯⋯. 이 자리에 다른 놈이 앉는 건 참 싫다, 하는 생각⋯⋯. 네가 앉았던 의자조차 나는 질투가 나는구나⋯⋯. 그런 변태 같은 생각."

아랫입술을 깨물며 좋아서 어쩔 줄 모르고 웃었다. 그러자 그가 속마음을 너무 솔직히 털어놓은 게 민망했는지 장난스럽게 덧붙였다.

"맨날 똑같은 자리에 기를 쓰고 앉는 걸 보면⋯⋯. 한군데 집착하는 너도 참 변태 같다는 생각?"

"아니거든요!"

그가 내 운동화를 내려다보았다. 그 부분에서는 반박할수가 없었다. 나는 검은색 캔버스화를 무척이나 좋아했고, 그걸 몇 년째 신고 있었다.

검은색 트레이닝 복만 입는 남자가 할 말은 아니라고 맞받아치고 싶었다. 그런데 그가 거리를 벌리며 한 발짝 물러섰다. 따져 묻고 싶은 오기보다, 아쉬움이 더 컸다.

"이제 체육관 가요?"

"응."

나는 대강 고개를 끄덕거렸다. 이제 그와 떨어져야 한다고 생각하니, 심통이 다 나려고 했다. 떨어지기 싫어서 죽을 것만 같았다. 그의 몸에 껌 딱지처럼 붙어 있고 싶었다. 아니, 그의 검은색 트레이닝 복이 되어서 날마다 그에게 착 휘감겨 있고 싶어졌다.

그러면 그의 단단한 몸 근육에…….

"무슨 생각해?"

"아뇨!"

그가 나의 머릿속을 들여다보고 있는 것도 아닌데, 나는 펄쩍 뛰며 발뺌했다. 음탕한 생각을 하다가 딱 들킨 꼴이었다.

커다란 손이 다가와 내 앞머리를 마구 헝클었다.

"시험 잘 봐."

어설프게 웃으며 고개를 끄덕거리자, 그가 더욱 진하게 웃으며 내 손을 잡았다.

우리는 말없이 손을 잡은 채로 계단을 올라 열람실로 향했다.

그의 말대로 내가 즐겨 앉는 자리에 그의 가방과 전공서, 펜 따위가 놓여 있었다. 그런데 그의 자리에 하트 모양 메모지가 붙은 초코 우유가 놓여 있었다.

그는 초코 우유를 보지 못했는지, 아니면 봤는데 모른 척하는 건지 말없이 가방을 챙기고는 나를 그 자리에 앉혔다.

내가 그를 빤히 올려다보았다. 그러자 그가 왜 그런 의미심장한 눈으로 쳐다보냐는 듯이 눈을 치떴다. 나는 약간의 신경질이 섞인 턱짓으로 초코 우유를 가리켰다. 그러자 그가 그제야 우유갑을 괴생명체 보듯이 바라보았다.

미간을 왈칵 찡그린 그가 200mL 우유갑을 집어 들었다. 손이 너무 커서 우유가 지나치게 작아 보였다.

흘끗 본 하트 모양 메모지에는 휴대전화 번호가 적혀 있는 듯했다. 그가 우유갑에서 메모지를 조용히 뗐다. 그러고는 내 앞에 초코 우유를 내려놓았다.

뭐야, 메모지는 챙기려고?

그가 나에게 메모지를 확인하라며 내밀었다.

그 자리에 매일 앉는 여자애가 있어요. 비켜 주시면 사례하겠습니다.

나는 흠칫 놀란 눈으로 그를 올려다보았다. 그가 내 귀에 대고 무섭게 속삭였다.

"이 새끼 내 눈에 띄면 죽여 버린다."

그러고는 입 모양으로 '우유는 너 마셔' 했다. 우유까지 빼앗아 가서 패대기칠 줄 알았는데, 또 먹을 건 먹으란다.

그는 돌아서며 하트 모양 메모지를 와락 구겼다. 나는 입술을 가늘게 맞물린 채로 삐져나오는 웃음을 참으며 전공서를 꺼냈다.

이래서 진짜 공부가 되겠나?

공무진이 나의 세계를 온통 뒤흔들어 놓은 기분이었다.

여름이 다가오고 있었다.

그런데 나는 그의 손아귀에 놓인 스노우볼처럼 낭만에 휩싸여 정신을 차리지 못했다.

그의 키스로 인한 아드레날린 때문인지 나는 시험 직전까지 놀라운 집중력을 발휘했고, 전공서를 읽는 족족 외워 버렸다.

그 결과 빽빽하게 적어 내린 답지를 제출하고 강의실을 빠져나올 수 있었다. 뭐 수업을 2주나 결석한 탓에 성적은 장담할 수 없지만…….

시험을 마치고 나오니, 강의실 밖에는 뜻밖에도 공무진이 기다리고 있었다.

"어? 훈련은요?"

내 물음에 그가 빙긋 웃었다.

"시험 기간에는 좀 일찍 끝나기도 해."

"나 꼭 상 받는 것 같다."

물색없는 말이 내 입에서 툭 튀어나왔다. 나는 속마음을 숨기지 못하고 헤벌쭉 웃었다. 아직 기말시험이 다 끝난 것은 아니었지만, 이렇게 잠깐씩 짬을 내서 그의 얼굴을 볼 수 있는 시간이 늘었다는 사실만으로 기뻤다.

그는 내 곁을 나란히 걸으며 연하게 웃었다. 해가 길어진 탓에 아직 노을도 지지 않은 늦은 오후였다.

"도서관으로 갈 거지?"

시험공부를 더 하고 갈 계획이라는 것을 알고 있었나 보다.

"혹시 또 자리 맡아 놨어요?"

"응. 이번엔 그 앞자리도 같이 맡았어."

그도 나와 함께 시험공부를 하다가 갈 생각인가 보다.

"근데 시험 기간에 그렇게 오래 자리 맡아 놓으면 안 되는 거 아녜요?"

"다 방법이 있지. 뭐 좀 먹고 갈까? 배고프지?"

시험으로 진을 다 뺀 탓에 배가 고프기는 했다. 우리는 학생 식당에서 나란히 앉아서 밥을 먹었다. 그는 마주 앉는 것보다 나란히 앉는 것을 더 좋아했다. 밥을 먹으면서 팔뚝이 슬쩍 스칠 때마다 심장이 두근거려서 죽을 맛이기는 했지만, 그래도 그가 내 옆에 딱 붙어 있는 게 나도 좋기는 했다.

"근데요."

"응."

식사를 마치고 자리에서 일어나는 중이었다. 그는 내 식판까지 자기가 들고는 걸음을 옮겼다.

"왜 마주 보고 앉지 않고, 항상 내 옆에 앉아요?"

"누가 네 옆에 앉는 거 싫어서."

그는 나를 돌아보지 않고 성큼성큼 걸음을 옮기며 대꾸했다. 나는 그가 어떤 표정으로 저런 말을 했을지 궁금해서 미쳐 버릴 것만 같았다.

"초코 우유 준 놈처럼 죽여 버리고 싶지는 않고?"

그가 우뚝 멈춰 섰다. 그의 뒤를 졸졸 따르던 나는 하마터면 단단한 등에 얼굴을 부딪칠 뻔했다.

"여차하면 다 자전거 바퀴로 경추를 밟아 버릴 수도 있고."

목을 부러뜨려 죽여 버리겠다는 말을 전공 살려서 하는 똑똑한 남자다. 누군가 자전거 바퀴에 깔려 죽을지도 모르는데, 나는 또 거기에 가슴이 설레고 자빠졌다.

도서관 열람실로 향하자, 나란히 붙어 있는 게 버거워 보이는 남자 둘이 우리 자리에 나란히 앉아 있었다. 우락부락한 덩치를 보니 그의 과 후배들인 것 같았다.

그가 나타나자마자, 두 사람은 얼른 일어나서 그에게 자리를 내주었다. 그는 등 뒤에 나를 숨겨 놓고 그들에게 보여 주지 않으려고 기를 썼다.

그의 살벌한 눈빛 때문인지 그들은 또 굳이 내 얼굴을 확인하려고 들지도 않았다. 참으로 눈물 나는 선후배 간의 의

리였다.

창밖으로 예쁜 노을이 지고 있었다. 우리는 노을 지는 창가를 등지고 앉아서 각자 전공서를 펼쳤다. 사각사각 샤프펜슬이 오가는 소리와 책장이 넘어가는 소리가 그 어느 때보다 로맨틱하게 다가왔다.

나는 고개는 가만히 두고 눈동자만 데구루루 굴려서 책을 들여다보고 있는 그의 옆얼굴을 훔쳐보았다. 활자에 집중한 그의 얼굴은 한없이 이지적이었다. 꽉 다문 턱과 그윽한 눈길의 아름다운 조화에서 눈을 뗄 수가 없었다.

그가 문득 시선을 느꼈는지 내 쪽으로 고개를 휙 돌렸다. 자연스럽게 시선을 돌리기엔 너무 늦어 버렸다.

왜?

그가 노트에 빠르게 휘갈겼다. 공무진은 글씨도 잘생겼다.

그냥요.
배고파?

이 남자는 내가 시도 때도 없이 배가 고픈 줄 아나 보다.

그럴 리가.

배고픈 눈인데?

세상에 그런 눈이 어디 있어요?

여기 있네, 오밀희 눈. 뭐 하나 잡아먹을 것 같은 눈인데? 음료수라도 뽑아다 줘?

내가 잡아먹고 싶은 것은 캔 음료가 아니라, 눈앞에 있는 남자라는 것을 모르나 보다. 나는 고개를 슬쩍 내젓고는 얼른 전공서로 시선을 돌려 버렸다.

그러자 그가 노트에 무언가를 끄적여서 내밀었다.

좀 이따, 해 줄게.

뭘? 나는 되묻지 못하고 굳어 버렸다.

그의 입가에는 진한 웃음기가 어려 있었다. 재미있어 죽겠는지 진하게 퍼지는 웃음을 참지 못하고 얼굴을 새빨갛게 물들이기까지 한다. 그런데 그 모습이 또 좋아 죽는 나도 얼굴이 덩달아 빨개졌다.

그 시절 우리는 노을보다 더 붉게 아름다웠다.

특별 외전 2.
감격의 이유

새벽 운동을 마치고 처가 대문으로 들어서던 나는 2층 유리창 너머로 보이는 밀희의 모습을 보고 잠시 멈춰 섰다. 그녀는 아기 띠를 한 채 둘째 모경을 안고 달래는 중이었다.

　아직 깰 시간이 안 됐는데…….

　돌이 되지 않은 모경은 아침 8시쯤에 눈을 뜨곤 했는데, 지금은 겨우 6시 반을 넘긴 이른 아침이다. 잠이 부족한지, 눈을 꼭 감은 채로 아이의 등을 토닥거리는 밀희는 내 시선을 오래도록 잡아 끌 정도로 아름다웠다.

　나는 얼른 들어가서 모경을 받아 들고, 아내를 더 재워야겠다는 생각을 하면서도 유리창 너머로 보이는 아내의 모습에 매료되어 움직이지 못했다.

꼭 그때 생각이 났다.

대학 시절 오밀희는 도서관에서 항상 같은 자리에 앉곤 했었다. 창가 자리에 앉은 그녀의 모습을 훔쳐보려고 일부러 중앙 도서관 근처를 서성거렸던 적도 많았다. 그것도 부족해서 단체 조깅 코스에 도서관 앞길을 넣으려고 애를 먹었었다.

풋내 나던 싱그러운 기억을 떠올리는 사이, 입가로 미소가 번졌다. 내내 눈을 감고 있던 아내가 눈을 번쩍 뜨고는 창밖을 내다본 것도 동시였다.

눈이 마주치자, 그녀가 고개를 갸우뚱 기울였다. 왜 그렇게 멀뚱히 서 있냐고 묻는 눈빛이었다. 매일 한 이불을 덮고 자는 아내를 넋 놓고 바라보던 나는 새삼 낯이 뜨거워서 멋쩍은 미소를 머금었다.

그녀도 따라 웃었다. 왜 그러는 건지 모르겠다는 듯이 약간은 어이없는 웃음이기도 했다.

올라가면 또 한 소리 듣겠네.

나는 계단을 뛰듯이 올라가 그녀가 서성이는 2층 응접실로 향했다.

"쉬잇! 이제 겨우 잠들었어!"

그녀가 목소리를 잔뜩 가라앉히며 어깨까지 옹송그리고는 속삭였다. 내 발을 흘끗거리는 것으로 짐작건대 발소리조차 죽이라는 뜻이었다.

나는 아내 말을 잘 듣는 남편답게 까치발을 든 채로 그녀
에게 다가갔다. 아이를 받아서 안으려고 하자, 그녀가 단호
하게 고개를 내저었다.

"나한테 주고, 좀 더 자."

그녀가 미간을 왈칵 찡그리며 나무랐다.

"씻기나 해. 근데 방금 왜 그러고 서 있었어?"

달콤하고 고소한 젖비린내를 폴폴 풍기는 아이를 안고 있
는 아내인데도, 씻으라는 말에 가랑이 사이가 묵직해지려고
한다.

"너무 예뻐서."

아내의 동그랗고 작은 머리통을 커다란 손으로 감싸고는
그녀의 관자놀이에 조용히 입을 맞추었다. 꽃사과처럼 예쁜
빛으로 솟아오르는 뺨도 사랑스러워서 입술을 슬쩍 내렸다.
뺨에 입을 맞추고 나니, 아쉬운 생각이 들어서 그대로 그녀
의 입술을 물어 버렸다.

아이를 안고 있는 탓인지 그녀가 세게 밀어내지도 못하고
어깨를 흠칫 떨었다. 이내 달아오른 아내의 호흡이 뺨 위에
서 느껴졌다.

작게 벌린 그녀의 입안으로 혀를 밀어 넣고는 말랑말랑한
속살을 매끄럽게 훑었다.

급하게 숨을 들이쉬는 그녀는 꼼짝도 하지 못하고 선 채
로 키스에 응했다. 남편의 혀에 자신의 혀를 얽고선 다급하

게 빨아들이는 아내는 가랑이 사이가 분연히 솟아오를 만큼 자극적이다.

"흐으."

참지 못한 아내가 신음을 흘렸다. 잠든 아이를 안은 채로는 달아오른 신열을 어떻게 할 수 없어서 답답해하는 듯한 음색이었다.

천천히 입술을 떼자, 질척하게 얽혔던 타액이 길게 늘어지다가 어느 순간 끊어졌다. 아쉬운 어깻숨을 내쉬는 아내의 눈초리가 붉었다.

"얼른, 씻으라고."

그녀가 이제 더는 정신 사납게 하지 말라는 양 중얼거리고는 침실로 달아나 버렸다.

응접실에 홀로 남겨진 나도 욕구가 다 채워지지 않아서 죽을 맛이기는 마찬가지였다. 아내가 모경을 안고 있지만 않았어도 그대로 욕실로 함께 들어갔을지도 모른다.

사위를 아들보다 더 아껴 주는 처가에 머무는 게 육아에 지친 아내를 위해서도 더 좋은 일이기는 했다.

하지만 마음껏 애정 행각을 벌일 수 없는 것은 미칠 노릇이었다.

뭐 그렇다고 집에서 그녀를 양껏 안아 왔던 것도 아니다. 아직 어린아이 둘과 패밀리 침대를 함께 쓰는 탓에 침실에서는 아내를 안을 수 없었고, 그렇다고 집안일을 도와주는 사람들이 왔다 갔다 하는 응접실이나 부엌에서 옷을 풀어 헤치지도 못했다.

그래도 아이가 첫째 모랑이 하나일 때는 요리조리 눈치를 봐 가며 아내를 안곤 했었다. 그런데 둘째 모경이 태어나고 나서부터는 아내의 몸을 탐하는 일이 업힐(Up-hill) 구간을 오르는 것보다 더 힘들었다.

하는 수 없이 홀로 욕실로 향했다. 운동복을 벗어 던지자 사납게 올라붙은 채로 끄덕거리는 성기가 눈에 들어왔다. 혼자 대충 달래고 씻어야겠다는 생각으로 기둥을 움켜쥐었을 때, 욕실 문이 열리는 소리가 들렸다.

문을 잠그는 것을 깜빡했다.

잠에서 깬 모랑이 스스로 화장실에 온 것은 아닐까 싶어서 기겁한 것도 잠시, 아내가 예쁘게 웃으며 유리 샤워 부스 안으로 들어왔다.

"문은 일부러 안 잠근 건가?"

홀딱 벗은 그녀가 남편의 허리를 끌어안고는 가슴팍에 턱을 기대며 물었다. 묵직하게 뻗어 간 페니스는 그녀의 말랑말랑한 배에 눌려 더 바짝 치솟았다.

"깜빡했어. 모랑인 줄 알고 깜짝 놀랐네."

"둘 다 자. 앞으로 2시간은 푹 잘 것 같아."

피곤한 얼굴을 한 그녀는 보드라운 여체를 단단한 몸 위에 비비듯 살랑거렸다.

"애들이랑 같이 좀 더 자지. 안 피곤해?"

걱정스러워서 건넨 말이었는데, 그녀가 토라지며 허리를 휘감았던 손을 내렸다.

"나 진짜 가서 자?"

올려다보는 눈빛이 점점 뾰족해지기 시작했다.

"피곤할까 봐 걱정돼서 그런 거지."

말이 끝나기가 무섭게 고개를 내려 그녀의 입술을 빨아 삼켰다.

"으음."

언제 토라졌었냐는 듯 그녀는 단단한 목덜미에 팔을 감으며 까치발을 했다. 흥근에 닿는 그녀의 젖가슴은 모유를 꽉 머금은 듯 묵직했다. 말랑말랑한 가슴도 좋았지만, 생명력을 가득 머금은 그녀의 몸은 어쩐지 더 자극적으로 다가왔다.

여전히 가녀린 등허리를 왼팔로 끌어안으며 오른팔을 뻗어서 수전을 들어 올렸다.

따뜻한 물줄기가 떨어지자, 그녀의 가슴 끝에서 뽀얀 젖이 흐르기 시작했다.

"흐으으."

젖이 돌 때마다 가슴이 따끔거린다고 했던 그녀가 앓는 소리를 냈다. 아이가 양껏 빨았는데도 그녀의 젖샘은 마르지 않고 꽉 들어차 있었다. 오른손으로 그녀의 가슴을 받치

듯 감쌌다.

"아파?"

그녀가 미간을 살짝 찡그리며 끄덕거렸다. 말없이 고개를 내려서 그녀의 오른쪽 가슴 끝을 입에 물었다. 유륜 너머까지 한입에 집어넣고는 세차게 빨아 보았다.

"하으읏."

고개를 젖히는 밀희의 뺨이 예쁘게 붉었다. 샤워기에서 떨어지는 물방울이 그녀의 매끄러운 살갗에 닿아서 사방으로 튀었다.

오른손으로는 그녀의 왼쪽 가슴을 밑동부터 잡아 올리고는 리드미컬하게 주물렀다. 손등을 타고 뽀얀 젖이 줄줄 흘러내리는 광경은 눈두덩이에 열이 오를 만큼 관능적이었다.

가랑이 사이가 아프도록 당겼다. 빨리 그녀의 몸을 파고들지 않으면 죽을 것처럼 딱딱하게 굳은 상태였다.

흐물흐물 녹아내리는 것 같은 여체를 욕실 벽으로 밀어세웠다.

가슴을 주무르던 손으로 옆구리를 간질이듯 쓸어내린 뒤, 골반을 타고 내려가서 그녀의 허벅지 안쪽을 더듬거렸다. 샤워기에서 떨어진 물기가 아닌 끈끈하고 뜨거운 애액으로 음부가 흠뻑 젖어 있었다.

다리 사이에 얼굴을 박아 넣고 야한 냄새를 풍기는 살점을 핥아 마시고 싶었지만, 단전 아래가 심하게 당겨서 더는 시간을 끌 수가 없었다.

매끈한 허벅지 안쪽으로 팔을 밀어 넣고는 위로 살짝 들어 올리자, 그녀가 한쪽 다리를 남편의 허리에 휘감듯 매달렸다.

더는 잴 여력도 없어서 기둥을 얼른 붙잡고 입구를 맞춘 뒤 단숨에 파고들었다.

"아아."

"흐으응."

두 사람의 입에서 만족스러운 신음이 동시에 터져 나왔다.

처음 연애할 때보다, 다시 만나서 두 번째 연애했을 때보다, 더 짜릿한 전율이 바들거리는 살갗을 타고 번져 갔다. 겨우 반쯤 들이밀었을 뿐인데, 왈칵 조이는 느낌에 하마터면 넣자마자 사정할 뻔했다.

"후우."

더운 숨이 훅 터져 나왔다. 그녀는 미간을 왈칵 찡그린 채로 결합된 부위를 내려다보고 있었다.

녹아내릴 것 같은 몸으로 간신히 버티고 서서 뒤엉킨 성기를 응시하는 아내는 가쁜 숨을 자잘하게 내뱉을 정도로 달아오른 상태였다.

아내의 젖은 이마에 입을 맞추며 몸을 끝까지 밀어 넣자, 그녀가 고개를 외로 틀며 아랫입술을 깨물었다. 외설적으로 않는 소리가 밖으로 새어 나갈까 봐 입을 앙다무는 모습도 예쁘기는 마찬가지였다.

고개를 내려 그녀의 아랫입술을 깨물었다. 그녀가 젖은 어깨에 얹었던 손을 목덜미로 옮겨 가며, 턱을 들어 올렸다. 따뜻한 입안으로 혀를 밀어 넣으며, 허리를 뒤로 뺐다가 거칠게 쳐올렸다.

"으음."

젖은 몸이 미끌미끌했다. 자꾸만 자세가 흐트러져서 조바심이 다 나려고 했다. 마음 같아서는 그녀를 침대에 눕혀 놓고 기절할 때까지 몰아붙이고 싶었다.

자세가 만족스럽지 않기는 그녀도 마찬가지인 듯했다. 덩치 차이가 큰 탓에 젖은 상태에서 마주 보고 선 체위는 썩 흡족한 편이 못 되었다.

목덜미를 안고 있던 팔이 사르륵 풀리는가 싶더니, 젖은 여체가 천천히 돌아섰다. 매끄럽게 젖은 엉덩이를 뒤로 내미는 그녀는 머릿속이 바글바글 끓어오를 만큼 외설스러워 보였다.

다리를 넓게 벌리며 높이를 맞추고는 그녀의 좁은 속살을 단숨에 파고들었다. 그녀의 몸 안에 제 몸을 새길 수도 있을 만큼 많이 드나들었는데도, 여전히 생경한 자극이 놀라울 정도다.

"하웃."

욕실 대리석 벽 위로 아내의 손가락이 허망하게 미끄러졌다.

아무것도 잡을 수 없어서 파르르 떨리는 손등을 커다란 손으로 덮고는 손가락을 하나하나 얽으며 몸을 쭉 잡아 뺐다. 기둥에 올올이 달라붙은 야들야들한 속살을 제자리로 밀어 넣듯이 허리를 올려 쳤다.

젖은 살이 부딪치는 소리가 찰박찰박 야하게 울렸다.

"으으응."

이를 악물고 신음하며 등허리를 뒤트는 아내의 배를 커다란 손으로 둥글리듯 어루만졌다. 그녀의 몸 안에 제 몸을 묻고 있다는 사실이 여전히 신기하고 그만큼 만족스러웠다. 배를 바짝 밀어 당기자 그녀가 단단한 흉근에 몸을 기대 왔다.

어깨 너머로 고개를 돌리는 아내의 입술을 단숨에 머금었다. 혀를 밀어 넣고 입술을 문 채로 숨을 헐떡이는 아내를 끝없이 몰아붙였다.

"흐으음. 으응."

입안으로 쉴 새 없이 숨죽인 신음이 쏟아져 들어왔다. 소리마저 자신이 삼키고 있으니 안심하라는 듯이 그녀의 몸을 팔뚝으로 옥죄어 안으며 가슴을 받쳐 잡았다. 검지와 중지 사이에 유두를 끼고 비비자, 흥분을 참지 못한 그녀가 두툼한 혀를 세게 당겨 물었다.

혀뿌리가 얼얼한 만큼 자극적인 키스에 몸을 바르르 떨며
사정했다. 마지막까지 쥐어짜듯 달라붙는 속살은 아랫배가
녹아내릴 만큼 격렬했다.

"아빠, 일어나! 오늘 놀이동산 간다고 했잖아요."

모랑이 제 아빠의 가슴팍에 턱을 척 올리며 칭얼거렸다.

"응, 아빠 일어날게."

욕실에서 나와서 깜빡 잠이 들었나 보다. 팔을 뻗어서 더
듬거려 보니 부지런한 오밀희는 벌써 침대를 벗어나고 없었
다.

"엄마는?"

눈을 뜨며 모랑에게 묻자 심통 난 얼굴을 한 아이가 입술
을 삐죽 내민다.

"모경이 맘마."

동생에게 엄마를 빼앗겼다는 생각에 내심 서러운 눈치
다.

"우리 모랑이는 그럼 아빠랑 같이 나갈 준비 할까? 오늘
은 아빠가 우리 모랑이 옆에 꼭 붙어 다녀야지. 놀이기구는
아빠하고만 타는 거다?"

언제 입술을 잡아 뺐냐는 듯이 모랑이 싱긋 웃으며 고개

를 끄덕거렸다. 아이의 뺨이 작은 복숭아처럼 귀엽게 도드라졌다.

외출 준비를 마치고 집에서 나선 시각은 오전 10시였다. 놀이동산까지 향하는 동안 모랑은 쉴 새 없이 떠들어 댔다.

"나 아빠랑 놀이기구 백 개 탈 거야!"

열 손가락을 쫙 펼쳐 보인 모랑의 눈이 반짝반짝 빛났다. 함께 가려고 했던 장인어른과 장모님은 영 피곤해서 못 가겠다며 네 식구만 다녀오라고 하셨다.

"근데 어머님, 아버님은 오늘 왜 같이 안 가시는 거지?"

어젯밤까지도 모랑을 무릎에 앉혀 놓은 채 태블릿 PC로 놀이동산 지도를 들여다보던 두 분이셨다.

"힘드신 거지. 오는 손주 반갑고, 가는 손주는 더 반갑다는 말도 있잖아. 오늘 하루 해방시켜 드리는 거지, 뭐……. 근데 말해 놓고 나니까 나 되게 못된 딸 같네? 우리 그만 서울로 올라갈까?"

"편한 대로 해. 나는 어떻게 하든 좋아."

내 대답이 만족스러운지 아내는 엷은 웃음을 머금었다.

놀이동산 입구에 들어서자마자 우리 네 식구는 동물 귀 모양 머리띠를 사서 하나씩 사이좋게 착용했다.

오밀희는 여우, 공무진은 백호랑이, 공모랑도 백호랑이 그리고 아직 아기인 공모경의 머리에는 레서판다…….

모경은 머리띠가 거추장스러운지 단숨에 벗겨서 유모차

336

밖으로 던져 버렸다.

"우리 모경이 잘 던지네. 야구 선수 시켜야겠다."

아들이 하는 짓이 하도 어이가 없어서 우스갯소리를 내뱉은 거였는데, 모랑이 제 아빠의 관심을 끌고 싶었는지 머리띠를 빼서 바닥에 패대기쳤다.

"모랑아! 머리띠를 바닥에 던지면 어떡해?"

아내가 미간을 살짝 모으며 모랑을 나무랐다. 그러자 모랑이 윗입술을 실룩거리며 울음을 터뜨리려고 했다.

나는 얼른 모랑을 안아 들며, 아내를 향해 입 모양으로 말했다.

"내가 말실수한 거야."

서운한 마음이 들었는지 모랑이 참지 않고 울어 젖혔다.

"모경이는 야구 선수 된다고 하고! 나는? 나느은?"

공모랑의 별명이 공호랑인 이유가 있었다. 한번 떼를 쓰기 시작하면 정말이지 속수무책이었다.

모랑이도 야구 선수 하자고 달래려는데, 아내가 모랑을 품에서 홱 앗아 갔다.

아내는 모랑을 세워 놓고는 아이와 눈높이를 맞춘 채로 또박또박 말했다.

"공모랑. 모경이는 아직 아기여서 머리띠를 바닥에 던져 버리는 게 나쁜 일이라는 걸 몰라. 그런데 우리 모랑이는 알잖아. 그치?"

"나도 아직 아기야. 모랑이도 다섯 살밖에 안 됐단 말이야!"

아내는 입술을 가늘게 맞물며 난감한 표정을 지었다가 모랑을 꼭 끌어안았다.

"맞아, 우리 모랑이도 아기지. 엄마가 모경이만 아기라고 해서 미안해. 그렇지만 우리 모랑이는 나쁜 일을 구분할 수 있는 지혜로운 아기야. 그러니까 앞으로는 물건 던지는 행동은 하지 말자. 알았지?"

엄마의 스킨십에 금세 진정이 된 모랑이 눈을 댕그랗게 뜨며 제 엄마를 향해 물었다.

"그럼, 엄마. 모랑이는 뭐 돼? 뭐 될까?"

머리띠를 제 손으로 주워 들며 묻는 말에는 기대감이 가득 실려 있었다.

"우리 모랑이는 뭐든 될 수 있지! 모랑이가 되고 싶은 건 뭐든지 다 할 수 있어!"

뭐든 다 할 수 있다는 말에 모랑이 까르륵 웃음을 터뜨렸다.

"나는 그러면 야구 선수 백 개 해야지!"

뭐든 숫자 '백'이면 최고라고 생각하는 어린아이다운 생각이었다. 기분이 한결 나아진 모랑을 나는 다시 안아 들었다.

"미안."

애 앞에서 괜한 소리를 해서 미안하다고 아내의 귓가에

조용히 속삭였다. 그녀는 괜찮다며 고개를 내저었다.

모랑이 조르는 바람에 비누 거품이 자동으로 보글보글 나오는 장난감도 사고, 판다 얼굴 팝콘 통에 팝콘도 가득 담아서 놀이동산을 돌아다녔다. 연애할 때도 와 본 곳이었지만, 아이 둘을 데리고 가족이 되어서 와 보니 그 감상이 사뭇 달랐다.

나와 밀희는 마치 약속이라도 한 듯 키스를 나누었던 대관람차가 있는 곳으로 걸었다. 멀리서도 움직이지 않는 것처럼 보였는데, 가까이 가 보니 대관람차 주변을 빙 둘러서 안전 바가 설치되어 있었다.

고소공포증 핑계를 대며 여러 번 반복해서 탔던 대관람차 앞에는 기계 노후 문제로 이제 운행을 중단한다는 팻말이 세워져 있었다.

유모차를 밀던 아내가 높다란 대관람차를 올려다보며 웃었다.

"우리 이거 여러 번 탔었는데."

나는 오른쪽 팔로는 모랑을 받쳐 안고, 왼쪽 팔로는 아내의 어깨를 살포시 당겨 안았다.

아내는 아련한 미소를 머금은 채로 그때를 회상하는 듯했다. 첫 연애를 겪으며 우리는 서툰 사랑을 감당할 수 없는 크기로 부풀렸었다.

"이제 여기서 키스 못 하면 어디 가서 하려나?"

그녀는 요즘 연애하는 사람들은 무엇을 타는지 진심으로 궁금하다는 듯이 고개를 갸웃거렸다.

"그러게. 뭘 타야 하나."

그때의 간질간질한 설렘이 되살아나서 중얼거린 말에 모랑이 크게 소리치며 끼어들었다.

"저거! 저거 타면 되겠다!"

모랑이 허공으로 손을 쭉 뻗었다. 아이가 가리킨 곳으로 나와 아내의 시선이 움직였다.

하늘을 나는 자전거

페달을 밟으면 레일 위에 놓인 자전거가 움직이는 놀이기구였다. '하늘을 나는 자전거'라는 이름답게 레일은 고개를 젖히고 올려다봐야 하는 아찔한 높이에 설치되어 있었다.

"진짜 높다! 아빠, 우리 저거 타자!"

"그럴까? 저거 탈까?"

아내가 내 옆구리를 쿡 찔렀다.

"중간에 가다 멈추려고? 다리 떨려서 저걸 어떻게 타, 고소공포증도 있는 사람이?"

복화술을 하듯 아내가 중얼거렸다.

"아빠, 저거 타자! 응? 저거 타요! 아빠는 자전거 선수잖아. 우리가 제일 빨리 가자! 응?"

놀이동산 입구에서 아이에게 괜한 상처를 준 것 같아서 마음에 걸렸던 나는 모랑이 해 달라는 건 꼭 해 주고 싶은 마음이었다.

하지만 아내는 고소공포증도 있는 사람이 저런 걸 애 데리고 탔다가는 큰일 날 거라며 미간을 찌푸렸다.

나는 고소공포증이 없는데…….

절체절명의 위기를 맞은 것도 아닌데 관자놀이에서 식은 땀이 났다.

"그래, 타자!"

일단 모랑을 먼저 달래고, 아내의 귓가에 속삭였다.

"페달 밟는 건 익숙해서 괜찮아. 얼른 타고 올게. 모경이 랑 잠깐 쉬고 있어."

아내도 아까 딸내미를 다그친 일이 영 신경 쓰이는 눈치였다. 그래서인지 더는 반대하지 못하고, 우리를 놀이기구 입구까지 배웅했다.

재잘재잘 말이 많은 모랑을 안고 '하늘을 나는 자전거' 입구에 들어섰다. 모랑은 신이 나서 놀이공원 직원을 향해 크게 소리쳤다.

"우리 아빠는 자전거 선수예요! 우리 아빠가 1등 할 거다요!"

입구 안으로 줄을 선 무리가 이쪽을 흘끗 보았다. 나는 어색한 미소를 지으며 놀이동산 직원과 순서를 기다리는 사람들에게 눈인사를 건네고는 뒤를 돌아보았다.

잠깐 쉬라고 했는데도 밀희는 어디 앉아 있지도 못하고 걱정스러운 눈으로 나를 바라보고 있었다. 눈동자에서 걱정이 뚝뚝 떨어졌다. 가슴이 왈칵 조였다.

내가 저 눈빛 때문에 고소공포증 족쇄를 평생 못 벗지.

오밀희가 진심 어린 눈빛으로 나에게 집중하는 순간은 언제나처럼 머릿속이 아찔할 만큼 좋았다. 심장도 거칠게 날뛰며 반응하는 것은 마찬가지였다.

가슴이 터지도록 페달을 밟고 달려서 결승선을 통과했을 때처럼 일상을 달아오르게 만드는 유일무이한 사람이 바로 오밀희였다.

마음 같아서는 당장 아내 곁으로 달려가서 입을 맞추고 싶어진다.

"아빠, 가자!"

모랑이 넋 나간 채 엄마를 바라보는 아빠를 일깨우듯 말했다.

"우리가 1등 하자!"

레일이 한 줄이어서 순서대로 올라탄 뒤, 앞서가는 자전거와 안전거리를 유지하며 운행해야 하는 놀이기구였다. 하지만 아이의 바람을 충족시키듯 대꾸해 주었다.

"그래, 우리가 1등 하자!"

그 어떤 대회에 임할 때보다 흥미진진한 주행이 될 것 같았다.

모랑은 고소공포증이 없는 내 딸답게 까르륵 웃어 대며 '하늘은 나는 자전거'를 탔다. 워밍업도 되지 않을 정도의 가뿐한 주행이었다.

모랑과 함께 놀이기구 출구에 모습을 드러내자, 아내는 안도의 한숨을 내쉬었다.

"엄마! 우리가 1등 했어! 아빠 최고야!"

유일한 레일을 단독으로 통과한 탓에 모랑은 우리가 1등이라고 생각하는 듯했다.

"응, 엄마도 봤어! 우리 모랑이랑, 아빠……. 진짜 멋지더라!"

아내는 모랑의 손을 꼭 붙들며 걱정스러운 눈으로 내 안색을 살폈다. 모경은 유모차에 잠들어 있었다.

"괜찮아?"

남편의 얼굴을 유심히 들여다보는 아내의 눈동자에는 애정이 담뿍 담겨 있었다.

"응, 괜찮아."

대답이 떨어지기가 무섭게 예쁜 눈가에 금세 눈물이 가득 고였다.

"왜 그래, 갑자기?"

나는 울먹거리는 아내의 등허리를 손바닥으로 감싸며 물었다.

"아래에서 내내 지켜보고 있었는데, 우리 모랑이 멀리서도 너무 신나 보이는 거야. 많이 힘들었을 텐데, 애한테 계속 웃어 주는 자기 얼굴도 보이고……. 진짜 자기 너무 좋은 아빠다. 너무 좋은 아빠야."

눈물을 보이는 아내를 품으로 당겨 안았다.

앞으로 평생 들키지 말아야지.

고소공포증이 없다는 것을 알면 오밀희는 나를 잡아먹으려고 들지도 모른다.

그녀와 놀이기구 안에 올라탄 채로 오래도록 키스하며 더 보듬고 싶어서 내뱉었던 거짓말이 이제는 '좋은 아빠' 타이틀까지 안겨 주었다.

"엄마도 좋은 엄마예요! 나는 우리 엄마가 제일 좋아. 아니, 아빠도 좋고! 모경이도 좋아!"

모랑은 엄마가 왜 우는지 모르겠지만, 걱정된다는 듯이 그녀의 허벅지를 꼭 끌어안았다. 동생이 태어나고 나서 공평한 사랑을 원하는 아이는 아빠와 모경이도 좋다며 떠들어 댔다.

"뭐 이런 거로 울고 그래. 우리 오밀희 이렇게 눈물이 많았나?"

"몰라, 요즘 시도 때도 없이 눈물이 나네. 뭐가 이렇게 다 감격스러운지 모르겠어. 좋은 남편이자, 좋은 아빠가 내 옆에 있어서 그런가 보다."

여전히 말 한마디도 예쁘게 하는 오밀희다.

그녀 덕분에 나는 좋은 남편이자 좋은 아빠가 되었고, 오밀희는 내 모든 감격의 이유가 되었다.

_The end

작가 후기

전자책으로 큰 사랑을 받았던 글이 표지를 갈아입고 종이
책으로 나왔습니다.
　오랜만에 원고를 다시 펼쳐 보니, 그때 기분이 고스란히
되살아났습니다.
　작가로서 다시 이런 주인공을 그려 낼 수 있을까, 하는 생
각이 들 정도로 정이 많이 가는 오밀희와 공무진입니다.

　아래는 본 글에 나오는 작품 목록입니다.

세일즈맨의 죽음, 아서 밀러, 1949
갈매기, 안톤 체호프, 1898

눈뜨는 봄, 프랑크 베데킨트, 1891

    사이클링 주행과 관련한 정보는 제가 가끔 들르는 스페셜라이즈드 매장 대표님께 자문했습니다.
    프로그램 제작 환경은 현장에서 일하는 제작진에게 자문했으나, 현장 개별성이 존재하므로 보편적이지 않을 수 있습니다.

    모쪼록 이 글을 읽으시는 독자님께도 기억에 남는 책이기를 바랍니다.

    감사합니다.

2023년 바람이 찬 겨울

요안나 드림

Même quand nous sommes loin l'un de l'autre
Tout nous unit